Hex Hall

Le Maléfice

Rachel Hawkins

Hex Hall
Le Maléfice

Traduit de l'anglais (américain)
par Raphaële Eschenbrenner

wiz
Albin Michel

Du même auteur chez Albin Michel Wiz :

Hex Hall

Titre original :
DEMONGLASS
(Première publication : Disney – Hyperion Books,
an imprint of Disney Book Group, New York, 2011)

Pour John, qui a dit : « Tu sais ce dont ce livre a besoin ?
Plus de passion, et peut-être quelques épées. »

Ombre glissant sous les cieux,
Invisible aux yeux éveillés,
Alice me hante.

Lewis Carroll.

1

Quoi de plus agréable qu'avoir cours dehors par une journée ensoleillée de mai ? Cela signifie être assise au soleil, lisant peut-être un poème, laissant la brise souffler à travers vos cheveux...

À Hex Hall, également appelé le manoir d'Hécate, notre centre d'éducation pour jeunes monstres, cela signifie se faire jeter dans l'étang.

Ma persécution avait lieu autour de l'eau glauque, au pied de la colline, en contrebas de l'établissement. Le professeur, Mlle Vanderlyden ou la Vandy, comme nous la surnommions, s'est tournée vers Cal, le jeune gardien de la propriété, et lui a pris des cordes des mains. Cal nous avait attendus au bord de l'étang. À ma vue, il m'avait fait un signe de tête, ce qui pour lui revenait à crier avec enthousiasme : « Hé ! Sophie ! »

– Vous ne m'avez pas entendue, mademoiselle Mercer ? a aboyé la Vandy en tordant les cordes entre ses poings. Je vous ai demandé d'approcher.

– Vous voyez ceci ? ai-je répondu en pointant ma

masse de boucles. C'est une permanente et on me l'a faite hier. Je ne devrais probablement pas la mouiller.

Des gloussements se sont fait entendre et à côté de moi, Jenna a marmonné :

– Bravo.

À mes débuts à Hécate, je n'aurais jamais osé répondre à la Vandy de cette façon. Mais à la fin du semestre dernier, j'avais vu mon arrière-grand-mère assassiner ma meilleure ennemie, et le garçon que j'aimais m'avait menacée d'un couteau. Depuis, je m'étais endurcie.

La Vandy n'a pas eu l'air d'apprécier. Son mécontentement a augmenté et elle a crié :

– Venez ici !

En maugréant, je me suis frayé un chemin parmi la foule. Quand j'ai atteint le bord de l'étang, j'ai retiré chaussures et chaussettes avant de m'approcher de la Vandy. Elle m'a ligoté poignets et chevilles puis, examinant son travail d'un air satisfait, a rugi :

– Plongez !

– Comment, exactement ? ai-je bredouillé, mortifiée.

Cal a volé à ma rescousse.

– Je pourrais la jeter dans l'étang depuis le ponton, mademoiselle Vanderlyden ? a-t-il proposé.

Ou pas.

– Bonne idée, a acquiescé la Vandy, comme si ça avait été son dessein depuis le début.

Cal s'est approché et m'a soulevée dans ses bras. J'ai entendu de nouveaux gloussements et quelques soupirs. Plus d'une fille était prête à faire don de l'un de ses organes vitaux pour que Cal l'enlace, mais j'ai senti mes joues devenir écarlates. Cette scène était peut-être plus embarrassante pour moi qu'aller seule dans l'étang.

– Tu ne l'écoutais pas ? a murmuré Cal tout en s'éloignant des élèves.

– Non, ai-je répondu.

En fait, quand la Vandy était en train d'expliquer pourquoi quelqu'un allait se retrouver dans l'étang, j'étais occupée à bavarder avec Jenna. Je lui disais que cela ne m'avait fait ni chaud ni froid qu'un garçon m'appelle « Mercer » de la même façon qu'Archer. Que je n'avais pas rêvé la veille du baiser que nous avions échangé en novembre. Parce que dans mon rêve, Archer ne portait pas le tatouage de *L'Occhio di Dio*, et que je n'avais donc eu aucune raison d'arrêter de l'embrasser, et...

– Qu'est-ce que tu faisais ? a questionné Cal.

– Je discutais entre monstres avec Jenna.

J'ai vu un bref sourire s'esquisser sur son visage puis il a annoncé :

– La Vandy affirme que les vraies sorcières échappaient à leur procès en faisant semblant de se noyer, puis parvenaient à se détacher grâce à leurs pouvoirs. C'est donc ce qu'elle attend de toi.

– Couler n'est pas difficile, ai-je marmonné. Le reste, je ne suis pas sûre.

– Tu vas t'en sortir, assura Cal. Si tu ne remontes pas à la surface dans quelques minutes, je te sauverai.

Quelque chose a palpité dans ma poitrine. Cela ne s'était pas produit depuis le départ d'Archer. Cela ne voulait probablement rien dire. Le soleil illuminait les mèches blondes de Cal et les reflets de l'eau brillaient dans ses prunelles noisette. Par ailleurs, il me portait comme si je ne pesais rien.

– Merci, ai-je répondu.

Par-dessus son épaule, j'ai aperçu ma mère, qui nous observait depuis le seuil de la cabane de Cal. Elle y avait passé les six derniers mois en attendant l'arrivée de mon père, lequel devait venir me chercher pour m'emmener à Londres, au siège du Conseil.

Six mois plus tard, nous l'attendions toujours.

Maman a froncé les sourcils. Je voulais lui faire signe que tout allait bien, mais en levant mes mains liées, j'ai heurté la figure de Cal.

– Pardon.

– Ce n'est rien. Ça doit te faire bizarre que ta mère habite ici.

– Toi aussi, vu qu'elle t'a délogé.

– Mme Casnoff m'a laissé installer mon Jacuzzi en forme de cœur dans ma nouvelle chambre.

– Cal, c'est une plaisanterie ?

– Peut-être, a-t-il répondu.

Nous avons atteint le bout du ponton. J'ai regardé l'eau en réprimant un frisson.

– Tu as un conseil à me donner pour éviter de me noyer, Cal ?

– Ne respire pas d'eau.

– Merci, ça m'aide vraiment.

Quand il m'a fait changer de position dans ses bras, je me suis raidie. Avant de me jeter dans l'étang, il a murmuré :

– Bonne chance.

Puis j'ai percé la surface. En cette saison, dans l'État de Géorgie, l'eau aurait dû être moins froide. Glacée jusqu'aux os, j'ai coulé vers le fond. *Très bien,* me suis-je dit, *pas de panique.* Puis j'ai regardé à droite, à travers l'eau trouble, et distingué une tête de mort qui me souriait. Ma première réaction a été d'essayer d'arracher la corde qui me liait les chevilles, avant de me rendre compte de la stupidité de ma tentative. Je me suis calmée en me concentrant sur mes pouvoirs et j'ai ordonné aux liens de se détacher. Ils se sont relâchés, mais pas suffisamment. Cela venait sans doute du fait que le flux magique arrivait par mes pieds et qu'il m'était difficile de les poser au sol tout en cherchant à éviter la noyade. Finalement, j'ai contraint les cordes une nouvelle fois, et celles-ci se sont soudain défaites, formant une boule emmêlée. Je me suis dégagée. J'ai nagé vers la surface mais quelque chose m'a tirée vers le fond. J'ai baissé les yeux vers ma cheville, m'attendant à apercevoir des doigts squelettiques autour de mon pied. Rien. Les poumons en feu, j'ai levé ma jambe. Une force invisible continuait à me retenir.

Des taches noires dansaient maintenant devant mes yeux. Il fallait que je respire. Les taches s'élargissaient et le manque d'oxygène me comprimait la poitrine. Je me suis demandé combien de temps j'allais encore pouvoir tenir et ce que Cal attendait.

Brusquement, j'ai brisé la surface de l'étang et jailli hors de l'eau pour atterrir sur les lattes de bois du ponton. Ma jupe était probablement retroussée jusqu'en haut des cuisses, mais je m'en fichais. J'étais trop heureuse d'être enfin à l'air libre. J'ai fini par m'asseoir en repoussant les mèches humides de mes yeux. Cal se tenait à quelques mètres de moi. Je l'ai fusillé du regard.

– Bravo pour le sauvetage.

Puis je me suis rendu compte qu'il regardait le bout du ponton. J'ai suivi son regard et distingué un homme brun et mince. Il se tenait très droit et m'observait.

L'air m'a de nouveau manqué. Je me suis levée, les jambes flageolantes, et j'ai lissé mes vêtements trempés.

– Ça va ? a lancé l'homme avec inquiétude.

Il avait un léger accent anglais.

– Ça va, ai-je menti.

Avant de m'évanouir, j'ai juste eu le temps d'apercevoir mon père marcher vers moi.

2

Pour la seconde fois en six mois, je me suis retrouvée enveloppée d'une couverture dans le bureau de Mme Casnoff. (La première fois, c'était la nuit où j'avais découvert qu'Archer était l'un des membres de *L'Occhio di Dio*, un groupe de chasseurs de démons.) Assise sur le canapé, près de moi, ma mère m'enlaçait. Une chemise débordant de documents à la main, mon père se tenait près du trône en velours violet de Mme Casnoff.

À l'intérieur de la pièce, on n'entendait plus que le bruissement des papiers que mon père consultait et le claquement de mes dents.

– Pourquoi est-ce que mes pouvoirs magiques ne m'ont pas aidée à sortir de l'eau ? ai-je finalement demandé.

Mme Casnoff m'a dévisagée comme si elle avait oublié mon existence.

– Aucun démon n'aurait pu sortir de cet étang, a-t-elle répliqué d'une voix veloutée. Il est protégé par des sorts et retient tout ce qui ne ressemble pas à une sorcière, une fée, ou un métamorphe.

Au souvenir de la tête de mort, j'ai opiné du chef, regrettant que la directrice de Hex Hall n'ait pas servi le thé enchanté qu'elle m'avait proposé lors de ma dernière convocation.

– Je m'en suis doutée, ai-je répondu. La Vandy a donc tenté de m'assassiner ?

La directrice a fait la moue.

– Ne soyez pas ridicule. Clarice ignorait que l'étang était protégé par des sorts.

Elle aurait sans doute paru plus crédible si ses yeux ne s'étaient pas détournés des miens. Mon père a posé la chemise sur le bureau.

– Ton dossier est impressionnant, Sophia, a-t-il déclaré. Si Hécate proposait des cours de chaos, tu serais sûrement première de la classe.

Je savais désormais d'où je tenais mon côté sarcastique. Et apparemment, c'était tout ce que j'avais hérité de lui. J'avais déjà vu des photos de mon père, mais c'était la première fois que je le voyais en personne et je ne pouvais m'empêcher de l'observer avec étonnement. Il était très différent de ce que j'avais imaginé. Beau, mais... je ne sais pas. Il manquait de simplicité et paraissait maniéré.

J'ai jeté un œil sur ma mère, qui, contrairement à moi, évitait de regarder mon père.

– Oui, ai-je dit à celui-ci, le dernier semestre a été intense.

Il a haussé les sourcils.

– Intense ? a-t-il répété, en parcourant de nouveau les pages de mon dossier. Le jour de ton arrivée à Hex Hall, tu as été attaquée par un loup-garou...

– Ce n'était pas vraiment une attaque, ai-je marmonné, mais il ne m'a pas prêté attention.

– Naturellement, comparé au reste, ce n'est rien, a repris mon père. Tu as insulté un professeur, ce qui t'a valu un semestre de corvée de cellier avec Archer Cross. Selon les notes de Mme Casnoff, vous êtes devenus « proches ». Cela constitue-t-il une description fidèle de ta relation avec M. Cross ?

Les dents serrées, j'ai acquiescé. Mon père a parcouru une nouvelle page.

– De toute évidence, si tu es parvenue à voir la marque de *L'Occhio di Dio* sur sa poitrine, vous étiez plutôt intimes.

Quand j'ai rougi, ma mère a resserré son bras autour de mes épaules. Au cours des six mois précédents, je lui avais en partie rapporté ce qui s'était passé avec Archer. Je ne lui avais pas confié que nous nous étions embrassés dans le cellier.

– Avoir échappé à une tentative de meurtre commise par un sorcier au service de L'Œil aurait calmé n'importe quel jeune Prodigium en manque d'émotions fortes. Mais toi, il a également fallu que tu sois mêlée à un clan de sorcières de magie noire avec à sa tête (il a laissé courir un doigt le long de la feuille) Elodie Parris. Mlle Parris et ses amies, Anna Gilroy et Chaston Burnett, ont éliminé Holly Mitchell qui faisait partie de leur clan, et en invoquant les démons, ont fait venir Alice Barrow, ton arrière-grand-mère.

J'avais passé les six derniers mois à éviter de penser à ce qui s'était produit l'automne précédent. L'entendre de la bouche de mon père, avec ce ton détaché, me faisait presque regretter de ne pas être restée au fond de l'étang.

– Alice a attaqué Chaston et Anna, elle a tué Elodie, et ensuite, tu l'as assassinée.

Il a levé le nez de mon dossier et scruté ma main droite. Une cicatrice s'y trouvait, souvenir de la nuit évoquée. L'épée de cristal noir m'avait laissé une jolie marque.

Mon père s'est éclairci la gorge et a posé la chemise sur le bureau.

– Donc, en effet, Sophia, ton semestre a été intense, j'en suis convaincu. L'ironie du sort, c'est que je t'ai envoyée à Hécate pour te protéger.

Seize ans d'interrogations et d'accusations ont soudain refait surface.

– J'aurais pu être en sûreté si quelqu'un m'avait expliqué que j'étais un démon ! ai-je aboyé.

Derrière mon père, Mme Casnoff a froncé les sourcils. J'ai cru qu'elle allait me sermonner à propos de mon manque de respect, mais mon père m'a décoché un petit sourire et m'a regardée de ses yeux bleus – les miens.

– Très juste, a-t-il dit.

Son sourire m'a émue et, les yeux rivés au sol, j'ai demandé :

– Tu es venu me chercher pour m'emmener à Londres ? Je t'attends depuis novembre.

– Nous pourrons en parler. Tout d'abord, j'aimerais connaître ton point de vue sur les événements du semestre dernier. Et sur Archer Cross.

La rancune m'a gagnée. J'ai secoué la tête.

– Non. Si tu veux connaître mon point de vue, tu n'as qu'à lire ce que j'ai écrit pour le Conseil. Ou parler à Mme Casnoff, ou à maman, ou aux gens à qui je me suis confiée au cours des six derniers mois.

– Sophia, je comprends ta colère...

– C'est Sophie. Personne ne m'appelle Sophia.

Ses lèvres se sont pincées.

– Très bien. Sophie, bien que ta frustration soit parfaitement légitime, cela ne nous aide guère. J'aimerais prendre un moment pour bavarder en famille avec toi et ta mère, avant d'aborder le sujet du retrait de tes pouvoirs.

– Dommage, ai-je rétorqué, repoussant d'un geste le bras de ma mère. En dix-sept ans, tu n'as jamais trouvé l'occasion de venir bavarder avec nous. Sache que je ne t'ai pas convié à une réunion larmoyante. Je t'ai demandé de venir en tant que dirigeant du Conseil dans le but de me faire retirer mes pouvoirs.

J'avais parlé à toute vitesse, comme par crainte de me mettre à pleurer. Mon père me dévisageait d'un regard froid.

– Dans ce cas, je rejette ta requête.

– Tu n'as pas le droit de faire ça !

– Si, est intervenue Mme Casnoff. Le fait qu'il soit votre père et le président du Conseil l'y autorise. Au moins jusqu'à votre majorité.

– J'aurai dix-huit ans dans un an !

– Ce qui te laisse le temps d'examiner les conséquences de ta décision, a déclaré mon père.

Je me suis tournée vers lui.

– Je sais très bien à quoi cela me servira : si on m'ôte mes pouvoirs, cela m'empêchera de tuer quelqu'un.

– Sophie, nous avons déjà discuté de cela, a dit ma mère. Tu ne peux pas conclure que tu assassineras quelqu'un. Ou même que tu essaieras. Ton père a toujours su maîtriser ses pouvoirs. Et c'est une décision si radicale, ma chérie, a-t-elle ajouté en s'essuyant les yeux. Tu ne devrais pas risquer ta vie à cause d'une simple hypothèse.

– Votre mère a raison, a renchéri Mme Casnoff. Et n'oubliez pas que vous aviez pris cette décision juste après avoir assisté à la mort d'une amie. Prendre le temps de réfléchir à votre choix est sans doute une bonne chose.

Je me suis assise sur le canapé et les ai regardés tous les trois.

– Je comprends votre point de vue. Mais j'ai vu Alice. J'ai vu ce dont elle était capable.

En baissant les yeux vers les motifs de roses du tapis, j'ai eu une vision d'Elodie, blême et ensanglantée.

– Plutôt mourir que lui ressembler, ai-je dit.

Ma mère a émis une protestation étouffée, Mme Casnoff a scruté un objet sur son bureau, mais papa a hoché la tête.

– Très bien. Je te propose un marché.

– James ! a fait ma mère.

Leurs regards se sont croisés un instant, puis mon père a continué.

– Ton semestre à Hécate est presque terminé. Viens passer l'été avec moi, et à la fin de cette période, si tu veux toujours subir le Rituel, je ne m'y opposerai pas.

– Tu veux dire chez toi, en Angleterre ?

Archer a été repéré trois fois en Angleterre, ai-je songé avec anxiété.

– Oui, a-t-il répondu. Chez des amis à moi.

– Et cela ne les dérangera pas que tu viennes avec ta fille ?

Il a souri.

– Crois-moi, ils ont de l'espace.

– Qu'est-ce que tu comptes accomplir ? ai-je questionné d'un ton hautain, cherchant à masquer ma joie.

Il a fouillé dans sa veste à la recherche de quelque chose, une cigarette, qu'il a aussitôt rangée quand Mme Casnoff a émis un murmure désapprobateur.

– Sophie, a-t-il répondu, frustré. Avant que tu renonces à tes pouvoirs et peut-être à ta vie, j'aimerais te connaître et que tu saches qui je suis. Tu n'as pas encore compris ce qu'être un démon signifie.

J'ai réfléchi à sa proposition. D'un côté, je n'étais pas certaine de vouloir passer l'été sur un autre continent avec lui. D'un autre, ma mère louait notre maison dans le Vermont durant les vacances et me retrouver coincée à Hex Hall avec elle et les professeurs ne m'enchantait pas.

– Qu'en penses-tu maman ? ai-je questionné.

Elle avait l'air bouleversée.

– Tu me manqueras, a-t-elle répondu, les yeux brillants de larmes. Cependant, ton père a raison. Tu devrais aller en Angleterre.

– Merci Grace, a-t-il dit.

– Entendu, j'y vais, ai-je annoncé. À condition que Jenna m'accompagne.

Elle n'avait pas de projets de vacances et cela me rassurait d'avoir une amie auprès de moi durant cette expérience.

– C'est d'accord, a-t-il répondu sans hésitation.

– Super, ai-je approuvé d'une voix calme malgré ma surprise.

– J'aimerais savoir si Alexander Callahan pourrait également faire partie du voyage ? a demandé mon père à Mme Casnoff.

– Qui est Alexander Callahan ? ai-je interrogé. Ah oui ! Cal.

Le prénom Alexander ne lui allait pas du tout.

– Bien sûr, a répondu Mme Casnoff, soudain très femme d'affaires. Nous pourrons nous débrouiller sans lui pendant quelques mois. Nous allons devoir acheter plus de pansements, néanmoins.

– Pourquoi emmener Cal ? ai-je questionné.

– Pour le Conseil, a répondu mon père. Les pouvoirs d'Alexander sont uniques et nous aimerions l'interroger, lui faire passer quelques tests.

Cela ne m'a pas plu et quelque chose m'a dit que Cal ne serait pas d'accord.

– Cela vous donnera également l'occasion de mieux vous connaître l'un l'autre, a-t-il ajouté.

– On se connaît suffisamment. Pour quelle raison aurais-je envie de le connaître davantage ?

– Parce que vous êtes fiancés.

3

J'ai mis trente minutes à trouver Cal. Cela m'a permis de réfléchir à quelque chose à lui dire qui ne soit pas une insulte.

De toute évidence, les sorcières et les sorciers font des trucs vraiment effarants, parmi lesquels le mariage arrangé est de loin le plus répugnant. Quand leur fille a treize ans, les parents d'une sorcière l'unissent à un sorcier disponible en se fondant sur la compatibilité des pouvoirs et les alliances familiales. C'est très XVIIIe siècle.

En piétinant l'herbe autour de l'établissement, j'ai imaginé Cal en compagnie de mon père, fumant un cigare, confortablement installé dans un fauteuil en cuir, et se réjouissant de l'arrangement, à l'intérieur d'une pièce réservée aux hommes et décorée de trophées empaillés.

Très bien, ni l'un ni l'autre n'était du genre à fumer le cigare et à se donner l'accolade, mais quand même.

J'ai finalement localisé Cal dans la remise située derrière la serre qui servait de gymnase à la Vandy. Ses dons de guérisseur s'étendaient également aux plantes et lorsque j'ai ouvert la porte à la volée, ses mains caressaient une azalée aux pétales brunis et fanés. Un rayon de soleil l'a fait cligner des yeux.

– Tu savais que j'étais ta fiancée ? ai-je lancé.

Cal a marmonné je ne sais quoi et s'est tourné vers l'azalée.

– Tu le savais ? ai-je répété.

– Oui, a-t-il répondu.

J'ai attendu qu'il ajoute quelque chose, mais apparemment c'était tout.

– Je ne vais pas t'épouser, ai-je annoncé. Ce mariage arrangé est une coutume barbare qui me dégoûte.

– Très bien.

Un sac de terreau de rempotage gisait au sol, et j'ai pris une poignée de terre que je lui ai jetée dans le dos. Il a levé la main, la terre est restée un instant en suspens avant de regagner le sac.

– C'est incroyable que tu ne m'aies rien dit, lui ai-je reproché en m'asseyant sur un autre sac.

– Je n'en voyais pas l'intérêt.

– Comment ça ?

Il s'est essuyé les mains sur son jean et m'a regardée. Il ruisselait de sueur et son tee-shirt lui collait à la peau, mais j'étais trop en colère pour le trouver attirant. Comme d'habitude, il ressemblait plus à un footballeur américain qu'à un sorcier.

– Tu n'as pas grandi dans une famille de Prodigium, a-t-il souligné d'un air impassible, donc je savais ce que tu pensais des mariages arrangés – qu'est-ce que tu as dit déjà ?

– Que c'était barbare.

– Voilà. Je ne tenais pas à te faire peur ni à te rendre agressive.

– Je ne suis pas agressive ! ai-je protesté. Bon, d'accord, je me suis énervée. C'est parce que je t'en voulais de ne pas m'avoir confié que nous étions... fiancés. J'ai du mal à le dire tellement c'est bizarre.

– Sophie, cela ne signifie rien, a-t-il expliqué d'une voix calme. C'est comme un contrat d'affaires. Personne ne t'en a parlé ?

Archer m'en avait parlé. Il avait été fiancé à Holly, l'ancienne camarade de chambre de Jenna, et Holly était morte. Bien sûr, le fait qu'il soit membre de L'Œil ne rendait pas l'union très légitime.

– Si, ai-je répliqué. On peut rompre si on veut, on n'est pas obligé d'accepter.

– Exactement. Alors tout va bien ?

Du pied, j'ai dessiné un motif sur la poussière du sol.

– Tout va bien.

Nous nous sommes assis un instant en silence, mal à l'aise.

– Oh ! J'ai oublié de te dire que mon père t'invite en Angleterre cet été.

Je lui ai rapporté ce qui s'était passé dans le bureau de Mme Casnoff et ce qu'elle avait prétendu au sujet de la Vandy. Il s'est assombri quand j'ai évoqué les tests.

– Ça ne m'emballe pas, a-t-il déclaré.

– Moi non plus.

Il s'est levé et a marché jusqu'à l'azalée.

– Désolée pour la poignée de terre, ai-je dit.

– Ce n'est pas grave.

Je me suis relevée et lui ai lancé en sortant :

– On se retrouve à la maison, mon chéri !

Il a produit un son qui aurait pu être un rire, sauf que Cal n'avait pas vraiment le sens de l'humour.

Quand j'ai gravi les marches du perron du manoir aux allures d'ancienne maison de plantation du Sud, le soleil se couchait. Les cigales chantaient, les crapauds coassaient autour de l'étang. Une douce brise imprégnée de l'odeur de la mer et du parfum du chèvrefeuille agitait les plantes grimpantes accrochées aux murs du manoir d'Hécate. Je me suis retournée vers l'étendue de pelouse. J'avais haï cet endroit le jour de mon arrivée, et pourtant, il allait me manquer. Il s'était passé tant de choses depuis que ma mère avait remonté l'allée avec sa voiture de location... Je me sentais chez moi à Hex Hall. Une fourrure m'a effleuré le bras. C'était Beth, le loup-garou.

– Pleine lune, a-t-elle grogné, pointant son museau vers le ciel sombre.

– Oui, ai-je approuvé.

Les loups-garous étaient autorisés à courir dans les bois durant la pleine lune. Derrière moi, j'en ai aperçu quelques-uns dans le hall.

– Je n'arrive pas à croire que l'année est presque terminée, a-t-elle confié d'une voix triste.

– Je sais.

Emplis d'affection, ses yeux jaunes et luisants m'ont dévisagée.

– Tu vas me manquer cet été, Sophie.

J'ai souri. Quelques mois auparavant, Beth me soupçonnait d'être une espionne au service du Conseil. Heureusement, le fait d'avoir échappé de peu à la mort m'avait lavée de tout soupçon. Je lui ai tapoté l'épaule.

– Toi aussi, Beth.

Elle s'est penchée et m'a léché la figure. J'ai attendu qu'elle s'éloigne pour m'essuyer la face. Finalement, je ne regretterai pas tout d'Hécate.

En atteignant le deuxième étage où se trouvaient les chambres des filles, j'ai remarqué quelques adolescentes dans le coin salon du palier.

Taylor, l'une des métamorphes, m'a fait signe.

– Soph ! Il paraît que tu as pris un bain aujourd'hui. Pourquoi tu ne t'es pas changée ?

J'ai rabattu une mèche derrière l'oreille.

– Je n'en ai pas encore eu le temps.

Taylor a eu un rire étonnamment rauque pour celui d'une jeune fille.

– Avec un sortilège, c'est pourtant rapide.

– C'est vrai. Mais vu ce qui est arrivé récemment, je n'ai pas osé tenter le diable.

Elle a hoché la tête.

– Je comprends. Surtout après l'épisode du lit.

Deux mois plus tôt, j'avais voulu déplacer mon lit et je m'étais servie de mes pouvoirs pour le faire. Au lieu de rester au sol, le lit avait volé par la fenêtre, emportant un pan de mur avec lui. Mme Casnoff n'avait pas apprécié. Puis l'épisode des Doritos avait succédé à celui du lit. Jenna voulait des chips. En essayant d'en faire apparaître, j'avais rempli le couloir de Doritos. De la poussière de fromage voilait encore le parquet. Il y avait également eu, avant cela, le fiasco avec une lotion (moins on en parlera, mieux ça vaudra). Quoi qu'il en soit, depuis la tragédie d'Alice et d'Elodie, mes pouvoirs échappaient à mon contrôle, j'ai donc cessé de les employer.

J'ai quitté Taylor en me dirigeant vers ma chambre. Des filles m'ont souhaité « bonnes vacances », d'autres m'ont fait des remarques à propos de l'étang et de Cal. Je n'étais pas encore habituée à ma nouvelle cote de popularité. J'avais d'abord pensé qu'on se montrait gentil envers moi parce qu'on savait que j'étais un démon et qu'on me redoutait désormais. Mais selon Jenna, qui laissait toujours traîner une oreille, tout le monde ignorait cela. Mme Casnoff avait réussi à ne pas divulguer la façon dont Elodie était morte et toutes sortes de rumeurs couraient à propos de ce qui s'était passé. L'une des versions affirmait qu'Elodie avait succombé en se battant contre Archer avec moi.

La vérité, hélas, était bien plus compliquée. Et triste.

J'allais ouvrir ma porte quand j'ai repéré un mouvement du coin de l'œil. Le manoir regorgeait de fantômes, que nous guettions. Quand j'ai identifié la revenante, je me suis pétrifiée.

Même en fantôme, Elodie était toujours aussi belle. Ses cheveux roux ondoyaient autour de son visage et de sa peau translucide. Cependant, je la plaignais d'être obligée de passer l'éternité vêtue de son uniforme scolaire, lequel lui seyait malgré tout. Comme ses semblables, elle errait, troublée, coincée entre notre monde et celui de l'au-delà.

J'avais vu plusieurs fois son fantôme et, à chaque apparition, une vague de chagrin m'envahissait. Mais elle était responsable de sa propre mort. Avec son clan, elle avait invoqué un démon dans l'espoir de l'asservir et d'utiliser ses pouvoirs. Elles avaient même sacrifié Holly en cherchant à atteindre leur but. Elodie m'avait donné sa dernière étincelle magique. Sans cette étincelle, je n'aurais jamais pu tuer Alice.

Elodie est passée devant moi en quête de quelque chose. Ses pieds ne touchaient pas le sol.

Il semblait injuste qu'une fille aussi vive qu'Elodie ait été réduite à ce spectre pâle et morose, condamnée à errer sur les lieux de son décès.

– Je regrette que tu ne puisses pas te rendre où tu devrais être, ai-je murmuré dans le couloir.

Elle s'est retournée vers moi et m'a regardée. Ma gorge s'est nouée. En principe, les revenants ne peuvent ni nous voir ni nous entendre. C'est la raison pour laquelle j'aurais dû deviner, quand j'ai vu Alice pour la première fois, qu'elle n'était pas le fantôme qu'elle prétendait être. Elodie me dévisageait avec dédain. Comme de son vivant.

– Elodie ? ai-je chuchoté. Est-ce que tu peux m'entendre ?

Elle a continué à m'observer sans répondre. Puis, à ma grande surprise, elle a hoché la tête.

La porte de ma chambre s'est ouverte. Jenna a pointé son nez.

– Soph ? À qui parles-tu ?

– À personne, ai-je menti, irritée.

– Tu étais passée où ? a questionné Jenna tandis que je m'effondrais sur mon lit. Je me suis inquiétée.

– La journée a été longue.

Je lui ai raconté ce qui s'était dit dans le bureau de la directrice. Contrairement à Cal, Jenna m'a assaillie de questions.

– L'Angleterre, a-t-elle déclaré. Ça doit être super.

– Je n'en sais rien, Jenna.

Elle m'a jeté un oreiller à la figure.

– Ça va être sensas. Et je te remercie.

– Pour quoi ?

– L'invitation. Tu aurais pu vouloir être seule avec ton père.

– Tu plaisantes ? S'il n'avait pas accepté que tu viennes, je n'y allais pas. C'était ma condition.

Elle a secoué la tête en souriant et sa mèche rose lui a barré l'œil.

– Je ne sais pas si cette île est assez grande pour nous deux, a répliqué Jenna. On va employer un sort de transport pour se rendre là-bas ou passer par un portail magique ?

– Mon père veut prendre l'avion.

Je me suis levée et changée. Mon uniforme empestait la vase. J'allais devoir me doucher au moins une demi-heure, ce soir, avant de me coucher.

– Vraiment ? a fait Jenna déçue.

– Faut regarder le bon côté des choses, ai-je répliqué. Au moins, c'est un avion privé.

Le visage de Jenna s'est illuminé et en nous rendant à la salle à manger, elle a parlé des vêtements qu'elle allait emporter. Une fois attablée, elle s'est assombrie.

– Sophie, a-t-elle dit.

– Quoi ?

Elle a repoussé son assiette.

– Archer est en Angleterre.

Je me suis figée.

– Il paraît, ai-je répondu d'un ton léger. Je ne sais pas si les propos de deux sorciers ivres peuvent être pris au sérieux.

Sauf que d'autres personnes avaient vu Archer. Un loup-garou avait décrit un garçon correspondant à Archer quand L'Œil avait fait une incursion dans une maison londonienne. Ainsi qu'un vampire, trois mois plus tôt, après s'être battu avec un jeune homme brun près de la station de métro Victoria – un membre de L'Œil.

Mme Casnoff rangeait le dossier d'Archer dans le tiroir de son bureau, lequel était protégé contre les sortilèges, mais pas contre les limes à ongles et la crème pour les coudes.

– Quoi qu'il en soit, c'était il y a des mois, ai-je dit à Jenna en baissant les yeux vers mon assiette.

– Non, c'était il y a un mois, a-t-elle corrigé. Et tous les témoins l'ont repéré en Angleterre depuis qu'il s'est volatilisé. J'ai également surpris la conversation de deux sorcières à Savannah.

– C'est une grande île, Jenna. Et même si Archer s'y trouve, je pense qu'il évite les Prodigium. Sinon, il serait stupide. On peut lui reprocher beaucoup de choses, mais pas d'être idiot.

Jenna s'est tue.

– À quoi tu penses ? ai-je aboyé.

Elle a posé sa fourchette et m'a dévisagée.

– Qu'est-ce que tu ferais si tu le rencontrais ?

J'ai soutenu son regard aussi longtemps que possible. Je savais ce qu'elle voulait entendre : que j'alerterais le Conseil ou que je me chargerais moi-même d'exécuter Archer.

Pour la première fois, j'ai pris le temps de me souvenir de lui, de ses yeux bruns, de son lent sourire, de son rire et de ce que j'éprouvais quand j'étais avec lui. De l'effet que me faisait sa voix quand il m'appelait « Mercer ». De la façon dont il m'avait embrassée.

– Je n'en sais rien, ai-je répondu.

Jenna a soupiré mais n'a pas insisté. Après un moment, nous avons reparlé de notre voyage et elle a éclaté de rire quand je lui ai suggéré qu'on pourrait peut-être trouver du thé pour vampires.

En quittant la salle à manger, je me suis sentie mieux, et Jenna a passé son bras autour du mien pour gravir l'escalier. Une fois couchée, j'ai fermé les yeux, en espérant de tout cœur qu'Archer n'était pas en Angleterre. Et j'ai senti qu'une infime partie de moi-même souhaitait le contraire.

4

Trois semaines plus tard, en fin d'après-midi, ma mère et Mme Casnoff sont descendues avec nous jusqu'au ferry. Les yeux de ma mère étaient rouges, elle avait pleuré, mais elle essayait de conserver une certaine gaieté en aidant Jenna à porter nos bagages. J'étais en route pour l'Angleterre.

– N'oublie pas de prendre des photos, m'a-t-elle rappelé. Et ne reviens pas avec l'accent anglais.

Sur le pont, la brise marine soulevait nos mèches. Jenna a avisé un banc à l'ombre et Cal a continué à parler à voix basse à Mme Casnoff. Elle m'a lancé un bref regard et je me suis demandé si mon départ la soulageait. Elle était probablement éreintée après tous les problèmes que j'avais créés à Hex Hall. Je regrettais de ne pas lui avoir parlé du fantôme d'Elodie. J'aurais dû. Si je lui avais parlé d'Alice dès la première apparition de celle-ci, Elodie ne serait peut-être pas devenue un fantôme. Cela me culpabilisait depuis des mois et je m'apprêtais à recommencer la même erreur.

Ma mère m'a prise dans ses bras. Nous étions de la même taille et ses larmes coulaient le long de ma tempe.

– Je ne serai pas avec toi le jour de ton anniversaire. Cela n'est encore jamais arrivé.

Ma gorge s'est nouée.

– Sophie, est intervenu mon père. Il est temps de partir.

J'ai hoché la tête et étreint ma mère une dernière fois.

– Je t'appellerai souvent, c'est promis. Et les vacances te sembleront moins longues que tu ne l'imagines.

Ma mère s'est essuyé les joues et m'a décoché un sourire lumineux. Mon père a toussé et s'est détourné.

– Au revoir, James, lui a lancé ma mère.

Depuis la rambarde du ferry, Cal, Jenna et moi avons regardé le quai s'éloigner. Mme Casnoff nous observait mais ma mère se dirigeait déjà vers les bois qui entouraient la plage. Cela me soulageait. Je n'avais même pas commencé à sangloter, c'était un miracle.

Le bateau glissait sur les remous bruns. Au-dessus des cimes des arbres, j'ai distingué le toit de Hex Hall.

– J'avais treize ans à mon arrivée à Hécate, a soufflé Cal. Je n'en suis pas sorti depuis six ans.

Je n'avais jamais demandé à Cal ce qu'il avait fait pour atterrir à Hex Hall. Il n'avait pas l'air d'être du genre à aimer jouer avec des sortilèges dangereux, comme la plupart des sorciers du centre. Il y était resté passé son dix-huitième anniversaire, bien que je ne sois pas sûre que ce fût par choix. Néanmoins, plus on s'éloignait d'Hécate, plus il paraissait troublé.

Même Jenna, qui avait la dent dure quand il s'agissait de critiquer Hex Hall, semblait nostalgique. En regardant le toit dépasser des arbres contre le ciel bleu, j'ai eu le sentiment que nous ne reviendrions jamais.

Cette pensée m'a fait frissonner, comme si le soleil venait de se cacher derrière un nuage. C'était ridicule. Nous allions rester trois mois en Angleterre, nous serions de retour en août. La prémonition ne figurait pas parmi mes dons, c'était donc de la paranoïa.

L'île de Graymalkin a disparu de mon champ de vision, mais le pressentiment a perduré, tenace.

– Être un démon n'empêche pas de subir les effets du décalage horaire, ai-je marmonné quelques heures plus tard, tandis que nous traversions la campagne anglaise à bord d'une élégante voiture noire.

Le long vol depuis les États-Unis avait été calme. Sauf que Cal s'était assis à côté de moi.

Ce qui ne m'avait pas gênée. Vraiment.

Je ne m'étais pas sentie hyper-consciente de sa présence, ni n'avais bondi trois fois de suite au contact de son genou. Et il ne m'avait jeté aucun regard dégoûté en me disant : « Calme-toi s'il te plaît. »

Et quand Jenna nous avait dévisagés d'un air interrogateur, nous n'avions pas crié de concert : « Rien ! »

Car ça aurait été bizarre et Cal et moi ne sommes pas bizarres. Nous sommes cool.

J'ai croisé le regard de mon père.

– Tu te sentiras mieux, bientôt, m'a-t-il assuré.

Ses yeux brillaient et il avait l'air détendu. Sans doute était-il heureux d'être de retour au pays natal.

Jenna était surexcitée, mais Cal paraissait aussi vanné que moi. Je n'avais pas pu dormir durant le voyage et je somnolais. En Angleterre, c'était l'heure du déjeuner, et mon corps pensait qu'il était six heures du matin. J'avais l'impression que nous roulions depuis des siècles.

À l'atterrissage de l'avion à Londres, j'avais cru qu'une voiture nous déposerait à un domicile sis en ville, ou même au siège du Conseil. Mais le véhicule avait longé des rues bordées d'habitations dignes des romans de Dickens, et peu à peu, les immeubles de briques avaient cédé la place aux arbres et aux collines verdoyantes. Je n'avais jamais vu autant de moutons.

– Donc, nous sommes venus en Angleterre pour passer des vacances au milieu de nulle part ? ai-je questionné en calant ma tête sur l'épaule de Jenna.

– Exactement, a répliqué mon père, arrachant un sourire à Cal.

Naturellement, Cal aurait été ravi de rester coincé tout l'été dans une ferme anglaise, entouré de toutes sortes de plantes à soigner. Mes visions de Big Ben, du palais de Buckingham et du pont de la Tour de Londres se sont effondrées.

Puis j'ai aperçu une maison.

Bien qu'appeler ça une maison, c'était comme appeler *La Joconde* une peinture, ou bien Hex Hall une école. Techniquement, c'était juste, mais cela ne décrivait pas du tout la réalité de l'objet.

L'énorme demeure construite en pierres aux tons dorés était nichée dans une vallée luxuriante. Une pelouse vert émeraude s'étendait devant elle tandis qu'une colline boisée s'élevait à l'arrière. Un ruban d'eau scintillant serpentait le long d'un côté de la propriété. Des centaines de fenêtres brillaient au soleil.

Cal a émis un sifflement épaté.

– Nous allons habiter ici ? ai-je demandé.

Mon père a souri d'un air satisfait.

– Je t'avais dit qu'il y avait de la place.

Je n'ai pas pu m'empêcher de lui sourire en retour.

– Quel est le nom de ce lieu ?

– L'abbaye Thorne.

– C'est une ancienne église ?

– Non. Elle a été construite au XVIIIe siècle. Mais une abbaye avait été édifiée sur ces terres.

Il s'est mis à expliquer comment l'abbaye avait été rasée sous Henry VIII et les terres octroyées à la famille Thorne.

En toute honnêteté, je ne l'écoutais pas. J'observais les gens qui entraient et sortaient de la demeure. Quand j'ai remarqué une paire d'ailes, je me suis demandé qui étaient les amis de mon père.

Le long véhicule a franchi un pont de pierre et s'est arrêté sur un parking circulaire. Mon père est descendu le premier et m'a ouvert la portière. J'ai soudain regretté de ne pas avoir mis autre chose qu'un tee-shirt vert et un jean délavé.

De vastes marches menaient à une terrasse. Six personnes s'y tenaient, deux adolescents bruns de mon âge – un garçon et une fille – ainsi que quatre adultes dont un elfe. Il faisait plus chaud que je ne l'avais imaginé et j'ai senti la sueur perler à mon front. Le gravier crissait sous mes pieds et au loin, on entendait des oiseaux chanter. Jenna a surgi près de mon coude, ses doigts tripotant nerveusement sa pierre de sang. Mon père a posé une main dans mon dos et m'a guidée jusqu'en haut des marches.

– Je vous présente Sophie, a-t-il déclaré au groupe. Ma fille.

Soudain, j'ai décelé la présence de forces magiques sombres et puissantes. Elles provenaient des deux adolescents, les seuls à ne pas sourire. Avec stupeur, j'ai compris que c'étaient des démons.

5

Pétrifiée, j'ai observé les adolescents. En principe, hormis mon père et moi, il n'existait pas d'autres démons ici-bas, alors comment était-ce possible ? Une horrible pensée m'a traversé l'esprit : s'agissait-il de mon demi-frère et de ma demi-sœur ? Mon père m'avait-il traînée jusqu'en Angleterre pour jouer une autre version des *Nouvelles Aventures de la famille Brady* ?

– Voici le siège du Conseil, a déclaré mon père d'un air fier.

Derrière moi, j'ai entendu Cal pousser un soupir admiratif. Une blonde s'est détachée du groupe pour me tendre la main.

– Sophia, nous sommes ravis de vous avoir parmi nous cet été. Je m'appelle Lara.

Je lui ai serré la main tout en fusillant du regard les deux jeunes qui chuchotaient entre eux.

– Lara est membre du Conseil, a déclaré mon père. Et elle me seconde.

– Anastasia et votre père m'ont beaucoup parlé de vous, a ajouté Lara.

– Anastasia... Mme Casnoff, vous voulez dire ?

– Lara et Anastasia sont sœurs, a expliqué mon père.

Après avoir enregistré cette information, j'ai déclaré :

– Je croyais que le siège du Conseil se trouvait à Londres.

Lara a levé les sourcils.

– En effet. Certains événements imprévus nous ont contraints à aller nous installer ailleurs durant l'été.

Je me suis demandé si les adolescents démons faisaient partie des imprévus ou s'il y avait d'autres problèmes. Cela ne m'aurait pas étonnée.

À voix basse, j'ai dit à mon père :

– Je pensais que nous allions chez des amis à toi. Pourquoi ne m'as-tu pas avertie que tu voulais m'emmener ici ?

Il a croisé mon regard.

– Si je l'avais fait, tu ne serais pas venue.

Du coin de l'œil, j'ai repéré les deux démons, qui se dirigeaient vers le portail situé après la terrasse. La fille a tourné la tête vers moi puis a disparu à l'intérieur de la bâtisse.

– Sophie, tu as devant toi les membres du Conseil, a déclaré mon père.

– Vraiment ? a fait Cal étonné.

À vrai dire, je l'étais aussi. J'avais imaginé un groupe de Prodigium vêtus de longues robes noires.

– Normalement, nous sommes douze, a repris mon

père. Mais en ce moment, seuls cinq d'entre nous sont à Thorne.

Un homme dont le crâne chenu brillait au soleil s'est avancé vers moi.

– Enchanté, Sophia. Kristopher.

Ses prunelles étaient bleu pâle et non jaunes, mais j'ai perçu que j'avais affaire à un métamorphe. Peut-être se transformait-il en chien husky. La personne suivante mesurait presque deux mètres de haut et ses grandes ailes, bien que noires, étaient traversées par toutes les couleurs de l'arc-en-ciel, comme des bulles d'huile dans l'eau.

– Roderick, a-t-il annoncé tandis que ma main disparaissait dans la sienne.

La femme s'appelait Elizabeth. Avec ses cheveux gris et ses lunettes rondes, elle évoquait une grand-mère. Quand elle m'a brusquement attirée à elle pour humer mes cheveux, j'ai compris en déchantant qu'il s'agissait d'un loup-garou.

Mon père leur a dit que nous discuterions avec eux plus tard et nous sommes enfin entrés à l'intérieur de l'édifice. Dans le hall, Jenna est restée bouche bée. J'étais également impressionnée. On avait le sentiment qu'il était impossible de tout voir dans ce lieu, même en passant le restant de sa vie à le contempler. Le sol, un damier de carreaux en marbre noirs et blancs, miroitait, et j'étais contente de ne pas porter de jupe. Un escalier en pierre claire, encore plus grand que celui d'Hécate, dominait le hall. Un tapis rouge comme une traînée de sang revêtait les marches.

En haut, une peinture murale illustrant une scène violente décorait la voûte du plafond. D'autres tableaux représentaient des sujets semblables : des hommes menaçant d'une épée des femmes en pleurs, ou des cavaliers chargeant durant une bataille tandis que leurs destriers roulaient des yeux horrifiés.

J'ai frissonné. Même en juin, il était impossible d'avoir chaud dans une salle comme celle-ci. Ou peut-être la chair de poule provenait-elle des effets de cinq cents ans de sortilèges qui imprégnaient encore la pierre et le bois.

– Il y a des statues, a commenté Jenna.

Deux bronzes représentant des femmes portant des voiles gardaient l'entrée de l'escalier où des gens se tenaient. Vêtus d'uniformes noirs, ils avaient tous le même sourire plaqué sur la figure.

– Qu'est-ce qu'ils font ? a chuchoté Jenna.

– Aucune idée, ai-je répondu. J'ai peur qu'ils ne nous préparent un numéro de comédie musicale.

– Ils travaillent à la cuisine, a expliqué mon père. Si vous avez besoin de quoi que ce soit, ils seront ravis de vous aider.

– Super, ai-je bredouillé.

Au-delà du groupe, en haut de l'escalier, mon père a avisé une arcade en marbre.

– Nos bureaux sont là, mais je vous les ferai visiter plus tard. Je suis sûr que vous avez envie de voir vos chambres.

J'ai tiré sur sa manche et l'ai attiré à l'écart.

– J'aimerais savoir qui sont les deux démons, ai-je murmuré. Ce ne sont pas mon demi-frère et ma demi-sœur ?

Ses yeux se sont écarquillés derrière ses lunettes.

– Non. Seigneur, non. Daisy et Nick sont... je te parlerai d'eux une autre fois, mais ils n'ont aucun lien de parenté avec nous.

– Alors pourquoi sont-ils ici ?

– Parce qu'ils n'avaient nulle part où aller et ici ils sont en sûreté.

– Et ça permet également au Conseil de les maîtriser quand ils deviennent vraiment démoniaques ?

– Non, Sophie, c'est pour les protéger. Ils ont déjà été attaqués à plusieurs reprises.

Il a fait signe à Lara d'avancer. Les talons de celle-ci ont résonné sur le sol de marbre.

– Sophie, Lara a préparé vos chambres. Prenez le temps de vous accoutumer à votre nouvel environnement, nous discuterons plus tard.

– Entendu, ai-je répondu en haussant les épaules.

Lara nous a guidés à travers le hall, jusqu'à une porte de pierre qui cachait un nouvel escalier. En gravissant les marches de l'étroit passage, j'ai eu le sentiment d'avancer dans une tombe. Lara nous débitait des statistiques que j'écoutais distraitement. Et qui de toute façon semblaient invraisemblables.

Plus d'un million de mètres cubes de volume habitable. Plus de trois cents pièces dont trente et une équipées de cuisines. Quatre-vingt-dix-huit salles de bains. Trois cent cinquante-neuf fenêtres. Deux mille quatre cent soixante-seize ampoules électriques.

Jenna secouait la tête. Nous avons atteint le troisième étage. Cal a vu sa chambre le premier et Jenna a pouffé en regardant par-dessus son épaule. Cela ressemblait tellement peu à Cal ! Le couvre-lit vert et les rideaux assortis avaient quelque chose de masculin, mais pas les meubles doré et blanc, ni le lit à baldaquin décoré de tissu plissé.

– Cal, ai-je dit, me sentant soudain plus détendue. Tu vas pouvoir inviter tes copains à faire des fêtes épatantes dans cette chambre. Toutes les filles vont être jalouses.

Cal m'a souri à demi.

– C'est supportable, a-t-il répliqué, avant de s'affaler sur le lit.

En le voyant noyé dans une mer de coussins, je n'ai pas pu m'empêcher de rire quand il s'est mis à les lancer autour de lui. Lara n'a pas apprécié.

– Ce lit a appartenu au duc de Cornwall, a-t-elle protesté.

– Fantastique, a dit Cal en brandissant un pouce, ce qui nous a fait pouffer davantage, Jenna et moi.

Les sourcils froncés, Lara nous a entraînées dans le couloir. Elle a ouvert une porte et j'ai su que c'était la chambre de Jenna. Le mobilier, les rideaux, le dessus-de-lit étaient roses. La pièce surplombait un jardin privé. Par la fenêtre ouverte, une brise transportait les senteurs des fleurs. J'étais épatée.

– C'est parfait, a dit Jenna à Lara.

Malgré son grand sourire, elle était pâle, et j'ai soudain pris conscience qu'elle n'avait rien bu depuis le départ de Hex Hall. Lara devait être en train de penser la même chose car elle s'est aussitôt dirigée vers un meuble en merisier qui abritait un mini-réfrigérateur contenant un stock de poches d'hémoglobine.

– O négatif, a-t-elle annoncé en désignant du doigt le sang, comme si Jenna venait de remporter un prix à jeu télévisé. Votre groupe sanguin préféré, m'a-t-on dit.

Le regard de Jenna s'est assombri et elle s'est léché les lèvres.

– Dans ce cas, nous allons vous laisser à votre festin, a déclaré Lara en me prenant par le bras. La chambre de Sophie est au bout du couloir.

– Très bien, a acquiescé Jenna, les yeux rivés sur l'hémoglobine.

– À plus tard, ai-je lancé en sortant avec Lara.

Jenna a refermé la porte avant d'aller s'enivrer.

– Nous vous avons préparé une chambre unique, a confié Lara avec nervosité. J'espère qu'elle vous plaira.

Elle a ouvert une porte. J'en suis restée coite. C'était incroyable. D'immenses fenêtres allant du sol au plafond donnaient sur un jardin plus grand que celui de Jenna. En son centre, l'eau jaillissait d'une fontaine. Des rideaux en satin blanc à motifs de feuilles s'harmonisaient avec un papier peint blanc représentant de l'herbe ponctuée de fleurs de couleurs vives. Le lit à baldaquin était blanc, garni de drapés en satin de la même teinte. J'avais mon propre divan pour défaillir et deux fauteuils en velours vert. J'ai même remarqué une sélection de mes livres préférés sur une table, et une photo de ma mère posée sur l'étagère d'une bibliothèque.

– J'adore ! ai-je dit à Lara, lui arrachant un sourire.

– J'en suis heureuse. J'aimerais que vous vous sentiez bien accueillie ici.

– Vous avez fait un excellent travail, ai-je répondu, sachant néanmoins qu'elle cherchait surtout à satisfaire mon père, c'est-à-dire son patron.

Puis je me suis dit qu'elle me traitait peut-être ainsi parce qu'elle pensait que je deviendrais un jour son chef. Soudain, j'ai eu envie de m'allonger. Mais avant, je devais appeler ma mère pour la prévenir que nous étions bien arrivés.

– Est-ce qu'il y a un téléphone quelque part ?

Elle m'a tendu son portable.

– C'est pour vous, à la demande de votre père. Son numéro correspond à la touche 1, celui de votre mère à la touche 2, celui de Hex Hall à la touche 3.

J'ai contemplé le portable. Je n'en avais pas utilisé depuis un an, ils étaient interdits à Hécate. Saurai-je encore envoyer un texto ? Lara a pointé une superbe table sur laquelle était posé un ordinateur portable argenté.

– Votre père a également enregistré une adresse e-mail pour vous afin que vous puissiez communiquer avec cet ordinateur.

Le matériel informatique n'était pas autorisé à Hécate. Selon la rumeur, Mme Casnoff possédait un ordinateur, et durant un cours rasant d'évolution de la magie, j'avais essayé de deviner son e-mail avec Jenna. C'était probablement tout simplement son nom, mais j'avais parié dix dollars que c'était *ensorcelleuse@hexhall.edu*. Maintenant, j'allais pouvoir le vérifier.

– Je vous laisse appeler votre mère, dit Lara. Si vous avez besoin de quelque chose, prévenez-moi.

– Merci, ai-je marmonné, soudain absorbée dans la contemplation de ma salle de bains, laquelle faisait trois fois la taille de ma chambre à Hécate.

Après le départ de Lara, j'ai appelé ma mère. Quand je lui ai appris que j'étais à l'abbaye Thorne, sa voix s'est tendue.

– Pourquoi ? Est-ce qu'il t'a donné une explication ?

– Non. C'est probablement en rapport avec mon avenir de future dirigeante du Conseil.

Ma mère a soupiré.

– Je suis contente qu'il ne te soit rien arrivé. Dis à ton père de me téléphoner dès que possible, s'il te plaît.

Je le lui ai promis, mais en coupant la communication, j'ai songé que je n'avais pas envie de m'occuper aussi des problèmes de mes parents.

J'étais en Angleterre. Avec mon père. Dans une demeure ridiculement grande qui servait aussi de siège au Conseil et de domicile à deux autres démons. Mon pressentiment ne m'avait pas quittée. Et je savais que mon ex-amoureux rôdait dans le même pays, prêt à tuer des monstres.

Oui, j'avais définitivement besoin de faire une sieste avant d'affronter tout cela. Je me suis assise sur mon nouveau lit. Il n'avait peut-être pas appartenu à un duc, mais le matelas devait être en plumes d'anges. J'avais le temps de dormir une heure avant d'aller trouver mon père. Et Lara pourrait peut-être me fournir un plan des lieux ou même un GPS. En fermant les yeux, je me suis demandé pourquoi le nom Thorne m'était familier.

6

Des cris m'ont réveillée. Les miens, m'a-t-il semblé. Et on m'a secouée. Désorientée, le cœur battant, je me suis assise.

– Sophie ? a demandé Jenna, les yeux grands ouverts.

– Qu'est-ce qui s'est passé ?

La pièce était plus sombre et un instant, j'ai eu l'impression d'être à Hex Hall.

– Tu faisais un cauchemar, je crois. Tu hurlais.

C'était embarrassant. Et bizarre. Je n'avais jamais fait de cauchemars, pas même après les mésaventures du semestre dernier. J'ai essayé de me remémorer mon rêve. Impossible. C'était comme si du coton emplissait ma tête. J'avais le vague souvenir d'avoir couru et eu peur de... quelque chose. Ma gorge était irritée, comme si j'avais pleuré. À part cela, j'éprouvais le même sentiment de crainte qu'à bord du ferry, et une odeur de fumée chatouillait mes narines. Une odeur âcre et persistante.

– Ça va, ai-je déclaré. C'était simplement un rêve idiot.

– À propos de quoi ? a questionné Jenna, les genoux repliés contre sa poitrine.

– Je ne sais pas. Je courais et il y avait un incendie quelque part.

Jenna a entortillé sa mèche rose autour de son doigt.

– Ça n'a pas l'air trop affolant.

– Non, mais ce que j'éprouvais l'était. J'avais peur et j'étais triste. Plus que triste. Dévastée. J'ai eu le même sentiment quand nous avons quitté Hécate, ai-je ajouté en m'adossant contre la tête de lit. L'impression que nous n'allions jamais revenir. Pas tous les trois, en tout cas.

Ce que j'aime bien chez Jenna, c'est que rien ne la choque. Sans doute est-ce lié au fait qu'elle est un vampire, ou peut-être était-elle déjà comme ça avant sa métamorphose. D'un air pensif, elle s'est rongé un ongle en demandant :

– Prédire l'avenir est un don de démon ?

– Comment veux-tu que je le sache ? ai-je aboyé. Je n'ai connu qu'un démon : Alice. Elle suçait le sang de ses victimes, ce que ne font pas les sorcières, et sans vouloir te vexer, ce n'était pas spécialement impressionnant.

– Je ne suis pas offensée. Tu pourrais peut-être en parler à ton père. Le but de ces vacances est d'apprendre ce qu'est un démon, il me semble ?

J'ai pris un air évasif et Jenna a changé de sujet.

– Très bien, donc tu as rêvé d'un incendie et tu possèdes peut-être des dons paranormaux qui t'indiquent que nous allons tous mourir en Angleterre.

– Je me sens mieux maintenant. Merci, Jenna.

Elle m'a ignorée.

– Parfois les rêves n'ont pas de sens.

– Oui, ai-je approuvé. Tu as raison.

– Et si c'est tout ce qui t'est arrivé dernièrement... Non, ce n'est pas tout, a-t-elle repris en étudiant mon expression.

J'ai eu envie de me recroqueviller sous les couvertures. Au lieu de cela, je lui ai confié que j'avais vu le fantôme d'Elodie.

– Et elle t'a regardée ? m'a demandé Jenna étonnée. Qu'en pense Mme Casnoff ?

– Je ne le lui ai pas encore dit.

– Quoi ? Soph, tu dois le lui dire. Après Alice... Écoute, vivre dans le monde normal pose des problèmes de confiance, mais tu ne devrais rien cacher à Mme Casnoff. Ni à moi.

J'ai culpabilisé. Je n'avais jamais abordé le sujet avec Jenna, mais nous savions toutes deux que si j'avais parlé d'Alice à quelqu'un, Jenna n'aurait peut-être jamais été accusée d'avoir attaqué Chaston et Anna. Et bien sûr, Elodie serait peut-être encore en vie.

– Je lui écrirai demain, ai-je répondu. Ou je l'appellerai. Lara m'a donné un portable.

– Fais voir ! m'a pressée Jenna. Quelle marque ? On peut télécharger de la musique avec ? Écoute, jure-moi de ne pas essayer de me distraire avec ta technologie sexy, Sophie Mercer !

J'ai levé la main et lui ai fait un salut de scout. Ou celui d'un personnage de *La Guerre des étoiles*.

– Je jure solennellement d'informer Mme Casnoff que le spectre d'Elodie m'a regardée. Et si je ne le lui dis pas, je m'engage à acheter un poney vampire à Jenna.

Jenna a réprimé un sourire. Elle avait raison. Désormais, je pouvais faire confiance à certaines personnes qui méritaient de savoir ce qui se passait dans ma vie. Mon cœur s'est allégé et j'ai décidé qu'infestée de démons ou pas, l'abbaye Thorne était un bon endroit pour tourner une page, repartir de zéro – tous ces clichés à propos de faire un nouvel essai.

J'en avais assez de mes secrets.

– Je suis désolée que tu aies fait un cauchemar, mais en fait, j'étais venue te parler, a déclaré Jenna.

– À propos de quoi ?

– Oh, je ne sais pas, peut-être de notre arrivée au siège du Conseil ? Quelque chose t'a fait peur.

– Ça se voyait tant que ça ?

– Non, mais mes dons de vampire me permettent de détecter des changements émotionnels subtils. Tu avais l'air sur le point de défaillir. Si ça s'était produit, Cal t'aurait portée dans ses bras jusqu'en haut de l'escalier.

Jenna a saisi mon bras en gloussant.

– Je t'aimais mieux quand tu étais anxieuse et morose, Jenna.

Elle a continué à sourire. J'ai repoussé les couvertures et répliqué d'un ton rancunier :

– Très bien. L'image de Cal gravissant ces marches magnifiques en me portant est... plaisante.

– Mais oui, et pourtant, je n'aime pas les garçons.

Je me suis penchée pour attraper mes tennis rangées sous le lit. J'ai songé un instant à lui parler des fiançailles puis j'ai pris conscience que je ne savais pas encore ce que j'en pensais moi-même.

– Ce n'est pas le Conseil qui m'a troublée, ai-je déclaré. Il y avait deux adolescents au fond.

– Oui, une brune et un garçon qui ressemble à Archer.

En me redressant, je me suis cogné la tête contre le bois du lit.

– Quoi ? ai-je fait.

– Ce garçon. Il ressemblait à Archer. J'ai cru que c'était à cause de cela que vous aviez tous l'air d'avoir la nausée.

– Oui, ai-je répondu. Il lui ressemblait. La même couleur de cheveux. Grand. Un sourire suffisant. Quoi qu'il en soit, ce n'est pas ça qui m'a fait peur, ai-je ajouté en laçant mes tennis. C'est un démon. De même que la fille.

– Non ! s'est exclamée Jenna stupéfaite. Je croyais que ton père et toi étiez les seuls démons dans ce monde.

– Moi aussi. D'où mon dégoût.

– Qu'est-ce qu'ils font ici, à ton avis ?

– Aucune idée.

Après une minute, Jenna a déclaré :

– Ils sont probablement nuls. Ton père et toi, vous êtes plus puissants qu'eux, je suis sûre.

J'ai souri.

– Comment fais-tu pour être aussi super, Jenna ?

– Ça fait partie de mes pouvoirs de vampire, a-t-elle répondu en se levant. J'ai exploré les lieux pendant ta sieste épique. Tu as dormi trois heures. J'avais peur de m'aventurer trop loin toute seule.

– Peur ? Toi qui es probablement capable de vaincre n'importe quelle créature surnaturelle ?

Jenna a haussé les épaules.

– Oui, mais être un vampire n'empêche pas de se perdre. Je n'avais pas envie de passer l'éternité à errer dans cette abbaye qui me donne la chair de poule.

– Le manoir d'Hécate est plus inquiétant que Thorne, ai-je protesté. Ici, c'est simplement un endroit *différent*.

– C'est immense, a argué Jenna. Trente et une cuisines, tu te rends compte, Soph ?

Mon appétit s'est aiguisé. Nous sommes sorties dans le couloir faiblement éclairé par des lampes fixées aux murs.

– Quand on pense que tout cet espace ne servait qu'à une seule famille... ai-je lâché.

– Et au départ, ce n'était même pas la résidence principale de la famille. Ils possédaient un hôtel particulier à Londres, un château dans le nord de l'Écosse, et un pavillon de chasse dans le Yorkshire. Après la Seconde Guerre mondiale, ils ont perdu la quasi-totalité de leur fortune et ont été contraints de vendre leurs propriétés, excepté l'abbaye Thorne, qui leur appartient toujours.

– Tu en connais un rayon sur cet endroit, ai-je observé.

– J'ai visité la bibliothèque, en bas. Ils ont plein de livres sur l'histoire de cette demeure. Il s'y est passé des trucs incroyables. Tu sais, les deux statues à l'entrée de l'escalier ? Philip Thorne les a commandées en 1783, après le suicide de sa femme, qui s'était jetée en bas de l'escalier.

– Quelle horreur, ai-je répliqué, mais quelque chose me turlupinait.

C'était le nom Thorne. Je l'avais déjà entendu. Et pourquoi avais-je l'impression que c'était important ?

En descendant les marches, Jenna a continué à me parler de la maison.

– Dans les années 30 et 40, c'était une école de filles.

Une alarme s'est déclenchée dans ma tête.

– Vraiment ?

– Oui. Durant le Blitz, ils ont fait évacuer des jeunes de Londres, et des écoles. Les Thorne ont ouvert l'abbaye à des jeunes filles, pensant qu'elles poseraient moins de problèmes que des garçons.

Et je me suis soudain souvenue pourquoi je connaissais ce nom.

7

– Mon Dieu, ai-je fait.

– Ce n'est pas très intéressant, a poursuivi Jenna.

– Non, ce n'est pas ça. Tu as vu des photos de ces filles dans le livre ?

– Oui, quelques-unes.

Le sang m'est monté aux tempes.

– Il faut que je voie ce livre. Tout de suite.

Jenna a passé son bras autour du mien et nous avons emprunté plusieurs couloirs avant de nous retrouver dans le hall.

– Je l'ai laissé sur le rebord d'une fenêtre, a précisé Jenna. Je suis sûre qu'il y sera encore.

Nous avons dépassé une pléthore de portes fermées et tourné plusieurs fois avant d'atteindre la bibliothèque. Comme le reste des lieux, elle était splendide. Et gigantesque.

Je suis restée un instant figée. Je n'avais jamais vu autant de livres. Deux escaliers en colimaçon menaient au second niveau où se trouvaient d'autres livres. Des divans étaient disséminés dans la pièce et des lampes Tiffany projetaient une lumière douce sur le parquet. Au bout de la salle, de grandes fenêtres surplombaient la rivière et laissaient entrer quelques rayons de soleil. Les rebords de celles-ci étaient vides.

– Je l'avais pourtant posé là il y a vingt minutes, a grommelé Jenna.

– Il était rangé où ? Quelqu'un l'a peut-être remis à sa place.

Jenna s'est mordu la lèvre.

– Oui. Je l'ai trouvé à l'étage près de cette boîte très bizarre.

– Bizarre comment ? ai-je demandé en la suivant tandis qu'elle grimpait vers le second niveau.

– Tu vas voir. C'est dans le fond, près du tableau d'un homme sur un cheval.

En bas, les étagères reposaient contre les murs. Ici, elles envahissaient même l'espace central et il fallait se faufiler entre elles.

– Ah ! s'est exclamée Jenna.

Sur la pointe des pieds, elle contemplait le tableau d'un cavalier très en colère malgré sa somptueuse cape d'hermine.

– Il n'est pas là, a-t-elle annoncé. On devrait peut-être continuer à chercher en bas.

J'ai ravalé ma déception. J'ignorais pourquoi je voulais à tout prix voir ce livre. Je savais déjà où j'avais entendu le nom Thorne et pourquoi c'était important.

Thorne était le nom de famille de la femme dont le rituel avait changé Alice en démon. Et qui avait donc, par inadvertance je suppose, fait de moi un démon. Alice avait été envoyée à l'abbaye Thorne durant le Blitz, cela ne faisait plus aucun doute, et c'était dans ce lieu que tout avait commencé.

Je tenais tout de même à voir une photo d'Alice avant sa transformation.

– Oui, ai-je répondu à Jenna. On cherchera plus tard. Ce n'est pas grave.

Jenna n'était pas idiote. Elle me connaissait suffisamment pour savoir quand je mentais. Mais au lieu d'insister, elle a dit :

– Regarde.

Sous le tableau du cavalier, un cube en verre gravé de symboles inconnus et poussiéreux abritait un ouvrage.

– Essaie de l'ouvrir, a déclaré Jenna.

Il n'y avait pas de poignée. J'ai passé mes doigts le long des angles et tenté de soulever le couvercle. Aussitôt, j'ai retiré ma main.

– C'est dingue, non ? a fait Jenna. Il est protégé par un sort puissant.

Mes phalanges brûlaient encore. Comme lorsque j'avais touché le sceau de L'Œil sur la poitrine d'Archer.

– Je ne sais pas ce que contient ce livre, mais quelqu'un ne tient pas à le révéler.

– En effet, a répondu une voix.

J'ai fait volte-face. Les mains derrière le dos, mon père souriait.

– Cet ouvrage est le grimoire de la famille Thorne. Il renferme une quantité de sorts.

– Je sais ce qu'est un grimoire, me suis-je irritée.

– Il s'agit de sorts de magie noire que les Prodigium ne connaissent pas, a ajouté mon père. Le Conseil l'a rendu impossible à consulter depuis des années.

– Alors c'était une famille de sorciers ? Les Thorne ?

Mon père a passé la main sur le couvercle du meuble en verre, mais aucun flux brûlant ne lui a fait retirer ses doigts.

– Oui, a-t-il confirmé. De magie noire. Très puissants et habiles à dissimuler leur identité aux humains.

– Ce sont bien eux qui ont changé Alice en démon ?

Jenna a émis un son surpris, mais mon père a continué à m'observer avant de répondre :

– Comme tu es intelligente d'avoir abouti si vite à cette conclusion.

Il avait l'air satisfait et je me suis sentie fière.

– Jenna m'a aidée. Elle a lu un livre à propos de filles envoyées ici durant le Blitz et je me suis rappelé que Mme Casnoff m'avait expliqué que la sorcière qui avait jeté un sort à Alice s'appelait Thorne. C'est la raison pour laquelle nous sommes à la bibliothèque. Je voulais voir les photos du livre.

– Si tu veux voir une photo de ton arrière-grand-mère, pourquoi ne t'es-tu pas adressée à moi ?

Une remarque sarcastique m'est venue à l'esprit, mais je me suis contenue. Il avait raison. Lui demander aurait été logique au lieu de poursuivre des activités clandestines dans la bibliothèque.

Heureusement, Jenna a volé à ma rescousse.

– Monsieur Atherton, a-t-elle dit en regardant mon père, Sophie a passé seize ans de sa vie à avoir affaire à des gens qui lui mentaient. À Hex Hall, elle se débrouillait seule pour découvrir la vérité. C'est une habitude dont on ne se débarrasse pas facilement.

Malgré sa petite taille et son amour pathologique pour le rose, Jenna était un vampire : cela signifiait qu'elle pouvait se montrer intimidante quand elle le souhaitait. À présent, j'avais envie de la serrer dans mes bras.

Mon père nous a regardées tour à tour.

– D'après Mme Casnoff, vous formez une équipe formidable toutes les deux. Je comprends mieux ce qu'elle voulait dire. Si vous n'avez pas d'autre ouvrage à consulter, Sophie, aimerais-tu venir te promener dehors avec moi ?

Mon père me faisait l'effet d'être tout droit sorti d'un roman de Jane Austen. J'étais étonnée qu'une femme à l'esprit aussi pratique que ma mère ait pu tomber amoureuse de lui. Naturellement, je n'avais jamais imaginé non plus que je craquerais pour un beau garçon tueur de Prodigium.

– La nuit va tomber, ai-je dit à mon père.

– Il reste encore suffisamment de lumière, je pense. À cette heure, la vue de l'abbaye Thorne est spectaculaire.

Depuis que j'avais rencontré mon père, j'avais appris à me fier à son regard et non au ton de sa voix, et j'ai compris qu'il m'ordonnait de le suivre.

– Très bien, ai-je déclaré. Pourquoi pas ?

– Fantastique ! Jenna, vous pourrez rester un moment seule, n'est-ce pas ?

Jenna m'a dévisagée.

– Bien sûr, monsieur Atherton. Je vais aller voir Cal.

– Excellente idée, a répliqué mon père. On y va ? a-t-il ajouté en me prenant par le coude.

8

En sortant, nous avons dépassé l'une des domestiques. Elle époussetait une table de marbre dans le couloir, mais sans plumeau ni produit nettoyant, simplement en maintenant ses mains au-dessus de la surface. La poussière formait une tornade qui disparaissait en s'élevant. C'était aussi étrange que de me voir confier un ordinateur et un téléphone portable. À Hécate, personne ne faisait le ménage en utilisant ses pouvoirs magiques. Mme Casnoff s'y serait certainement opposée.

Une fois dehors, j'ai dit à mon père :

– Écoute, je suis vraiment désolée d'avoir touché au cube. Je ne savais pas.

Il a changé de sujet.

– Sens-tu cette odeur merveilleuse ?

Quelle odeur ?

– De lavande. Tous les jardins en sont bordés. Leur parfum est très agréable à cette heure-ci.

Cela aurait été encore plus agréable si je n'avais pas été dans une maison pour démons délinquants.

Nous avons continué à marcher en silence. Ma main reposait sur l'avant-bras de mon père, au creux de son coude, ce qui était à la fois agréable et bizarre. Tout en avançant, je me disais que nous nous comportions comme s'il n'avait jamais été absent en dix-sept ans, comme si tout était normal.

Nous avons franchi un pont et gravi une colline. Au sommet, je me suis retournée vers la demeure. Nichée dans la vallée, l'abbaye Thorne baignait dans une lumière dorée. De loin, la forêt semblait s'enrouler autour de la bâtisse. C'était très beau, mais je n'ai pas pu m'empêcher de me dire que ma vie aurait été entièrement différente si Alice n'était pas venue ici.

– Dès que mes yeux se sont posés sur cette maison, je l'ai aimée, a dit mon père.

– Dommage qu'elle ne soit pas plus grande, ai-je plaisanté. Il me faut au moins cinq cents chambres pour ne pas me sentir à l'étroit.

Mon père a gloussé.

– J'espérais qu'elle te plairait. C'est notre lieu de naissance, en quelque sorte. Aimerais-tu entendre cette histoire ?

– Tant qu'à faire... ai-je répondu d'un ton nonchalant.

– Les membres de la famille Thorne étaient des sorciers et sorcières adeptes de la magie noire. Durant des centaines d'années, ils ont réussi à cacher leur véritable identité aux humains, se servant de leurs pouvoirs pour accroître leurs richesses et leur influence. Ils étaient ambitieux, intelligents, mais peu dangereux. Du moins, pas durant la guerre.

– Quelle guerre ?

Il m'a dévisagée d'un air étonné.

– Tu n'as pas entendu parler de la guerre à Hécate ?

J'ai passé en revue ce que j'avais étudié, mais j'avais été souvent distraite durant mes cours, songeant principalement à Archer, à Jenna, et aux mystérieuses attaques qui frappaient les adolescentes du centre.

– On l'a peut-être étudiée, ai-je fini par répondre. Je ne m'en souviens pas.

– En 1935, une guerre a éclaté entre *L'Occhio di Dio* et les Prodigium, qui a fait des milliers de morts dans les deux camps. Ce fut une période particulièrement sinistre.

Il a marqué une pause pour nettoyer ses lunettes à l'aide d'un mouchoir.

– À l'époque, il ne restait que deux survivants de la famille Thorne. Virginia et son jeune frère, Henry. Virginia a eu l'idée d'invoquer un démon pour combattre L'Œil. Personne n'y était parvenu jusque-là, mais elle avait décidé de tenter sa chance. Elle a mis plusieurs années à trouver le vieux grimoire qu'elle cherchait, celui qui contenait la formule du rituel.

– C'est le livre enfermé dans le cube en verre ?

– Oui. Selon les archives du Conseil, elle voulait accomplir le rituel sur elle-même, mais le Conseil a refusé, décrétant qu'effectuer un essai sur un humain entraînerait moins de risques. Heureusement pour Virginia, des centaines de filles vivaient à l'abbaye. Et elle a choisi Alice.

– Pourquoi Alice plutôt qu'une autre ? ai-je demandé.

– Je l'ignore, Sophie. Peut-être parce que Alice était enceinte à ce moment-là. Il est possible qu'elle et Henry... Quoi qu'il en soit, Virginia n'en a jamais parlé à personne et après le rituel, Alice était mal placée pour révéler le secret.

Je me suis frotté le nez.

– En général, dans les romans, un journal intime magique contient les réponses des énigmes. C'est le cas ?

– Hélas, non. Tu connais la suite de l'histoire, je crois. Virginia a accompli le rituel, mais quelque chose a mal tourné. Cela a entraîné sa mort, celle de son frère, et Alice a été changée en démon.

– En monstre, ai-je marmonné, me rappelant les griffes argentées s'enfoncer dans la nuque d'Elodie.

Je me suis installée dans l'herbe, les genoux repliés contre la poitrine. Après un moment, mon père est venu s'asseoir près de moi.

– Tu vas avoir des taches vertes sur tes vêtements, a-t-il observé.

– J'ai d'autres affaires.

– Pourquoi emploies-tu le mot « monstre » en référence à nous ?

– Vraiment, tu ne sais pas pourquoi je compare les démons à des monstres ?

– Quand tu croyais que tu n'étais qu'une sorcière, te comparais-tu à un monstre ?

– Bien sûr que non.

– Pourtant, les sorcières, les fées, les métamorphes, les loups-garous ont les mêmes origines que nous.

– Comment ça ?

– Au départ, nous étions tous des anges.

– Je sais que les Prodigium descendent des anges qui n'ont pas choisi de camp durant la guerre entre Dieu et Lucifer.

Mon père a croisé mon regard.

– Les démons sont des anges qui, eux, ont choisi leur camp. Qui s'est avéré le mauvais.

– Et alors ? Même si jadis, c'étaient des anges, cela ne fait pas d'eux – de nous – les bons.

– Non, mais cela nous rend plus complexes que des monstres. Par exemple, cela ne t'a pas perturbée d'apprendre que tu étais une sorcière de magie noire, et leurs pouvoirs sont semblables aux nôtres. À maints égards, un démon n'est rien de plus qu'une sorcière de magie noire très puissante.

– Ou Hogaroth le Redoutable, ai-je marmonné.

– Quoi ?

– Quand Virginia a invoqué un démon pour posséder Alice, est-ce qu'Alice est devenue une enveloppe corporelle habitée par un démon ?

Mon père a ri.

– Grands dieux, non ! C'est ce que tu pensais ?

J'ai croisé les bras.

– Personne ne s'est empressé de répondre à mes questions brûlantes, lui ai-je reproché.

Son rire s'est tu et il a pris un air penaud.

– Tu as raison. Je suis désolé. Non, quand un démon est invoqué, ce n'est rien de plus qu'une force des ténèbres. Être exilé en enfer dépossède les anges de tout sauf de leurs pouvoirs. Ils n'ont plus de nom, plus de personnalité, plus de corps. Ils ne sont rien d'autre qu'un concentré de magie non dilué.

Je l'ai contemplé, impressionnée.

– La « possession » n'est pas vraiment le mot juste pour définir ce qui se produit, a-t-il repris. Il s'agit plutôt d'une dévastation. Le démon altère tout, même le sang de sa victime, même son ADN. C'est pourquoi il se transmet de famille en famille. C'est pourquoi lorsque nous sommes gravement blessés, nous ne mourons pas. Nos pouvoirs nous guérissent. Sauf si bien sûr, a-t-il ajouté en désignant la cicatrice sur ma main, quelqu'un nous atteint avec un morceau d'épée de cristal noir. Hormis cela, après un rituel de possession, un démon qui a été changé demeure la personne qu'il a toujours été.

– Avec la magie noire la plus puissante du monde coulant dans ses veines, ai-je ajouté.

– Exactement, a souri mon père d'un air fier, et je me suis soudain rappelé Alice dans la clairière, s'exclamant : « Tu as réussi ! », juste avant que je la décapite.

La gorge nouée, j'ai demandé :

– Donc, si Alice était toujours Alice, pourquoi avait-elle des griffes et buvait-elle du sang ?

Il a haussé les épaules et levé sa main droite. Des griffes argent sont apparues sur ses ongles manucurés, avant de disparaître sous mes yeux.

– N'importe quelle sorcière peut le faire. Essaie à ton tour.

J'ai inspecté mes ongles peints du vernis framboise écaillé de Jenna.

– Non merci, ai-je répondu.

– En ce qui concerne l'absorption du sang, c'est une ancienne coutume. Beaucoup de sorciers la suivaient, jadis. C'est une coutume qui a profité à ton amie Jenna. En fait, c'est la façon dont ont été créés les vampires. Il y a environ mille ans, un clan de sorcières effectuait ce rituel du sang très compliqué et...

– Alice a tué des gens, ai-je coupé.

– Oui, a dit mon père d'un ton calme. Une telle quantité de magie noire peut conduire à la folie. C'est ce qui est arrivé à Alice. Cela ne veut pas dire que tu subiras le même sort.

Il m'a regardée avec intensité.

– Sophie, je comprends ton hésitation à embrasser notre héritage, mais il est vital que tu cesses de penser que les démons sont des monstres, que tu es un monstre.

– Écoute, tu soutiens les démons, c'est ton droit, mais j'en ai vu un assassiner une amie devant moi. Et Mme Casnoff m'a rapporté que ta mère avait tué ton père. Alors n'espère pas me faire croire que le ciel est bleu et que les oiseaux chantent quand on est un démon !

– Je ne prétends rien de tel. Mais si tu acceptes de m'écouter et d'apprendre ce qu'être un démon signifie, tu comprendras que faire retirer tes pouvoirs n'est pas la seule possibilité. Il existe des moyens de les maîtriser ou de réduire les risques d'attaque envers autrui.

– Réduire ? ai-je répété. Mais pas retirer ?

Mon père a secoué la tête d'un air frustré.

– J'aimerais simplement que tu comprennes... Sophie, as-tu songé aux conséquences d'une telle opération ? Si tu y survis, naturellement.

J'y avais songé. Je m'étais dit que je ressemblerais à la Vandy : couverte de tatouages violets, même sur la figure. Cela serait impossible à cacher aux gens mais l'explication d'une crise de folie durant les vacances de printemps fonctionnerait peut-être.

– J'ignore si tu sais ce qui se passe durant ce Rituel, a repris mon père. Non seulement tu ne seras plus en mesure de pratiquer la magie, mais tu détruiras aussi une part vitale de toi-même, tu anéantiras quelque chose qui fait autant partie de toi que la couleur de tes prunelles. Tu étais destinée à être un démon, et ton corps et ton âme se battront pour que tu le restes. Jusqu'à la mort, sans doute.

Il n'y a rien à répondre à ce genre de discours. Je me suis donc contentée de le regarder et il a fini par déclarer :

– Tu es fatiguée et je te donne beaucoup d'informations.

– Non, ce n'est pas ça...

– Après une bonne nuit de sommeil, tu seras plus réceptive à mes conseils, a-t-il coupé. À présent, je te prie de m'excuser, j'ai rendez-vous avec Lara et j'ai un quart d'heure de retard. De toute façon, tu connais le chemin pour rentrer.

– Oui, c'est devant moi, ai-je bredouillé, mais mon père descendait déjà la colline.

Tandis que la lumière baissait, je suis restée assise un long moment à contempler l'abbaye Thorne en réfléchissant à tout ce que mon père m'avait confié. Au bout de dix minutes, je me suis rendu compte que j'avais oublié de le questionner au sujet des adolescents démons. Je me suis levée et j'ai pris la direction de l'abbaye.

Pour la première fois, l'idée de risquer ma vie durant le Rituel me faisait peur. Néanmoins, je ne pouvais pas continuer à vivre comme une bombe à retardement, et conserver mes pouvoirs impliquait la possibilité d'exploser un jour. Mon existence était devenue un problème mathématique très compliqué. Et j'ai toujours été nulle en maths.

À mon retour, mon père étant absent, je suis montée dans ma chambre. La conversation que nous avions eue m'avait coupé l'appétit. Malgré ma longue sieste, je n'avais qu'un désir : prendre un bain chaud et me coucher.

Mon lit était fait. Je me suis demandé si une femme de ménage s'en était chargée ou s'il s'agissait d'un sort domestique. Puis j'ai vu la photo posée sur l'oreiller. Mon père l'avait-il placée là ? D'une main tremblante, je m'en suis emparée. Plantées devant l'abbaye Thorne, une cinquantaine d'adolescentes figuraient sur le cliché en noir et blanc. La moitié d'entre elles se tenaient debout, les autres étaient assises, cachant modestement leurs jambes sous leurs jupes. Alice faisait partie des filles assises.

J'ai étudié son visage un long moment. Penser qu'Alice était réellement possédée, pareille à une créature sans âme qui se servait du corps de ma grand-mère comme d'un instrument, m'avait arrangée. Il m'était pénible de songer que l'âme d'Alice se trouvait encore en elle quand je lui avais tranché la gorge avec un morceau de cristal noir.

Du doigt, j'ai caressé ses traits. Comment se sentait-elle le jour où cette photo avait été prise ? Soixante-dix ans plus tôt, elle avait vécu dans cette chambre. J'ai frissonné. Avait-elle pressenti que quelque chose d'épouvantable allait lui arriver ? Avait-elle éprouvé la même anxiété que moi en se promenant dans les couloirs de Thorne ?

Mais, figée en 1939, souriante et humaine, Alice n'avait pas de réponses à me fournir, et sur son visage, rien n'indiquait qu'elle se doutait de ce que l'avenir lui réservait.

9

Le lendemain matin, je me suis levée de bonne heure et j'ai pris une douche express. Croyez-moi, si vous aviez passé neuf mois à partager une salle de bains avec des créatures surnaturelles, vous aussi, vous auriez conservé les mêmes habitudes dans une salle de bains privée ! La veille, à mon insu, toutes les affaires contenues dans mes bagages avaient été déballées et rangées avec soin. Me souvenant de l'élégance des membres du Conseil, j'ai brièvement songé à mettre une robe, puis j'ai finalement opté pour un jean et un tee-shirt rouge rose. J'ai néanmoins enfilé une jolie paire de sandalettes à la place de mes tennis miteuses.

Avant de descendre, je suis passée dans la chambre de Jenna, qui n'y était pas. J'ai songé à frapper à la porte de celle de Cal, mais craignant de le réveiller, je me suis ravisée, rougissant néanmoins en me figurant un Cal torse nu et somnolent.

Dans le couloir principal, j'ai failli heurter Lara Casnoff. Vêtue d'un tailleur sombre, elle tenait entre ses mains des papiers, un téléphone portable et une tasse de café fumant à l'odeur appétissante. Elle m'a souri.

– Sophie ! Vous êtes debout. Tenez, prenez cette tasse, j'allais vous l'apporter.

– Merci, c'est très gentil à vous.

À Hex Hall, nous étions réveillés par une alarme dont le bruit ressemblait à la fois à celui d'une sirène et à celui de chiens de l'enfer aux abois. Se faire servir un café au lit était nettement plus agréable.

– Votre père est absent, il avait un rendez-vous de travail. Il m'a demandé de vous dire qu'il serait de retour ce soir.

– Ah. Très bien.

– Il était navré de ne pas pouvoir être avec vous pour votre premier jour à Thorne.

J'ai eu un rire sarcastique.

– Je suis habituée à ses absences.

Pressentant que Lara allait prendre sa défense, j'ai ajouté :

– Dites-moi, parmi les neuf mille cuisines, où puis-je trouver des céréales ? J'ai raté le dîner hier soir.

– Nous prenons le petit déjeuner dans la salle à manger située dans l'aile est.

Elle m'a donné des indications sans fin pour m'y rendre, puis, face à ma mine perplexe, a déclaré :

– Venez, je vais vous y conduire.

– Merci. À la fin de l'été, j'aurai peut-être mémorisé les plans de ce lieu.

Lara s'est esclaffée.

– Je viens ici depuis des décennies et je m'y perds encore.

Pendant que nous progressions dans un couloir, j'ai jeté un coup d'œil sur les portraits accrochés au mur. Ils représentaient des loups-garous aux poils argentés habillés à la mode du XVIIIe siècle. Une image figurant une famille de sorcières en lévitation sous un arbre datait probablement du XVIIe siècle, à en juger par les cols en dentelle.

– Des décennies ? ai-je répété. Vous avez donc connu mon père lorsqu'il était petit ?

Lara a acquiescé.

– En effet. Votre grand-mère avait fait don de l'abbaye Thorne au Conseil avant... avant son décès. Avec Anastasia, nous avons passé de nombreux étés ici en compagnie de votre père. Et nous avons quelque chose en commun, Sophie, a-t-elle ajouté après une pause. Mon père a également été à la tête du Conseil.

– Quoi ?

– Alexei Casnoff. Vous n'avez jamais entendu parler de lui ?

J'ai secoué la tête.

– Les Casnoff ont dirigé le Conseil durant près de deux cents ans. C'est mon père qui a désigné le vôtre pour lui succéder, à cause de ses pouvoirs.

– Mais si mon père avait refusé, c'est vous qui auriez hérité de sa charge, à titre héréditaire ?

Elle a haussé les épaules comme si cela n'avait aucune importance.

– C'est Anastasia, en fait. C'est elle l'aînée. Mais nous étions toutes deux d'accord avec la décision de Père, et Anastasia avait le sentiment qu'elle se rendrait plus utile en dirigeant Hécate. Nous ne l'avons jamais regretté. James a accompli un excellent travail et je suis sûre que vous vous débrouillerez aussi bien que lui.

Elle m'a souri. J'ai grimacé.

– Comment se fait-il que votre sœur s'appelle Mme Casnoff ? ai-je demandé. Elle a épousé un membre de sa propre famille ?

– Anastasia a été mariée. Néanmoins, nous avons toujours conservé le nom Casnoff. Que son mari a même adopté.

Je voulais en savoir davantage, mais nous avions atteint la salle à manger. Elle était trois fois plus grande que celle de Hex Hall et, à l'instar des autres pièces de la demeure, des dorures et des tableaux couvraient presque entièrement les murs. Même les fauteuils étaient garnis de brocart d'or.

Autour d'une table suffisamment grande pour une armée, une seule personne était assise : Cal. Il a fait un petit signe de tête.

– Bonjour.

Lara s'est illuminée.

– Monsieur Callahan ! Je suis ravie de vous voir. Comment trouvez-vous l'abbaye Thorne ?

– Super, a répondu Cal d'un ton lugubre.

L'ignorant, Lara a redoublé d'enthousiasme.

– Sans aucun doute, vous devez être tous deux très heureux d'avoir l'occasion de passer des vacances ensemble.

Nous l'avons fixée en silence. Elle nous a décoché un sourire conspirateur.

– Rien ne me fait plus plaisir que de voir un arrangement qui unit vraiment deux âmes sœurs.

J'ai coulé un regard vers Cal. Malgré son expression impassible, j'ai vu sa main se crisper autour de son verre.

– Il n'y a pas de... d'amour entre Cal et moi, ai-je bredouillé. Nous sommes amis, c'est tout.

Lara a froncé les sourcils.

– Alors, pardonnez-moi. J'avais cru que c'était la raison pour laquelle M. Callahan avait refusé la proposition du Conseil.

– Quelle proposition ? ai-je questionné.

– Ce n'était rien, a répondu Cal.

Lara a toussoté.

– Quand M. Callahan a atteint sa majorité, nous lui avons proposé de devenir chef d'équipe du groupe de gardes du corps du Conseil. Un poste tout de même plus intéressant que celui de gardien sur l'île de Graymalkin. Corrigez-moi si je me trompe, mais n'aviez-vous pas accepté cette fonction, initialement ?

Pour la première fois, j'ai décelé de la colère sur les traits de Cal.

– Si, a-t-il commencé. Néanmoins...

– Quand vous avez appris que Sophie allait venir à Hécate, vous avez décidé de rester, a coupé Lara d'un air triomphant.

Je me suis pétrifiée quand elle s'est tournée vers moi en ajoutant :

– M. Callahan a renoncé à voyager dans le monde entier avec le Conseil. Pour vous, Sophie.

10

Après cette déclaration, j'ai eu du mal à me concentrer sur ce que disait Lara. Elle a parlé d'un rendez-vous et a disparu, me laissant seule avec Cal.

Il a baissé les yeux vers son assiette. J'ai traversé la salle en direction du buffet. Des dizaines de plateaux en argent fumaient, contenant des œufs frits, du lard, des pommes de terre et des aliments inconnus. J'ai rempli mon assiette et je me suis approchée de la table. M'asseoir juste à côté de Cal me gênait. Je ne voulais pas non plus paraître bizarre en me plaçant trop loin. Finalement, je me suis installée en face de lui et nous avons mangé en silence. Le bruit de nos fourchettes résonnait dans la pièce. Cal a changé de position sur sa chaise et j'ai cru qu'il allait partir sans rien dire. Puis, d'un ton calme, il a déclaré :

– Je ne suis pas resté uniquement pour toi.

– Oui, je m'en doute, ai-je répondu sans le regarder.

Sous la table, son pied a touché le mien et j'ai enfin levé les yeux.

– C'est vrai, a-t-il insisté. J'adore Graymalkin. J'aime bien vivre au bord de l'océan et travailler en plein air. Les bureaux, les voyages en avion, porter une cravate – cela ne me convenait pas.

– Il n'y a pas de problème, Cal, ai-je répliqué, les joues en feu. Je n'ai jamais pensé que tu étais resté à Hécate parce que tu brûlais d'amour pour moi. C'est néanmoins ce que je vais raconter aux filles qui sont restées là-bas. À ma réputation de sorcière vengeresse viendra s'ajouter celle de bourreau des cœurs. Ça me plaît.

Sans lui laisser le temps de répondre, j'ai changé de sujet :

– Qu'est-ce que tu penses de l'abbaye Thorne ?

Cal a cillé, étonné.

– Cet endroit m'angoisse, a-t-il avoué.

– Moi aussi. Ce qui est étrange, car Hécate est mille fois plus glauque en comparaison.

Cal a haussé les épaules.

– Oui, mais c'est notre maison.

– La tienne, peut-être. Tu avais treize ans à ton arrivée sur l'île et tu ne l'as jamais quittée ?

– Non. Pas même pour me rendre sur le continent.

En secouant la tête, j'ai brisé la moitié de ma tartine de confiture d'orange.

– C'est dingue. Pourquoi ?

Il a posé sa fourchette et fixé quelque chose au-dessus de mon épaule.

– Je ne sais pas. Je n'ai pas eu envie de partir. Dès que j'ai découvert Graymalkin, je m'y suis senti chez moi. Tu n'as jamais éprouvé ce sentiment ?

J'ai songé à tous les lieux où j'avais vécu avec ma mère. J'en avais aimé certains, mais pas au point de vouloir y rester définitivement. Habituée à déménager, j'ai toujours évité de m'attacher à un endroit particulier.

– Non. C'est l'un des effets secondaires du nomadisme. Le mal du pays ne nous touche pas.

Cal m'a observée avec attention.

– Ça s'est passé comment avec ton père hier soir ?

– Pas très bien, ai-je soupiré. De toute évidence, être un démon devrait me transporter de joie. Et, bien entendu, il est fermement opposé au Rituel.

– Hum, a fait Cal.

– Laisse-moi deviner. Tu fais partie de ceux qui pensent que ce Rituel est une mauvaise idée, c'est ça ?

À ma surprise, pour la seconde fois, j'ai vu du mécontentement sur son visage.

– À t'entendre, on dirait que ceux qui s'opposent à cette idée le font pour t'embêter. Mme Casnoff, tes parents, moi... comment peux-tu nous reprocher de ne pas vouloir que tu mettes ta vie en danger ?

– Comment peux-tu me reprocher de ne pas vouloir être un démon ? Alice a tué des gens, Cal ! Ainsi que sa fille, Lucy. Elle a assassiné son propre mari !

Il n'a pas réagi. J'ai donc ajouté, avec un peu trop de venin :

– Je parie que tu n'en avais aucune idée quand tu as accepté de devenir mon fiancé ? Apparemment, éviscérer son époux est courant dans ma famille.

Toujours aucune réaction. La honte m'a gagnée.

– Bien sûr, tu ignorais aussi que j'étais un démon, ai-je continué d'un ton radouci. Peu de personnes savaient ce qu'était vraiment mon père.

– Je le savais, a répondu Cal en levant la tête.

– Quoi ?

– Je savais que tu étais un démon, Sophie. Ton père me l'a révélé avant les fiançailles. Et il m'a expliqué ce qui était arrivé à ton grand-père.

– Alors, pourquoi avoir accepté ?

Cal a pris un moment avant de répondre.

– Tout d'abord, ton père m'était sympathique. Il a fait des choses bien pour les Prodigium. Et qu'on me demande de devenir le gendre du président du Conseil, c'était un peu un honneur pour moi, tu comprends ? Par ailleurs, ton père m'a beaucoup parlé de toi.

– Qu'est-ce qu'il a dit ? ai-je murmuré.

– Que tu étais intelligente, forte. Drôle. Que tu avais eu des problèmes en te servant de tes pouvoirs, mais que tu essayais toujours de les employer pour aider les autres. J'ai pensé que nous irions bien ensemble.

La vaste salle à manger m'a soudain paru minuscule, comme si elle se réduisait à cette table, à moi et à Cal.

– Écoute Sophie, a-t-il repris – et à ce moment-là, Jenna est entrée.

– Je suis ravie de pouvoir trouver de la nourriture humaine car cette odeur de lard frit me rend folle ! a-t-elle commencé.

Puis, remarquant nos expressions, elle s'est exclamée :

– Oh ! J'ai l'impression d'avoir interrompu quelque chose. Pardon. Je peux repasser plus tard si je vous gêne ?

Cal s'est rencogné sur sa chaise. J'ai rabattu une mèche de cheveux derrière mon oreille.

– Non, ça va, ai-je répondu en me concentrant sur mes œufs avec plus de sérieux que lors de mes précédents examens scolaires. Hormis nous, tout le monde dort encore, je crois.

– Non, ils sont tous réveillés, m'a contredit une voix. Ils ne font pas de bruit.

J'ai levé la tête et failli m'étrangler. C'était l'adolescente démone. Sa coupe au carré était décoiffée et elle portait un joli pyjama en soie bleu foncé avec des motifs de lunes argent et d'étoiles. Elle m'observait d'un air insondable.

Avec grâce, elle s'est avancée dans la salle, mais elle gardait la tête baissée et ses cheveux cachaient son profil. Elle a saisi une tranche de pain et une orange puis elle est venue s'asseoir à côté de moi. Je me suis forcée à sourire.

– Bonjour. Je suis Sophie.

– Je sais, a-t-elle répliqué en épluchant son fruit. Et toi, tu es Cal, et toi, Jenna. Je m'appelle Daisy.

Elle avait le même accent que mon père. Jenna a croisé mon regard en chuchotant :

– Daisy ?

J'ai compris son étonnement. Avec ses cheveux noir de jais et sa peau translucide, elle ressemblait davantage à une Lilith ou à un zombie qu'à une Daisy.

Trois membres du Conseil ont fait irruption : Kristopher, Roderick et Elizabeth. J'étais surprise qu'ils ne soient pas déjà partis travailler, comme Lara.

Quand ils nous ont rejoints à la table, Kristopher a déclaré :

– Je suis heureux que vous puissiez faire la connaissance de Daisy, Sophia.

Ses yeux bleus étincelaient. À l'instar de Lara, il manifestait trop d'entrain à une heure aussi matinale.

– Oui, nous pourrons peut-être chanter une version démon de *Kumbaya* plus tard, ai-je plaisanté.

Ce n'était pas très drôle mais les trois adultes ont éclaté de rire.

– Sophie a un merveilleux sens de l'humour, Daisy, a dit Roderick tandis que ses ailes d'elfe s'agitaient.

Je n'ai pas eu le temps de répondre. Le garçon démon a pénétré dans la salle. Jenna avait raison, il ressemblait à Archer. En moins beau, toutefois, et quand il m'a regardée, j'ai vu que ses prunelles étaient bleues et non marron.

– Bonjour, Nick, a lancé Kristopher en se tamponnant la bouche avec une serviette. Votre nouvelle chambre vous convient-elle ?

Nick s'est dirigé vers le buffet en décochant un clin d'œil à Daisy.

– Oui, merci Kris.

Contrairement à Daisy, il était américain. Il s'est assis près d'elle et s'est penché sur le côté pour me confier :

– J'avais vue sur un étang et ça commençait à m'énerver. Kris est sympa, il m'a trouvé une chambre qui donne sur des jardins. Pour l'instant, c'est supportable.

– Nous nous appliquons à satisfaire nos invités, a dit Kristopher avec un sourire crispé.

Elizabeth, la grand-mère loup-garou, a tapoté la main de Daisy.

– Et vous, ma chère ? Êtes-vous toujours contente de votre chambre ?

– Ça va, merci, a répliqué Daisy.

Elizabeth a poussé un soupir de soulagement.

– Donc, Sophie, a dit Nick, tu as compris que nous étions de la même espèce que toi, moi et Daisy ?

J'ai acquiescé, feignant la nonchalance.

– Et vous êtes nés démons, comme moi, ou vous avez subi une métamorphose ?

D'une voix chaleureuse, Elizabeth a répondu à leur place.

– Ils ne s'en souviennent pas, les pauvres. Nous les avons trouvés dans un hôpital psychiatrique. Ils n'avaient même pas de prénoms.

– Oui, et nous vous sommes reconnaissants de nous avoir sauvés, Liz, a déclaré Nick d'une voix traînante.

J'ai remarqué qu'il avait les yeux injectés de sang, comme ceux d'un ivrogne. Mon Dieu, est-ce qu'il commençait à boire dès le matin ? Et pour quelle raison ?

– Alors Sophie, a-t-il repris. Thorne te plaît ?

– Beaucoup, ai-je fait sans conviction.

– C'est forcément mieux que le dépotoir que vous osez appeler « école ».

Cal s'est assombri.

– Le manoir d'Hécate n'est pas si horrible que ça, ai-je protesté. Ça a du caractère.

– *L'Occhio di Dio* a attaqué Hécate l'an dernier ? a demandé Daisy en saisissant un pot de marmelade.

Et sur son bras, j'ai vu une vilaine cicatrice mauve qui ressemblait à la mienne. Mon père m'avait dit que Daisy et Nick avaient failli être assassinés et j'ai détourné les yeux.

– Non, il ne s'agissait pas d'une attaque. Il y avait un sorcier parmi nous. Archer Cross. Il travaillait pour L'Œil, mais il n'a fait de mal à personne.

Un silence est tombé. J'espérais qu'ils allaient changer de sujet. Puis Nick a lâché :

– Il paraît qu'il a essayé de t'arracher le cœur dans un cellier.

– C'est faux, ai-je répondu d'un ton égal. Nous nous sommes battus, mais il ne m'a pas menacée avec un couteau.

– Vous vous êtes battus ? a questionné Roderick. Avec vos mains ?

– Euh, oui, ai-je répliqué d'un air perplexe. Je lui ai aussi donné un coup de pied et...

– Roderick cherche à comprendre pourquoi vous n'avez pas employé vos pouvoirs pour vous défendre, a coupé Kristopher en croisant les bras. Vous êtes un démon. Vous auriez pu le transformer en vapeur si vous l'aviez voulu.

Ma bouche s'est desséchée et j'ai bégayé :

– Je... je n'aurais pas su comment faire ça.

– Si un jour tu apprends, je ne dormirai plus jamais dans la même chambre que toi, a plaisanté Jenna.

Cela n'a pas détendu l'atmosphère. Nick s'est penché et m'a regardée ; ses prunelles rougeoyaient presque.

– À moins que la rumeur ne soit vraie. Peut-être que tu ne l'as pas tué parce que tu es amoureuse de lui.

11

Mon cœur battait à toute allure. J'ai posé ma fourchette afin qu'on ne voie pas mes mains trembler.

– Non, je ne le suis pas, ai-je répondu à Nick. Mais on s'entendait bien. Il avait une petite amie, Elodie Parris, qui a été assassinée par un démon à Graymalkin.

J'ai soutenu son regard. Il a baissé les yeux le premier.

– Très bien, a-t-il fait d'un ton jovial. Maintenant, c'est clair. Je voulais simplement m'assurer que ton petit ami n'allait pas débarquer ici avec ses copains.

Il m'a décoché un sourire terrifiant.

Roderick s'est éclairci la gorge.

– Nick, n'oubliez pas vos bonnes manières, je vous prie. Sophie est notre invitée.

– Je faisais la conversation, c'est tout, Rod. Après tout, moi aussi j'ai eu affaire à L'Œil.

– Comment ça ? ai-je interrogé.

– Ils ont essayé de m'éliminer.

Il a soulevé sa chemise, révélant une cicatrice violette

serpentant depuis sa taille jusqu'à son sternum. Près de moi, Daisy a frémi.

– J'avais quinze ans quand ils m'ont localisé. Je vivais avec une famille d'accueil et je ne comprenais pas pourquoi j'arrivais à provoquer des choses simplement par la pensée. Je ne savais rien à cette époque.

– Nick n'a aucun souvenir de sa vie avant l'âge de treize ans, a murmuré Daisy.

Ce dernier a acquiescé.

– J'étais à la rue, puis l'État de Géorgie m'a recueilli et m'a placé chez les Hendrickson. Ça ne leur a pas réussi, les membres de L'Œil les ont tous tués – quatre victimes au total – pendant qu'ils essayaient de m'achever.

– Comment as-tu fait pour leur échapper ? s'est enquise Jenna, qui elle aussi avait été attaquée par L'Œil

Nick m'a regardée.

– En me servant de mes pouvoirs. Ça me paraissait plus logique qu'une tentative de corps à corps.

Quelque chose a grésillé contre ma peau et les cheveux de Daisy ont brui. Le regard lointain, Nick a poursuivi :

– L'un des types m'a attrapé pendant que j'essayais de sortir par la fenêtre. Il avait une épée noire.

Sur la table, la porcelaine s'est mise à vibrer ; Kristopher et Elizabeth ont échangé un regard anxieux.

– Je ne savais pas encore ce qu'était le cristal noir, a repris Nick, mais ça faisait super mal et...

– Le moment n'est peut-être pas approprié pour raconter cette histoire, a coupé Lara depuis le seuil de la pièce.

Si vous avez fini de manger, allez donc montrer à Daisy les exercices que M. Atherton vous a enseignés.

– Entendu, Lara, a répondu Nick avec son sourire terrifiant.

Il s'est levé, suivi de Daisy, et a ajouté :

– Ah oui. Je voulais vous demander si je pouvais emmener Sophie et ses amis avec nous ce soir ?

– Pour aller où ? s'est enquise Lara.

– Juste au village. Elle est bien venue ici cet été pour passer plus de temps avec ceux de sa propre espèce ?

Tandis que Lara hésitait, Nick a assené :

– James m'a demandé de prendre Sophie sous mon aile, Lara. J'ai pris sur moi pour ne pas refuser.

Il a posé une main sur mon épaule. D'un air dubitatif, Lara a rétorqué :

– Je dois voir James cet après-midi, je lui demanderai ce qu'il en pense.

Nick m'a pressé l'épaule puis est sorti. J'ai croisé le regard de Jenna et de Cal. Finalement, les membres du Conseil ont quitté la salle et nous nous sommes retrouvés seuls.

Jenna a parlé en premier.

– C'était vraiment bizarre.

J'ai frémi.

– Sans blague. Capitaine Sautes d'Humeur donne une mauvaise image des démons, ce qui est un bel accomplissement.

Jenna a secoué la tête.

– Ce n'était pas lui, le pire. C'étaient les membres du Conseil. Tu as vu comment ils se comportaient avec Nick et Daisy ? Nick paraissait sur le point de tous nous rayer de la carte et personne ne lui disait rien. Et pourquoi l'ont-ils changé de chambre ?

– Parce qu'ils le craignent, c'est normal. Je suis un démon et j'ai peur de lui.

– Comment peuvent-ils être des démons ? a questionné Cal. Je croyais que ce rituel avait été détruit après Alice.

– Apparemment pas, ai-je répondu. Mais ce qui m'intrigue, c'est surtout pourquoi. Après tout, leurs dernières tentatives pour élever des démons ne se sont pas très bien passées.

J'ai apporté mon assiette sur la table du buffet. Les autres se sont servis de leurs pouvoirs magiques pour débarrasser les leurs.

– Si ton père donne son accord, tu veux sortir avec eux ce soir ? a demandé Jenna.

– Pas vraiment. Mais on devrait. Cela nous fournirait l'occasion de savoir ce qui se passe ici.

Jenna m'a bousculée de sa hanche.

– J'adore tes travers sournois, Soph.

Cal m'a souri et j'ai piqué un fard.

– Il me reste des affaires à déballer, a prétexté Jenna en nous observant tour à tour. Je vais donc vous laisser. Passe plus tard, Sophie, et on explorera les lieux.

Ce qui, bien sûr, voulait dire : « Passe quand tu auras fini de bavarder ou de flirter avec Cal pour tout me raconter. » Bien que vampire, Jenna n'en restait pas moins fille.

Dès qu'elle eut quitté la pièce, Cal s'est hissé sur ses pieds.

– J'ai promis à ton père d'aller jeter un œil sur les jardins.

Il a agité ses doigts et des étincelles en ont jailli.

– Oui, ai-je répondu. Va prodiguer tes soins spéciaux aux plantes et on discutera plus tard.

– C'est une bonne idée, a-t-il dit d'une voix basse qui m'a fait frissonner. À tout à l'heure Sophie, a-t-il ajouté en riant.

Après son départ, la salle m'a semblé plus grande, et je me suis appuyée à la table du buffet.

Lara a passé la tête.

– Sophie ? Tout va bien ?

– Oui, ai-je répliqué. Je... je m'adapte.

– Cela fait beaucoup pour vous, je sais, a-t-elle déclaré avec compassion. Quand votre père...

Je ne voulais pas parler de mon père, je l'ai donc aussitôt interrompue.

– Ça va. Je suis habituée à déménager, j'ai de l'expérience dans ce domaine.

Je me débrouillais mieux que lors de mon premier jour à Hex Hall. Personne ne m'avait bavé dessus, je n'étais pas tombée amoureuse d'un mauvais garçon et je ne m'étais pas encore fait d'ennemis – bien entendu, il y avait Nick, mais comparé à Elodie, ce n'était rien.

Soudain, je me suis rappelé avoir promis à Jenna d'informer Mme Casnoff que j'avais vu le fantôme d'Elodie. Je ne tenais pas à chercher un poney vampire. J'ai songé au portable que Lara m'avait donné, mais la directrice d'Hécate pouvait se montrer très expéditive et j'avais des millions de questions à lui poser. Ce qui donnerait lieu à des bégaiements, des « hum », des « je l'ignore », et songeant soudain à l'ordinateur à l'intérieur de ma chambre, j'ai demandé :

– Lara, connaissez-vous l'e-mail de Mme Casnoff ?

Elle me l'a transmis. Je n'étais plus obligée d'offrir un poney vampire à Jenna, mais je lui devais dix dollars.

Un quart d'heure plus tard, j'ai composé mon message et tapé l'e-mail en question. Je ne voulais pas l'alarmer et j'ai employé deux fois la phrase : « Ce n'est pas grave. » Néanmoins, le fait qu'Elodie ait retrouvé ma trace était peut-être inquiétant et je n'avais pas besoin de tracas paranormaux supplémentaires. Par ailleurs, ma prémonition était de retour et je pouvais sentir une odeur de brûlé.

J'ai envoyé le message à Mme Casnoff.

12

J'ai passé le reste de la journée à explorer l'abbaye Thorne en compagnie de Jenna, et après avoir visité une multitude de pièces, il nous restait encore beaucoup à voir. Chaque chambre contenait des trésors poussiéreux, l'une d'elles abritait cinq armures, une autre des animaux empaillés. J'ai expliqué à Jenna que j'avais envoyé un e-mail à Mme Casnoff et lui ai donné dix dollars. Elle a eu l'air contente.

À l'heure du déjeuner, Lara nous a apporté des sandwichs dans la véranda : une salle ensoleillée, emplie de fougères, où trônait un immense piano. Elle nous a rapporté que mon père reviendrait le soir et qu'il nous autorisait à aller au village avec Nick et Daisy.

– Vous devez toutefois rentrer avant minuit, a précisé Lara. Et il vous interdit formellement de vous rendre autre part qu'au village.

– Où pourrions-nous aller ? ai-je questionné quand Lara eut disparu. Nous sommes dans un coin paumé.

J'ai eu la réponse le soir même. Nous avions

rendez-vous avec Nick et Daisy devant l'entrée du fond à vingt heures. À dix-neuf heures quarante-cinq, j'appliquais du mascara dans ma salle de bains quand Jenna a fait irruption. Elle portait une tenue Hello Kitty gothique.

– Tu ne penses pas que c'est un peu voyant pour aller au village ? ai-je déclaré, les yeux rivés sur ses bottes à talons rose vif.

Elle a refermé la porte derrière elle et s'est assise sur le comptoir.

– Nous n'allons pas au village, a-t-elle répondu. J'ai demandé à Daisy. Ils nous emmènent à Londres.

– Comment ? On va voler une voiture ?

Jenna a secoué la tête.

– Sophie, tâche de te souvenir que nous possédons des pouvoirs. Nous n'allons pas conduire... Je ne sais pas comment nous allons nous y rendre, mais ça sera, tu sais, maaaagique ! a-t-elle ajouté en agitant les mains dans l'air.

– Super, ai-je marmonné en extirpant un tube de brillant à lèvres de ma trousse à maquillage.

Je ne connaissais aucun sort de transport ou de voyage.

– Et pourquoi à Londres ? ai-je interrogé.

Jenna a souri.

– Il y a une boîte de nuit pour les Prodigium. Selon Daisy, c'est génial.

Une boîte pour Prodigium ? Cela m'évoquait des images de velours, de glaçons, et un surplus d'angoisse dont je pouvais me passer.

– Cela me semble loin, ai-je dit.

– Oui, mais si nous voulons en savoir plus sur Daisy et Nick...

– Je sais. J'ai horreur quand tu as raison. Mais je ne pense pas que Cal va accepter.

– Il ne vient pas, a confié Jenna.

– Et pourquoi cela ?

Elle a haussé les épaules.

– Une urgence botanique. Il y a plus de plantes malades qu'il ne l'avait pensé.

– Hum, ai-je fait en pivotant vers le miroir.

– Ne me dis pas que tu es déçue ?

– Non. Je regrette qu'il ne soit pas venu me le dire directement.

– Et tu as mis cette minijupe et ces bottes à talons juste pour moi ?

Je lui ai lancé mon poudrier.

– Personne n'aime les vampires indiscrets, Jenna.

Nick et Daisy nous attendaient devant la porte du fond par laquelle nous sommes descendus. Nick m'a dévisagée sans mot dire.

– Jenna t'a informée de notre plan pour ce soir ? m'a demandé Daisy à voix basse.

Ses yeux gris soulignés de khôl brillaient.

– Oui, ai-je fait, feignant l'enthousiasme. J'ai hâte d'y être !

Je ne tenais pas du tout à danser et à boire avec des Prodigium et deux démons dont un de toute évidence instable.

– Si tu nous balances à ton père, il nous virera, a dit Nick en ouvrant la porte.

– Et cela me désolerait après ton accueil si chaleureux, ai-je répliqué.

– Elle a raison, a déclaré Daisy en tirant sur la manche de Nick. Sois gentil.

Il m'a observée de son regard bleu.

– Je vais essayer, a-t-il dit.

Nous sommes sortis dans la nuit humide. Un sentier de gravier conduisait à une allée de haies arrivant à hauteur d'épaule. Le sentier disparaissait dans la forêt qui cernait l'arrière de la demeure.

Nous l'avons suivi en direction des bois. Jenna s'agrippait à mon bras, nos ombres s'étendaient devant nous sous le clair de lune.

Devant nous, plus haut, Daisy avait allumé une cigarette dont je pouvais distinguer la pointe incandescente. Les mains dans les poches, Nick marchait à côté d'elle, ils parlaient à mi-voix. J'ai entendu mon prénom.

– Ils ne sont pas si méchants que ça, a chuchoté Jenna. Et ils se moquent que je sois un vampire. Ils en ont déjà rencontré beaucoup là où nous allons ce soir, au *Shelley's*.

– Au *Shelley's* ?

– Oui. Comme Mary Shelley. L'auteur de *Frankenstein*.

– C'est mignon.

Nous avons atteint la lisière de la forêt et j'ai vu que le sentier continuait entre les arbres et rétrécissait. Mes talons se sont enfoncés dans le sol humide et je me suis dit que je ne pourrais plus jamais traverser un bois sans songer à Alice et au temps que nous avions passé à apprendre des sorts.

Le sentier s'est terminé au pied d'un bâtiment de pierre en ruine. Aucune trace de Nick, mais Daisy se tenait devant une porte et nous faisait signe.

– Venez ! a-t-elle dit.

Nous l'avons rejointe. Malgré la nuit tiède, les lieux étaient humides et lugubres. Une odeur de moisi planait dans l'air. J'ai entendu un battement d'ailes et levé les yeux vers un grand oiseau noir s'échappant du toit à travers un trou géant.

– Qu'est-ce que c'est que cet endroit ? ai-je questionné.

– Un ancien moulin où on fabriquait de la farine de maïs, qui faisait partie du domaine, a expliqué Daisy. Un arbre est tombé sur le toit et l'a presque entièrement détruit. C'était durant un orage, il y a soixante ans.

– Pourquoi ne pas retirer le reste ? a questionné Jenna.

– Parce que cet endroit abrite un Itinerarius.

– Est-ce que c'est une sorte de monstre latin hideux ? ai-je demandé.

Daisy s'est esclaffée en enjambant des poutres gisant au sol et s'est enfoncée plus profondément à l'intérieur du moulin.

– C'est latin, mais cela signifie « voyage » ou « route ».

J'ai trébuché sur un éboulis de pierres.

– Ça semble à la fois amusant et terrifiant, ai-je commenté, mais Daisy était trop loin pour m'entendre.

Nick se tenait près du mur du fond, à côté d'une grande porte de deux mètres de haut, ressemblant à l'entrée d'un couloir obscur.

– J'espère qu'on ne va pas ramper jusqu'à Londres, ai-je maugréé.

En m'approchant, j'ai découvert qu'il ne s'agissait pas de l'entrée d'un tunnel comme je l'avais cru. Le couloir menait à un espace étroit de moins d'un mètre de profondeur.

Daisy m'a souri timidement.

– Tu n'as jamais voyagé par Itinerarius ?

– Je n'arriverais même pas à l'épeler.

Nick a daigné m'accorder un petit sourire, un sourire naturel et qui n'avait rien de celui d'un dérangé. Puis il a disparu dans le couloir. On n'a vu aucune lumière, aucune fumée, et il s'est volatilisé en un clin d'œil. De même que Daisy.

J'ai scruté l'entrée noire.

– On peut faire demi-tour ? ai-je suggéré à Jenna. Et leur dire que le voyage magique n'a pas marché...

Jenna a secoué la tête.

– Non. Ça ne doit pas être si terrible que ça.

– Essayons d'y aller ensemble, ai-je proposé. Il y a assez de place pour nous deux. Si nous sommes transportées dans une autre dimension ou métamorphosées en murs, au moins, on se tiendra compagnie.

Jenna a éclaté de rire.

– Très bien. Allons-y.

Main dans la main, nous avons avancé dans le couloir.

13

En pénétrant dans la niche, j'ai senti la main de Jenna glisser hors de la mienne. Tout est devenu noir et j'ai crié tandis que mes tempes cognaient. C'était comme une migraine en cent fois pire. Je savais que j'aurais dû être habituée aux effets surprenants de la magie, mais je n'étais pas préparée à sentir mon crâne comprimé ainsi, ni à cette obscurité. Je n'éprouvais pas la sensation de voler, tout était aussi immobile que les ténèbres qui m'oppressaient.

Et soudain, j'étais dehors. Agenouillée et reprenant mon souffle tandis que quelqu'un me tapotait le dos.

C'était Daisy.

– Le premier voyage est toujours le pire, a-t-elle confié.

– Oui, Daisy a vomi sur mes chaussures après son premier voyage, a ri Nick.

– C'est parce que tu m'avais emmenée trop loin, pauvre idiot ! En Espagne. Parcourir plus de mille kilomètres la première fois, c'est de la folie !

Jenna a vacillé près de moi. Elle était plus pâle qu'à l'accoutumée.

– C'était une expérience, a-t-elle dit d'une voix essoufflée et aiguë.

J'ai essayé de lui répondre, mais je parvenais à peine à sourire. Je me suis avachie contre un mur.

Pendant que ma migraine perdurait, j'ai examiné les alentours. Nous nous trouvions dans une allée entourée d'immeubles de briques. Des nuages bas reflétaient la lueur orangée des feux de circulation. Il flottait dans l'air un mélange de vapeurs d'essence et d'odeur de vieilles pierres humides. De l'eau devait sans doute couler à proximité.

– C'était une sorte de Portail, Daisy ? ai-je fini par demander.

Elle a sorti une cigarette de son sac.

– Si on veut. Sauf que les Portails peuvent uniquement conduire d'un endroit spécifique à un autre. Un Itinerarius permet de se rendre n'importe où. Il faut simplement créer l'entrée et lui communiquer ta destination. C'est pour ça que Nick est parti le premier, pour lui dire qu'on allait au *Shelley's*.

– Comment allons-nous faire pour rentrer ? ai-je questionné.

– Il y a une ouverture dans la route à un pâté de maisons d'ici, a indiqué Daisy en pointant son bras vers la gauche.

– Et par cette ouverture, nous pourrons nous rendre où nous voudrons ? a demandé Jenna.

– Où vous voudrez, a confirmé Nick. Mais plus on va loin, plus c'est pénible, comme s'en plaignait Daisy. Si je choisissais par exemple Madagascar, le voyage me tuerait.

Jenna a frémi.

– Celui que nous avons effectué était suffisamment long pour moi.

– Les vampires souffrent particulièrement des voyages par Itinerarius, a expliqué Nick.

Je l'ai fusillé du regard. Alors pourquoi ne l'avait-il pas prévenue ? Je regrettais que Cal ne soit pas là. Tandis que ma cervelle était sur le point d'exploser, Daisy a allumé son briquet, illuminant un instant son visage.

– Ces voyages peuvent être uniquement créés par des sorcières très puissantes, a-t-elle déclaré. Ou par des démons.

– Alors qui a créé l'Itinerarius de Thorne ? a interrogé Jenna.

– On l'ignore, a répondu Nick en souriant. Peut-être un démon puisqu'il marche si bien.

Pendant que je me demandais si Alice en était l'auteur, Daisy a vitupéré :

– Très bien, si captivante que soit cette conversation, nous n'avons que quelques heures libres, et j'aimerais les passer au *Shelley's* et pas dans une allée. Est-ce qu'on peut entrer ? S'il vous plaît ?

Je l'ai regardée, éberluée. Qu'était-il arrivé à la fille introvertie de ce matin ?

Nous sommes sortis de l'allée et nous avons contourné le bâtiment. De l'extérieur, il ressemblait à une boîte de nuit un peu miteuse. Au-dessus de l'entrée, un auvent portait l'inscription *Shelley's* en lettres blanches. Des initiales et des insultes étaient gravées dans la porte noire. Des yeux, j'ai cherché un éventuel videur Prodigium, mais je n'ai vu aucun monstre effrayant. Il n'y avait même pas une fenêtre coulissante par laquelle on chuchote un mot de passe. La porte s'est mise à vibrer. Daisy m'a souri.

– Elle est camouflée par un sortilège. Seuls les Prodigium peuvent la distinguer. Les humains ont l'impression de voir un clochard soûl écroulé contre le mur.

Elle avait raison. En plissant les yeux, à la place de la porte, je pouvais apercevoir une silhouette fantomatique affalée. Daisy m'a dépassée et la forme s'est changée en porte. Elle y a toqué et celle-ci s'est ouverte presque aussitôt. J'ai été assaillie par une odeur de fumée et une vague assourdissante de musique techno. Une lumière bleue clignotante baignait l'entrée.

J'étais déjà allée une fois en boîte. J'habitais alors à Chicago avec ma mère et je traversais une brève phase de rébellion. J'avais suivi Cindy Lewis, une fille qui se collait les cils au mascara et fumait des cigarettes aux clous de girofle, dans un trou où la musique m'avait donné la sensation d'avoir eu les tympans détruits à jamais. Un type qui puait la bière m'avait attrapé une jambe et bavé sur la figure. Donc, en effet, je n'aime pas trop les boîtes de nuit.

Heureusement, le *Shelley's* ne ressemblait en rien à ce bouge enfumé de Chicago. D'accord, il y avait de la fumée. Et une musique très très forte. Mais hormis cela, c'était entièrement différent. L'intérieur était bien plus vaste qu'on ne l'imaginait de dehors et possédait deux niveaux. Celui du bas constituait une immense piste de danse grouillant de monde et de magie. J'ai distingué quelques Prodigium de notre âge, mais aussi beaucoup d'adultes. En fait, j'ai même repéré un vieux barbu qui aurait pu avoir été un bon ami de Mary Shelley. J'ai aperçu un lycanthrope qui dansait avec une sorcière ; ses griffes dessinaient des larmes sur le tissu de la robe de sa partenaire. Au-dessus de la foule, plusieurs fées flottaient dans l'air, leurs ailes battant au rythme de la musique, leurs cheveux pâles et brillants reflétant les faisceaux colorés.

Au centre de la piste, un type vêtu d'une veste de smoking en velours violet dansait, entouré de sorcières. Il me semblait familier et quand il s'est retourné, j'ai reconnu lord Byron.

Oui, le vrai lord Byron. Avant les attaques, c'était notre professeur à Hécate. Les soupçons avaient pesé sur lui car c'est un vampire. Même après avoir été innocenté, il n'avait pas voulu retourner à Hex Hall. Nul n'aurait pu le lui reprocher.

J'ai songé à aller le saluer, puis j'ai vu qu'il nous avait repérées et qu'il s'éloignait en boitant. Après tout, Jenna et moi n'avions pas été de brillantes élèves. Nick a fait un signe de tête vers le fond de la salle.

– Allons nous asseoir.

Nous nous sommes écartés des danseurs et dirigés vers un endroit moins encombré. Le volume sonore avait diminué et avec Jenna, nous nous sommes assises sur une banquette en velours en face de Nick et de Daisy. Celle-ci a sorti une cigarette et offert son paquet aux autres. Nick en a pris une, j'ai secoué la tête.

– Non merci, je ne fume pas.

– Comme tu veux, a répondu Nick.

Une grande fille aux cheveux auburn vêtue d'une robe mauve très courte s'est approchée de notre table.

– Encore vous deux ! a-t-elle aboyé.

Daisy a levé les yeux au ciel, Nick est resté imperturbable.

– Ah, Linda, ma chérie, a-t-il lancé. J'espérais que tu serais là ce soir. Ton sourire ensoleillé m'a manqué.

La serveuse a croisé les bras.

– Mords-moi, monstre.

Nick a souri. Il ressemblait vraiment à Archer.

– Qui te dit que je ne le ferais pas, Linda ?

Daisy l'a poussé du coude. Linda l'a fusillé du regard.

– Très bien, a dit Nick. On va prendre comme d'habitude.

Qu'est-ce que ça pouvait être ? Une boisson énergétique diabolique ?

Le regard de Linda s'est posé sur Jenna, qui a rougi.

– Ils servent tous les groupes sanguins, a précisé Daisy.

J'ai préféré ne pas songer à ce que ça signifiait. Jenna a souri nerveusement.

– Un verre de O négatif, a-t-elle bredouillé.

– Entendu, a répondu Linda. Et toi ?

– De l'eau, ai-je marmonné.

– Attends, a fait Nick en allongeant le bras sur le haut de la banquette. Laisse-moi t'offrir un verre.

– Je ne bois pas.

Quand Linda s'est éloignée, Nick s'est esclaffé.

– Un démon ascète, c'est la meilleure celle-là ! J'adore.

– Oui, chacun ses vices. Personnellement, étriper les gens me suffit.

Je n'aurais pas dû dire ça. Nick a cessé de rire.

– Pardon, ai-je bredouillé. Je ne voulais pas... J'ai tendance à trop en faire. Ce n'était pas contre vous deux.

Linda paraissait calmée, mais Nick m'observait d'un air impassible.

– Nous n'avons jamais fait de mal à qui que ce soit, Sophie, a-t-il dit. Toi et James non plus.

– Oui, mais nous le pourrions, ai-je répliqué. Selon Mme Casnoff, les démons peuvent un jour se transformer en monstres.

– C'est peut-être ce qu'ils attendent de nous, a bougonné Nick d'un air sombre.

– Comment cela ? a questionné Jenna.

– Parlons d'autre chose, a protesté Daisy. Nous avons tout l'été pour enseigner à Sophie tout ce qu'elle devrait savoir à propos des démons.

Nick a grogné, mais Daisy lui a saisi le menton et a fait pivoter son visage vers le sien. Il l'a embrassée avec une tendresse surprenante et mes joues se sont enflammées. Je ne m'étais pas rendu compte qu'ils étaient ensemble, du moins pas de cette façon.

Daisy et Nick se sont enfin séparés. Nick s'est mis à jouer avec l'ourlet de la robe de Daisy.

– Si on ne parle pas de démons, de quoi on va parler ? Après tout, c'est pour ça que tu es venue, Sophie ? Pour recevoir un cours complet sur le sujet ?

Soudain, j'ai regretté de ne pas avoir commandé de l'alcool. Linda a ressurgi, posant brutalement le verre de sang de Jenna sur la table, en en éclaboussant les bords. Nick lui a pris des mains son verre et celui de Daisy. Une expression de dégoût s'est affichée sur le visage de la serveuse et je la comprenais. Bien que démon moi-même, quelque chose en mes deux semblables me donnait la chair de la poule. Les autres Prodigium devaient éprouver la même chose, si ce n'est pire.

Surtout à la vue de leur boisson : un liquide noir et huileux.

– C'est quoi ? me suis-je enquise, après le départ de Linda.

Nick a levé son verre.

– Le cours commence ! C'est l'élixir de Cassandre, Sophia. Une potion spéciale fabriquée au *Shelley's*.

J'ai retiré le bouchon de la bouteille d'eau apportée par Linda.

– Une potion ? Avec un œil de triton et tout ça ?

Nick a ri, trempant un doigt dans son verre avant de le lécher.

– Non, pas de triton. De l'eau de la mer Égée, quelques verres d'un brandy d'un siècle d'âge, et beaucoup de magie. Ainsi qu'une touche de sang de fée.

J'ai bu une gorgée d'eau avec écœurement.

– Quel effet ça fait ? a questionné Jenna.

– Ils prétendent que ça permet d'être mieux disposé pour recevoir les visions de l'avenir, a répondu Daisy, puis elle a vidé son verre d'un trait, et Nick l'a imitée.

Les yeux brillants, les joues rouges, Daisy m'a regardée :

– En fait, ça rend tout ici... plus flou. C'est agréable. Tu devrais en commander un.

– Je n'ai pas envie de flou ce soir.

Nick a haussé les épaules.

– Tu ne sais pas ce que tu rates.

Il a passé son bras autour de Daisy. Elle s'est nichée contre lui. Nick a touché le pied de Jenna.

– Comment es-tu devenue vampire ? a-t-il demandé. C'est sûrement une histoire intéressante.

Une histoire triste, que Jenna m'avait confiée quand nous partagions la même chambre à Hécate. J'ai cru qu'elle allait répondre qu'elle n'avait pas envie d'en parler. À ma surprise, elle a déclaré :

– Je suis tombée amoureuse d'une vampire. Je l'ai laissée me mordre parce que j'avais cru au baratin sur l'amour éternel. L'Œil l'a attaquée et j'ai... j'ai tué quelqu'un parce que j'étais affamée. Le Conseil m'a envoyée à Hécate.

Elle s'exprimait d'un ton plat dépourvu d'émotion, mais je savais que cela lui coûtait de rapporter cette histoire.

– Je suis désolée, a murmuré Daisy, au bord des larmes.

– Oui, c'est dur, a compati Nick.

Hormis moi et Mme Casnoff, personne à Hex Hall ne connaissait le passé de Jenna. Les élèves l'avaient traitée comme un monstre et une meurtrière. Mais les deux démons en face de nous la regardaient avec compassion.

– Vous ne savez pas du tout comment vous êtes devenus des démons ? ai-je interrogé.

Puisqu'ils fouinaient dans la vie privée de Jenna, j'avais le droit de fouiner dans la leur.

Ils n'en semblaient pas offensés. Daisy a posé la tête sur l'épaule de Nick.

– Nous n'en avons aucune idée. Pas même dans nos rêves. C'est comme un trou noir.

Les doigts de Nick se sont resserrés sur son épaule.

– Nous savons simplement que quelqu'un nous a transformés.

– Comment peux-tu savoir ça ? a questionné Jenna.

– On peut le sentir, a répondu Daisy, fermant les yeux pour retenir ses larmes. C'est comme si nous avions été...

– Violés, a coupé Nick, et Daisy a hoché lentement la tête.

– Exactement, a-t-elle approuvé. Comme si tout en nous était différent. Notre cerveau, notre âme, notre sang...

J'ai acquiescé. Après tout, selon mon père, l'ADN d'un démon était différent de celui d'un humain. Et j'étais née ainsi. Cela devait être vraiment bizarre de se réveiller un beau matin avec les sensations qu'ils me décrivaient.

– C'est pénible, a poursuivi Daisy d'une voix étranglée. De sentir chaque jour ces forces magiques cogner à l'intérieur de mon crâne.

Je ne savais que lui répondre. Bien entendu, être un démon ne m'enchantait pas, mais je n'avais jamais éprouvé ce genre de désagrément. Je comprenais mieux maintenant pourquoi ils buvaient tout le temps.

Je me suis éclairci la gorge.

– Est-ce que vous vous servez de vos pouvoirs ?

Un craquement bruyant a retenti dans la salle. Jenna a failli lâcher son verre d'hémoglobine.

– Qu'est-ce que c'est ? a-t-elle demandé.

– Le tonnerre ? ai-je hasardé.

La musique s'est arrêtée d'un coup et on a entendu un concert de hurlements.

– Ne vous en faites pas, nous a rassurés Nick en balayant l'air de sa main. C'est probablement une bagarre entre métamorphes. Ça arrive presque tous les soirs.

Quelqu'un a crié et soudain, la pièce s'est emplie de sons gutturaux, de braillements et de piétinements.

– Il me semble qu'il s'agit d'autre chose, ai-je déclaré en me levant.

À travers le brouillard de fumée, j'avais du mal à distinguer la piste de danse. Des formes floues se précipitaient vers la porte. Une fée s'est élevée au-dessus de la foule en battant furieusement de ses ailes mauves. Quelque chose s'est enroulé autour de sa cheville et j'ai aperçu un bref éclat argenté. Elle a poussé un horrible gémissement et je l'ai vue chuter parmi les gens. Puis j'ai repéré une douzaine de silhouettes sombres qui sortaient de la fumée ou y entraient. L'une d'elles tenait un poignard étincelant à la main. Ma bouche s'est desséchée.

– Qu'est-ce qui se passe ? s'est enquise Daisy.

– C'est L'Œil, ai-je bredouillé.

14

– Quoi ?! s'est écriée Jenna en bondissant sur ses pieds.

Nick s'est levé aussi, mais sans se presser, et en secouant la tête.

– Impossible, a-t-il rétorqué.

Tandis qu'une sorcière se défendait contre trois silhouettes sombres, un éclair bleu a illuminé la salle. Nick a écarquillé les yeux.

– Bon sang ! s'est-il exclamé.

Daisy a laissé tomber sa cigarette sur la table ; un cercle d'eau a noyé la cendre.

– L'Œil ne peut pas s'introduire au *Shelley's*, a-t-elle dit. Et ils n'ont jamais essayé. Jamais.

Nick a cligné des yeux de stupéfaction. À présent, le chaos régnait sur la piste de danse. Beaucoup de Prodigium avaient bu et leurs sortilèges, devenus inefficaces, ne parvenaient pas à repousser l'ennemi qui continuait à pénétrer dans la boîte de nuit.

– Comment va-t-on sortir d'ici ? a interrogé Jenna. Il y a une autre porte ?

– Non, a répondu Nick. Mais nous allons en créer une.

Il a tendu la main à Daisy, qui s'est levée.

– Attendez ! ai-je hurlé.

Ils se sont tous trois figés. À ma droite, un elfe tentait de voler au-dessus du tumulte, mais une large déchirure à l'aile le ralentissait.

– On devrait les aider, ai-je repris.

Nick a braqué son regard sur l'elfe.

– Ils ne le feraient pas pour nous, a-t-il rétorqué. Et nous devons partir. Allez, viens.

– Nick, ai-je insisté.

Jenna m'a pris par la main.

– Il a raison, Sophie. Allons-y. Je t'en supplie.

Après une seconde d'hésitation, j'ai fini par céder. Nick s'est rapproché du fond de la salle où j'ai aperçu un mur de briques noires. Il a levé la main, agité ses doigts, et une section du mur s'est effondrée. Je n'avais jamais rien vu d'aussi beau que cette ouverture.

Cependant, nous n'étions pas seuls, et dès qu'ils ont aperçu le trou, les Prodigium s'y sont précipités. Dans la bousculade générale, j'ai senti le groupe de L'Œil se diriger vers nous. Devant moi, un loup-garou grognait en mordant un sorcier qui cherchait à le doubler.

Les crocs sortis, les prunelles rouges, Jenna a glapi :

– Mon Dieu.

– Ça va aller, lui ai-je dit, alors que je nous voyais déjà transpercées par les poignards en argent des membres de *L'Occhio*.

Je me suis demandé si Archer se trouvait parmi eux, en train d'attaquer des Prodigium. Révulsée, j'ai chassé cette pensée en serrant davantage la main de Jenna. Sentant de plus en plus de corps pressés contre le mien, je me suis mise à trembler et à paniquer. *Poussez-vous*, ai-je pensé. Aussitôt, un flux magique est monté en moi depuis le sol. Sans remuer le petit doigt, je me suis concentrée sur les fuyards tout en visualisant une sorte de bouclier autour de Daisy, de Nick et de Jenna. *Bougez-vous*, ai-je pensé de nouveau, avec davantage de fermeté, cette fois.

J'avais simplement voulu dégager l'espace, les écarter comme une boule de bowling balaierait des quilles. Une fois de plus, la puissance de mes pouvoirs m'a échappé. Les Prodigium situés devant moi se sont retrouvés projetés contre le mur de briques, avant de glisser à terre. Seuls Nick, Daisy et Jenna tenaient encore debout. Nick m'a tapoté l'épaule.

– Bien joué, Sophie, m'a-t-il complimentée avant d'enjamber les corps effondrés et de franchir l'ouverture avec Daisy.

Même Jenna souriait en les suivant.

Le trou débouchait sur l'allée que nous avions empruntée pour venir. Le contraste entre la fraîcheur de la nuit et l'humidité de la boîte de nuit m'a fait frissonner. Daisy et Nick couraient déjà en direction de l'Itinerarius, mais Jenna m'attendait.

Quelques Prodigium s'étaient relevés, mais la majorité d'entre eux gisaient encore au sol, inertes. Une sorcière de mon âge m'a regardée d'un air déboussolé et derrière elle, j'ai distingué un groupe de L'Œil qui fonçait vers nous, poignards brandis.

– Jenna, ai-je ordonné sans quitter des yeux l'ouverture. Va rejoindre Nick et Daisy.

– Sophie...

– Vas-y ! Je te rattraperai.

Après un instant d'hésitation, elle s'est exécutée.

Ignorant quelle quantité de forces magiques il me restait, je les ai toutes rassemblées en levant les mains vers les hommes en noir. Cela n'a produit aucune étincelle, aucune lumière, néanmoins, je pouvais sentir le sortilège d'attaque – un sortilège d'Alice – jaillir de mes doigts. Les membres de L'Œil sont tombés comme des mouches et je me suis retrouvée agenouillée sur l'asphalte. Six mois sans pratiquer la magie, puis deux puissants sortilèges en l'espace d'une minute. Comment pouvais-je être aussi stupide ?

Malgré la fatigue, je me suis forcée à me relever pour rejoindre les autres. Loin devant moi, Jenna a jeté un œil par-dessus son épaule et s'est arrêtée net en m'apercevant. Je lui ai fait signe de poursuivre son chemin. Comme elle demeurait immobile, Nick a hoché la tête en me regardant, l'a saisie par le bras et entraînée hors de l'allée. Ils ont tourné à gauche et j'ai tenté d'accélérer l'allure. Courir n'était pas envisageable, mais sur le sol glissant, je m'efforçais de marcher le plus vite possible.

J'avais presque atteint le bout de l'allée quand un bras s'est enroulé autour de ma taille et m'a tirée en arrière, hors de la lumière des réverbères. J'ignorais s'il s'agissait d'un membre de L'Œil, d'un Prodigium, ou simplement d'un violeur ordinaire, mais il était plus grand que moi et je pouvais l'entendre haleter près de mon oreille. Trop épuisée pour le chasser avec un sortilège, je me suis rememoré les techniques d'autodéfense de la Vandy.

Technique 9, salopard, ai-je pensé en reculant mon coude tout en essayant de lui décocher un violent coup de pied dans la cheville. Avec facilité, il a esquivé mon coude et m'a soulevée légèrement du sol afin d'éviter la trajectoire de ma botte.

J'ai paniqué. Quelqu'un capable de bloquer les mouvements d'autodéfense des Prodigium était bien plus dangereux qu'un maniaque. Je m'apprêtais à appliquer la technique 15, ce qui m'aurait permis de lui casser le nez et également de le rendre stérile, quand il a murmuré :

– N'y songe même pas, Mercer.

15

Non, ça ne peut pas être Archer, me suis-je dit tandis que mon agresseur me reposait à terre et me délivrait. Il devait s'agir de quelqu'un d'autre. Puis je me suis retournée.

La lumière était faible dans cette partie de l'allée, mais c'était bien Archer Cross qui se tenait devant moi. Un Archer endurci, avec des cheveux plus longs et une barbe de quelques jours. Il paraissait fatigué et faisait plus âgé.

Parmi les émotions qui me submergeaient, il y avait la peur, bien sûr, la stupéfaction, et aussi autre chose, un sentiment qui me gênait.

Cela ressemblait à de la joie.

Je me suis empressée de l'étouffer. Me rappelant soudain du couteau qu'il avait sorti lorsque nous étions seuls dans le cellier d'Hécate, je ne tenais pas à m'attarder pour découvrir ce qu'il me réservait.

J'ai rassemblé mes dernières forces. L'énergie me manquait pour me téléporter, mais j'étais certainement en mesure de lui décocher un éclair foudroyant. Le flux magique a commencé à monter en moi. Trop faible, hélas. Si j'arrivais à lui envoyer quelques étincelles à la figure, j'aurais de la chance.

Je n'en ai pas eu le temps. Il m'a saisie par les poignets et m'a clouée contre le mur de l'allée. J'ai levé un genou qu'il a esquivé et, tandis que je me débattais, il a chuchoté :

– Je ne vais pas te faire de mal. Mais les autres n'ont pas les mêmes intentions que moi.

En songeant au nombre de membres de *L'Occhio* qui avaient envahi le *Shelley's*, j'ai cessé de lutter.

– Cross ! a braillé une jeune voix masculine.

Archer a tourné la tête et s'est positionné afin qu'on ne puisse pas voir mon visage.

– Ce n'est pas elle ! a-t-il lancé. C'est simplement une humaine qui se trouve au mauvais endroit au mauvais moment.

Le garçon s'est adressé à lui dans une langue étrangère. Ça ressemblait à de l'italien. Naturellement, je n'ai pas compris ce qu'il disait, mais Archer a marmonné entre ses dents une insulte que je connaissais avant de répondre dans la même langue que son interlocuteur. J'ai entendu un bruit de pas qui s'éloignait.

Archer m'a lâché les poignets et a appuyé ses deux mains au mur. Je n'osais pas me détendre de crainte que mon corps ne touche le sien.

– Ça fait combien de fois que je te sauve la vie ? Deux ? Ou plutôt trois si on compte l'incident durant le cours de la Vandy. Et à ce sujet, tu continues à lever le coude trop haut quand tu appliques la technique 9.

J'ai dégluti.

– Je m'entraînerai.

J'ai attendu qu'il se déplace. J'avais besoin qu'il s'écarte de moi car j'avais déjà commencé à trembler. Il est resté où il était, si près que je pouvais voir ses cernes violets et combien ses joues étaient creuses. Je me suis efforcée de fixer un point au-dessus de son épaule droite. Tant de fois, je m'étais figuré le moment où je reverrais Archer, et j'avais des milliers de questions à lui poser, comme, par exemple, pourquoi il m'avait sauvé la vie ce soir et depuis combien de temps il travaillait pour L'Œil. S'il avait fait semblant d'être attiré par moi. À la place. j'ai demandé :

– Est-ce que les membres de L'Œil ont débarqué au *Shelley's* parce qu'ils me cherchaient ?

– En fait, nous sommes venus parce qu'on nous avait dit qu'il y avait des beignets de hot-dogs gratuits. Imagine notre déception.

J'ai bougé la tête pour le regarder. Erreur. Nos nez se touchaient presque. J'ai donc tendu le cou vers la droite et déclaré :

– La dernière fois qu'on s'est vus, tu as sorti un couteau. Alors si tu pouvais garder tes bonnes blagues pour toi, ça m'arrangerait.

Bien sûr, la dernière fois, nous avions aussi échangé un baiser, si brûlant que mes cheveux s'étaient presque enflammés, mais je ne tenais pas à l'évoquer. En sentant le poids de son regard sur mes lèvres, je me suis demandé s'il pensait également à cela.

– Très bien, a-t-il dit. Oui, c'est toi qu'on cherchait. Qu'est-ce que tu fabriques en Angleterre ?

– Et toi ? Le Conseil veut t'éliminer et tu as choisi de te cacher où ? Près de chez eux !

– Je ne me cache pas. J'ai été affecté à Londres. Et tu n'as pas répondu à ma question.

Je l'ai regardé.

– Je suis ici avec mon père.

Il a haussé un sourcil, ressemblant soudain à l'Archer dont je me souvenais.

– Pour une réunion familiale de démons ?

J'étais sur le point de lui parler du Rituel quand au loin, j'ai entendu la voix du garçon qui s'était adressé à Archer un moment plus tôt. Archer a fermé les yeux puis a crié quelque chose en italien. Ensuite, il a mis la main dans sa poche et je me suis raidie.

– Détends-toi, a-t-il murmuré, et entre ses doigts, j'ai vu une pièce d'or. C'est Raphaël, le plus jeune des membres de L'Œil et également le plus idiot. Il voulait savoir ce qui me prenait autant de temps. Je lui ai dit que j'effaçais le contenu de ta mémoire avant de te libérer.

– Tu peux faire ça ?

Il a souri.

– Non, mais il l'ignore. C'est la raison pour laquelle il n'ose pas s'approcher de nous.

Pour la millième fois, je me suis demandé comment un sorcier avait pu devenir membre de *L'Occhio di Dio*. Il a glissé la pièce d'or dans ma main.

– Tu es logée à Londres ? s'est-il enquis.

– Non, à l'abbaye Thorne. C'est...

– Je te retrouverai. Garde cette pièce avec toi.

J'ai saisi la manche de sa veste.

– Non. Archer, le Conseil s'est installé à Thorne. Et mon père a donné l'ordre de t'exécuter.

– Il y a beaucoup de choses dont nous devons parler, Mercer. Je suis prêt à prendre ce risque.

J'ai secoué la tête mais il a ajouté :

– Reste dans l'ombre et sors d'ici. Et surtout, ne mets plus les pieds dans les boîtes de nuit de Prodigium, d'accord ? Ces gens ne sont pas tes amis.

– Comment ça ? ai-je questionné.

Sans me répondre, d'un pas brusque, Archer s'est éloigné vers le *Shelley's*. J'ai aperçu Raphaël. Archer avait raison : il était jeune. Très jeune même. Pas plus de quatorze ans. Archer a posé une main sur son épaule et dit quelque chose d'une voix enjouée. Raphaël a secoué la tête et regardé dans ma direction. Puis une explosion de lumière bleue provenant de l'ouverture du mur du *Shelley's* a attiré leur attention, et j'en ai profité pour quitter l'allée en courant. Après avoir tourné à gauche, les jambes flageolantes, je me suis appuyée un instant au mur de la rue. Je ne savais plus où se trouvait l'Itinerarius. J'ai poursuivi mon chemin, espérant que Daisy ou Nick avaient laissé des miettes de démon à suivre, et quand je suis arrivée au bout de la rue, je les ai vus qui m'attendaient avec Jenna devant un bâtiment en béton. Daisy et Nick fumaient. Les crocs toujours sortis, les prunelles rouges, Jenna arpentait le sol de long en large.

À ma vue, elle s'est illuminée, ressemblant davantage à une gosse le jour de Noël qu'à une vampire. D'un pas chancelant, j'ai avancé jusqu'à eux, et Jenna m'a prise dans ses bras.

– J'ai cru qu'ils t'avaient capturée, a-t-elle dit d'une voix émue.

La gorge nouée, je l'ai étreinte. Je m'étais promis qu'il n'y aurait plus de secrets dans ma vie, mais je ne pouvais pas lui confier que j'avais revu Archer. Même si Jenna était ma meilleure amie, il y avait certaines choses qu'elle ne pouvait pas comprendre.

– C'est à cause de ces bottes ridicules, ai-je déclaré avec un rire tremblant. Ce n'est pas ce qu'il y a de mieux pour courir.

Jenna s'est dégagée et a posé sa main sur ma joue. Ses yeux n'étaient plus rouges, mais brillants de larmes.

– Je suis désolée, Sophie. Si j'avais su que cet endroit était dangereux pour toi...

– Oui, a coupé Daisy en se rapprochant de moi. Cela ne nous est jamais arrivé au *Shelley's*, je te le jure. Autrement, nous ne t'y aurions pas emmenée.

Nick affichait aussi un air navré.

– S'il l'apprenait, James nous tuerait, a-t-il déclaré. On est censés t'aider à t'adapter à ta vie de démon et au lieu de ça, on a failli te livrer à *L'Occhio di Dio*.

Ils paraissaient si sincères, si penauds.

– Ce n'est pas grave, ai-je dit en balayant l'air de ma main, comme si ce genre d'épisode m'arrivait tous les jours. Je suis saine et sauve. Partons d'ici.

Daisy avait dit que le second voyage serait moins éprouvant que le premier ; ce fut pire, peut-être à cause de l'épuisement. Nous avons regagné le moulin, et même si j'avais l'impression qu'un nain armé d'un burin s'était installé de façon définitive dans l'un des lobes de mon cerveau, j'ai réussi à tituber jusqu'à l'abbaye. Par chance, le hall silencieux était plongé dans l'ombre, indiquant que tout le monde dormait. Après avoir murmuré des excuses, Daisy et Nick se sont dirigés vers leurs chambres, au deuxième étage, pendant que Jenna et moi filions vers les nôtres.

Devant sa porte, Jenna a chuchoté :

– Soph, je suis vraiment dés...

– Jenna, si tu t'excuses une fois de plus, je t'assomme.

Elle a souri.

– D'accord. Si tu me reprends à te proposer de sortir dans une boîte de Prodigium, tu auras le droit de me gifler.

– Ça marche.

Je me suis traînée jusqu'à ma chambre. J'ai enfilé une chemise de nuit, je me suis brossé les dents, et la scène avec Archer s'est mise à défiler en boucle dans ma tête. Pourquoi m'avait-il protégée des autres membres de *L'Occhio di Dio*, ce soir ?

J'ai saisi mon jean qui gisait par terre et fouillé dans la poche du devant. La pièce d'or d'Archer était encore tiède. Ce qui y était gravé était presque effacé, impossible de savoir s'il s'agissait du profil d'un homme ou d'une femme. « Garde cette pièce avec toi, m'avait-il dit. Je te retrouverai. » J'aurais dû la jeter. J'aurais dû tenter de localiser mon père parmi les centaines de chambres de cette demeure et lui confier ce qui s'était passé. Au lieu de cela, j'ai fermé mon poing et l'ai glissé sous mon oreiller.

16

Je n'ai pas fait de rêves étranges cette nuit-là, et je me suis réveillée vers midi. J'aurais dormi davantage si je n'avais pas entendu la porte s'ouvrir.

– Va-t'en, Jenna, ai-je marmonné.

– Si j'étais Jenna, je partirais, a répondu une voix grave.

Me rappelant soudain que j'avais mis la pièce d'or d'Archer sous mon oreiller, je me suis demandé si c'était lui.

Heureusement, c'était Cal qui se tenait au seuil de la chambre. J'ai laissé échapper un long soupir de soulagement, sans la moindre petite bouffée de déception. Puis j'ai pris conscience de ma tignasse ébouriffée.

– Bonsoir, ai-je fait.

– Bonsoir.

Tu es, hum... dans ma chambre.

– Oui.

– C'est autorisé ?

– Nous sommes fiancés, a répondu Cal d'un air pince-sans-rire.

J'ai dégagé quelques mèches de cheveux de mon visage. Je ne savais pas s'il plaisantait. Je n'étais jamais sûre avec Cal.

– Tu voulais me regarder dormir ? Si c'est le cas, la rupture est proche.

– Tu as une toujours une réplique dans ton sac ? a-t-il questionné.

– La plupart du temps, j'essaie d'en avoir une. Pourquoi es-tu venu ici ?

– Pour savoir comment s'était passée la sortie d'hier.

Mon cœur s'est mis à cogner dans ma poitrine, et soudain, j'ai songé à la pièce d'or brûlant un trou dans mon oreiller.

– Très bien, ai-je répondu. Une ambiance de village. Dommage que tu ne sois pas venu.

– Oui. Ton père m'avait dit qu'il n'y avait que quelques plantes qui nécessitaient des soins, mais dès que je commençais à m'occuper d'une plante, une autre prenait le relais en se rabougrissant. Très étrange. J'ai dû travailler sur chaque arbuste du jardin. À dix heures du soir, j'y étais encore.

– C'est étrange, ai-je admis, tandis qu'un soupçon s'emparait de moi.

Je n'étais pas la seule à me douter que Cal n'aurait pas aimé la virée au *Shelley's*.

– Tu en sais davantage sur Nick et Daisy ? a-t-il questionné.

Cette partie de ma mission avait totalement échoué.

– Non, pas vraiment. Il ne s'est pas passé grand-chose, en fait.

Malgré l'entraînement, je mentais toujours aussi mal et Cal n'était pas idiot. Il m'a regardée intensément un instant avant de déclarer :

– Ton père est rentré ce matin. Apparemment, *L'Occhio di Dio* a pris d'assaut une boîte de nuit fréquentée par des Prodigium, à Londres, hier soir.

– Ah bon. Quelle horreur.

– Oui, a dit Cal sans me quitter des yeux. Il paraît que la fille du président du Conseil s'y trouvait avec deux autres démons et une vampire.

Je me suis sentie blêmir.

– Il est en colère.

Cal a haussé les épaules.

– Je crois. Je n'en suis pas ravi non plus.

J'ai repoussé mes couvertures et, m'assurant que le bas de ma chemise de nuit ne remontait pas, je me suis levée.

– Cal, je vais déjà devoir avoir affaire à un père mécontent aujourd'hui. Inutile d'en rajouter en jouant les machos, d'accord ?

Il m'a saisie par le poignet.

– Je n'en rajoute pas. Et ce n'est pas à toi que j'en veux, c'est à eux. Ils n'auraient pas dû t'emmener là-bas.

Sa main était chaude contre ma peau.

– Ils voulaient être sympas, je crois, ai-je déclaré. Et les membres de L'Œil n'étaient jamais allés dans cet endroit avant.

Il m'a serré davantage le poignet.

– Ils te cherchaient.

– Oui. C'est ce qu'il m'a semblé.

Quelqu'un a frappé à la porte. Cal m'a lâchée et nous avons fait un bond en arrière alors que Lara entrait dans la pièce. À Hécate, si Mme Casnoff avait surpris Cal dans ma chambre, il y aurait eu des pincements de lèvres, des regards glacials, des remarques sur l'inconvenance. Lara, elle, semblait... contente.

– Votre père vous attend à la bibliothèque, Sophie, m'a-t-elle annoncé.

J'ai acquiescé.

– Bien. Je vais prendre une douche et je le rejoins.

– Il aimerait vous voir porter autre chose qu'un jean et des tennis.

– J'ai une robe, ai-je répondu, malgré mon agacement.

– Parfait, a approuvé Lara, mais elle n'a pas bougé.

– Bon, je vais te laisser, Sophie, a dit Cal. À plus tard.

Lara est sortie avec lui. J'ai posé la tête sur mon oreiller. Dehors, l'eau de la fontaine scintillait au soleil et j'ai humé le parfum de lavande que mon père aimait tant. Dans la lumière du jour, il était facile d'imaginer que les événements de la veille ne s'étaient pas produits.

Une fois douchée, je me suis sentie un peu mieux. Bien entendu, mon père allait me sermonner. Et même peut-être crier. J'étais prête à gérer ça. Mon unique robe d'été était blanche à fleurs bleues. Jolie, mais il me fallait une tenue plus élégante. Avec un sortilège, je l'ai transformée en fourreau noir. J'y ai ajouté un boléro court noir et un collier de perles. Je m'étais servie de mes pouvoirs.

Oui, mais en faible quantité, me suis-je rassurée. Le risque d'accident pendant une métamorphose de vêtements restait minime.

Cela m'ennuyait, tout de même, que les mauvaises habitudes reprennent aussi vite. Je me suis donc attaché les cheveux de façon sage derrière la nuque et j'ai décidé de ne pas me maquiller, pariant qu'un visage de sainte-nitouche tempérerait la rage et les flammes que les yeux des pères démons lançaient peut-être.

Avant de sortir, j'ai saisi la pièce d'Archer cachée sous mon oreiller, et jeté un regard circulaire autour de moi. Ne repérant aucune cachette appropriée, j'ai ajouté une poche à ma robe et j'ai glissé la pièce à l'intérieur.

Mon père se tenait de dos, face aux grandes fenêtres de la bibliothèque. Toute son attitude proclamait : « Je suis terriblement déçu par ma fille. »

– Papa ? Lara m'a dit que tu voulais me voir.

Il s'est retourné, le visage fermé.

– Oui. Tu t'es bien amusée avec Nick et Daisy hier soir ?

J'ai réprimé l'envie de toucher la pièce d'or.

– Pas spécialement, ai-je rétorqué.

Il n'a rien dit, alors je l'ai regardé et au bout d'un moment j'ai ajouté :

– Écoute, si tu veux me punir, je préfère qu'on règle cela rapidement.

– Aimerais-tu savoir ce que j'ai fait hier soir jusqu'à l'aube ? a-t-il questionné.

Mme Casnoff employait parfois cette méthode. Elle prétendait ne pas être fâchée, puis elle me rappelait les conséquences de toutes mes erreurs. Ils l'avaient peut-être apprise dans les écoles privées pour Prodigium qui n'étaient pas des rebuts de la société.

– Oui, ai-je dit.

– J'étais au téléphone. Sais-tu avec qui ?

– Un voyant en ligne ?

Mon père a grincé des dents.

– Non. J'étais occupé à convaincre non moins d'une trentaine de sorcières, sorciers, métamorphes et elfes, que ma fille – la future dirigeante du Conseil – n'avait pas blessé une dizaine de Prodigium innocents en s'échappant d'une boîte de nuit avec les membres de *L'Occhio di Dio* aux trousses.

– Je ne leur ai pas fait de mal ! me suis-je exclamée, avant de me souvenir que je les avais projetés contre le mur. Enfin, pas sciemment.

Mon père a baissé la tête et a pincé l'arête de son nez.

– Bon sang, Sophia.

– Je suis navrée, ai-je bredouillé. Vraiment. J'ai essayé de les aider. J'ai fait tomber tous les attaquants qui fonçaient sur eux.

– Non, a-t-il dit. C'est ma faute. J'aurais dû m'occuper de ça dès ton arrivée.

– De quoi ?

– Suis-moi. Nous avons une expérience à faire.

Il m'a fait signe de quitter la bibliothèque mais, déstabilisée, je n'ai pas bougé. Quand ma mère se fâchait, elle criait puis c'était fini.

J'ai dégluti.

– Je veux que Jenna vienne aussi.

Mon père a souri.

– Mlle Talbot a de la visite, je crois.

– Comment ça ?

– Elle est devenue très proche de Victoria Stanford lorsqu'elle était à Savannah, l'an dernier. Le Conseil a octroyé à Mlle Stanford quelques semaines de vacances que je lui ai proposé de passer ici avec Jenna.

– Tu as fait venir Vix en avion jusqu'ici ? ai-je demandé.

Il s'est retourné vers les fenêtres.

– Elle est arrivée hier soir.

Je l'ai rejoint. Sur la pelouse, Jenna marchait bras dessus, bras dessous avec une jolie fille très pâle. Elle semblait avoir seize ans, mais puisqu'elle travaillait pour le Conseil, elle était forcément plus âgée. C'est l'un des inconvénients de la condition de vampire. Jenna riait. J'étais à la fois heureuse pour elle et un peu jalouse aussi.

– Bien joué, papa, ai-je marmonné.

J'ai cru qu'il n'allait pas relever. Il a répondu :

– Oui, je trouve aussi. Viens, partons.

J'ai jeté un dernier coup d'œil sur Jenna et Vix, espérant croiser le regard de Jenna, mais elle n'a pas levé les yeux.

17

En suivant mon père à travers l'abbaye Thorne, je me suis rendu compte que je ne connaissais toujours pas le plan des lieux. Après plusieurs couloirs et un nouvel étage, nous sommes arrivés à une partie de la demeure où nul ne semblait être passé depuis l'époque où Alice y avait résidé. Des draps masquaient les meubles, une épaisse couche de poussière recouvrait les tableaux. Devant nous, mon père a poussé une lourde porte de chêne.

Elle débouchait sur une pièce tapissée de miroirs de toutes sortes : des grands aux cadres chargés d'ornementations pesant trois fois mon poids, des petits, ronds, des anciens à la glace constellée de taches et ne permettant plus de s'y mirer.

Mon père a traversé la pièce et ouvert des rideaux gris qui se sont détachés pour former une pile de tissu moisi au sol.

– Après tout, c'est chez moi, a-t-il déclaré en balayant du regard le capharnaüm. Tu dois te demander pourquoi je t'ai fait venir ici.

Mes sandales à lanières ont claqué sur le sol de marbre tandis que je rejoignais le centre de la chambre.

– C'est l'endroit où la punition commence, j'imagine, ai-je répliqué. Tu vas m'ordonner de nettoyer tous ces miroirs ou alors de m'y regarder jusqu'à ce que la honte apparaisse sur mon visage.

À mon étonnement, mon père a souri.

– Non, ce n'est pas aussi abstrait que cela. J'aimerais que tu en brises un, Sophie.

– Comment ? Avec mon crâne ? Ce serait un châtiment corporel et maman n'apprécierait pas.

– Avec tes pouvoirs magiques.

J'ai contemplé les nombreuses glaces et répliqué :

– En fin de compte, je préfère me servir de ma tête.

Mon père s'est tu.

– Très bien, ai-je ajouté. Lequel ?

Il a haussé les épaules.

– Cela n'a pas d'importance. Celui que tu veux.

Je les ai examinés un à un. Le plus grand représentait une cible facile, mais lorsqu'il volerait en éclats, il répandrait de nombreux morceaux tranchants. Un plus petit serait moins dangereux.

Je me suis concentrée sur celui qui était situé à gauche de mon père. Il faisait la taille de ma main. *Brise-toi*, ai-je pensé.

Un son assourdissant a retenti au moment où tous les miroirs explosaient. J'ai levé les mains en criant mais les éclats étincelants ne m'ont pas touchée. Ils se sont figés à trois centimètres de mon visage, me permettant de voir le reflet de mes yeux épouvantés dans des milliers de morceaux de glace. Puis les éclats ont reculé lentement vers les cadres vides et les miroirs se sont reconstitués.

J'ai fait volte-face. Mon père se tenait toujours près de la fenêtre, mais il avait les bras levés et un voile de sueur sur le front. Il les a baissés et s'est affaissé contre la fenêtre.

– Je suis désolée ! ai-je crié. Chaque fois que je jette un sort, ça prend des proportions inattendues ! Je t'avais dit que je ne maîtrisais pas mes pouvoirs !

Mon père s'est frotté le front.

– Non, Sophie, tout va bien. C'était ce que je voulais que tu fasses.

– Que je commette un « miroiricide » ?

Il a ri.

– Non. Que tu montres ta puissance. Et tu as dépassé mes attentes, a-t-il ajouté d'un air admiratif.

Ses yeux luisaient de fierté.

– Ravie de t'épater en faisant voler en éclats des vieilleries, ai-je lâché.

– Ton sarcasme est...

– Je sais, je sais, « une qualité sans charme dans la bouche d'une jeune fille ».

Mon père s'est détendu.

– Je pense que tu tiens ça de moi, a-t-il confié. Grace détestait mes remarques caustiques.

– J'ai été de corvée de cellier à Hex Hall à cause de ça.

– Un jour, elle m'a laissé au bord de la route parce que j'avais plaisanté à propos de ses talents de copilote, a repris mon père.

– Vraiment ?

– Oui. J'ai été obligé de parcourir cinq kilomètres à pied avant qu'elle daigne me laisser remonter dans la voiture.

– Maman n'est pas commode.

Nous avons échangé un sourire.

– Quoi qu'il en soit, tu dois apprendre à maîtriser tes pouvoirs, a-t-il déclaré.

– Oui, c'est une malédiction familiale.

Il s'est écarté de la fenêtre.

– Alice t'a enseigné des sortilèges.

– J'étais nulle. Elodie apprenait bien plus vite que moi.

– Cal dit que tu t'es servie d'un sort de transport pour te rapprocher d'Alice et pouvoir la tuer.

– Cal est trop bavard.

– Est-ce que c'est la vérité ? a insisté mon père.

– Oui. Mais j'ai seulement bougé de quelques mètres. Ce n'était pas impressionnant. Elodie a su le faire avant moi.

– Elodie était une sorcière, a rappelé mon père. Il lui était donc plus facile de concentrer ses pouvoirs.

– Comment cela ?

– Comparer tes pouvoirs à ceux d'Elodie reviendrait à comparer un geyser à un pistolet à eau. Tes forces magiques sont bien plus puissantes que les siennes, mais elles sont... volatiles. Si on inclut ça au stress et aux émotions que tu as eues à Hécate, il est normal que tes sortilèges deviennent explosifs.

J'ai secoué la tête.

– C'était la même chose avant que j'aille à Hex Hall. Tu te souviens du professeur qui avait perdu la mémoire ? Et du désastre durant le bal de fin d'année du lycée ?

– Le problème reste le même, a décrété mon père. Trop de puissance, aucune idée pour la contrôler. Et plus cela te fera peur, plus te servir de tes pouvoirs deviendra compliqué.

Il a marché jusqu'à moi et a pris mes mains dans les siennes. J'ai décelé le flux magique qui coulait dans ses veines, comme je l'avais déjà détecté en Daisy et en Nick.

– J'ai éprouvé le même sentiment que toi pendant des années, Sophie, a-t-il dit. Je n'étais guère plus âgé que toi quand ma mère... après la mort de mon père, je me serais arraché mes propres pouvoirs à mains nues si je l'avais pu. Comme toi, je rejetais la magie parce qu'elle me terrifiait.

– Je n'ai jamais pensé à ce que tu avais vécu, ai-je murmuré.

J'ai essayé d'imaginer ce que j'aurais ressenti si mon père avait tué ma mère, mais c'était trop douloureux.

– Pourquoi as-tu fini par accepter tes pouvoirs ? ai-je questionné.

– C'est une longue histoire, a-t-il soupiré. Enfin, j'ai un jour réussi à atteindre un degré précis de maîtrise de mon flux magique. Une petite démonstration.

Il a pointé un doigt vers un miroir minuscule et carré que je n'avais pas remarqué.

– Brise-toi, a-t-il chuchoté.

Une seule ligne a fissuré la surface.

– Très bien, ai-je fait. Comment t'y es-tu pris ?

– C'est une combinaison de choses. Concentration, respiration...

– Comme le yoga ? Les démons pratiquent le yoga ?

Il a ri.

– Un peu. Les démons possèdent les pouvoirs des dieux mais l'esprit et le corps des humains. Nous devons apprendre à faire fonctionner tout cela ensemble, autrement nous sommes submergés par la magie.

– Et nous devenons fous, comme Alice.

Il a acquiescé.

– Plus ou moins. Essaie de briser le miroir, mais cette fois, concentre-toi davantage sur ton comportement humain que démon.

– Comment, au juste ?

Il a retiré ses lunettes et les a nettoyées avec un mouchoir.

– Tu peux t'y prendre de plusieurs façons. Par exemple, en te remémorant un souvenir datant de l'époque où tu n'avais pas encore tes pouvoirs. Où d'un moment correspondant à une émotion : la jalousie, la peur, l'amour...

– Tu penses à quoi, toi ?

– À ta mère.

Si ça marchait pour lui, ça marcherait peut-être pour moi. J'ai choisi un miroir de taille moyenne dont le cadre doré présentait des angelots. Quand le flux magique a traversé mes plantes de pied, j'ai visualisé le visage de ma mère, le jour où nous étions allées chercher ma robe de bal, avant que tout ne dégénère dans le Vermont. Ses yeux verts souriaient.

Les battements de mon cœur ont ralenti et le flux magique s'est mis à grimper plus lentement en moi. Quand il a atteint mes doigts, j'ai murmuré :

– Brise-toi.

La glace du miroir s'est fracturée, ainsi que celle des deux autres qui l'entouraient, et une pluie d'éclats est tombée au sol. Mais je n'en avais cassé que trois. Et doucement.

– Bon sang, ai-je fait avec un sourire béat, légèrement grisée par la magie.

– C'est mieux, a approuvé mon père en reconstituant un miroir d'un geste de la main. Bien entendu, tu t'amélioreras avec la pratique. Et quand tu sauras contrôler tes pouvoirs, tu réduiras les risques de blesser autrui.

L'effet euphorique a fait place à l'anxiété.

– Donc, quand j'aurai maîtrisé la partie tai-chi, j'aurai moins de risques de devenir comme Alice – c'est ce que tu veux dire ?

– Oui. Le Rituel n'est pas la seule solution, Sophie, c'est ce que j'avais dit.

J'ai essuyé mes paumes moites sur mes cuisses. Apprendre à visualiser des gens que j'aimais et à respirer me semblait préférable à recevoir des tatouages de runes, mais que ça soit aussi simple me surprenait.

– Tu n'es pas obligée de décider aujourd'hui, Sophie. Dis-moi simplement que tu vas y réfléchir.

– Je vais y réfléchir, ai-je couiné.

– Bien, a-t-il fait, soulagé.

J'ai pivoté vers la porte.

Mon père s'est placé devant moi.

– Ce n'est pas terminé.

– Je peux essayer de casser d'autres glaces si tu veux, mais je suis crevée. Entre hier soir et aujourd'hui, il y a eu beaucoup de forces magiques autour de moi et...

– Je ne parlais pas de ça, a-t-il coupé. J'aimerais que tu me parles d'Archer Cross.

18

De nouveau, j'ai senti la pièce brûler à l'intérieur de ma poche. Je me suis mise à réfléchir à toute allure. Comment mon père pouvait-il savoir qu'Archer était là hier soir ? Savait-il que j'avais accepté la pièce ? Archer voulait s'en servir pour me retrouver. Mon père lui avait peut-être tendu un piège pour l'attirer ici.

J'ai cru que j'allais craquer quand il a dit :

– Je sais qu'en parler t'embarrasse, mais il faut absolument que je comprenne un peu mieux ce qui s'est passé le semestre dernier.

– Oh, ai-je soupiré avec soulagement. Tu le sais. Mme Casnoff m'a demandé de faire une déposition pour le Conseil, deux semaines après les faits.

– J'ai lu ce document. Et ni moi ni le Conseil ne pensons qu'il contient la vérité.

J'ai réprimé un cri d'indignation. Probablement parce que mon père avait raison.

– Tu t'es impliquée avec Archer Cross...

– Je ne me suis pas impliquée ! ai-je craché.

– Écoute-moi ! a-t-il aboyé. Est-ce que tu as vu Archer au *Shelley's* hier soir ?

Un instant, j'ai eu envie de mentir. Mais à mon avis, il connaissait déjà la réponse.

– Je l'ai vu une minute, ai-je soufflé. Et il m'a protégée des membres de L'Œil. Il aurait pu me livrer ou me tuer, il ne l'a pas fait. Et ce qui est bizarre, c'est qu'il se sert encore de ses pouvoirs magiques, alors qu'il fait partie de L'Œil...

Mon père m'a saisie par les épaules.

– Je t'interdis de le revoir. C'est un ordre de ton père et du président du Conseil. Tu ne dois plus entrer en contact avec lui.

– J'ai compris, ai-je dit d'une voix étranglée. Je suis un démon, il travaille pour L'Œil. Les vacances familiales seraient mouvementées si nous étions ensemble. Des poignards voleraient dans les airs, feraient tomber le sapin de Noël...

Il n'a pas souri à ma plaisanterie.

– C'est plus grave que cela, Sophie, a-t-il répondu en me libérant. Archer Cross représente sans doute la plus grande menace vivante pour les Prodigium.

Je l'ai regardé.

– Je sais que L'Œil terrifie tout le monde, mais je les ai vus en pleine action hier soir, papa. Je n'ai pas eu la peur de ma vie et Archer fait partie des plus jeunes membres.

– C'est aussi un sorcier. Dans le passé, L'Œil attaquait par surprise et avec un groupe d'hommes plus nombreux que celui de leur cible, comme ils l'ont fait hier. Mais s'ils sont capables d'employer la magie, nous allons perdre notre unique avantage. Que *L'Occhio di Dio* puisse recruter un Prodigium fait peur à notre communauté. C'est pour cela qu'il faut mettre la main sur Archer Cross et régler ce problème.

– En le tuant ?

– Si telle est la loi du Conseil.

J'ai avancé jusqu'à la fenêtre la plus proche. À travers les carreaux de verre usés par les ans, j'ai aperçu les contours indistincts d'un jardin, moins joli que les autres, et une fontaine tapissée de mousse côtoyant un banc de pierre fendu en deux.

Mon père s'est placé derrière moi. Dans le reflet du carreau, j'ai vu sa main hésiter au-dessus de mes épaules avant de retomber le long de son flanc.

– Sophie, c'est peut-être difficile à comprendre, mais les Prodigium vivent une époque très dangereuse. À ton arrivée, tu as demandé pourquoi le Conseil se trouvait à l'abbaye Thorne et non à Londres.

– Lara a parlé d'imprévus, ai-je répondu sans me retourner.

– En effet. *L'Occhio di Dio* a incendié le siège du Conseil il y a deux mois.

Je me suis retournée d'un bloc.

– Quoi ?

– C'est la raison pour laquelle nous ne sommes plus que cinq membres du Conseil. Les sept autres ont péri durant la bataille.

J'en étais abasourdie.

– Comment se fait-il que Mme Casnoff ne nous en ait pas informés ?

Mon père est allé s'installer le long du mur dans l'un des fauteuils en velours aux bras ornés de dorures.

– Parce que nous veillons à ce que cela reste secret, a-t-il déclaré. Si ça ne l'était pas, ce serait la panique, et nous n'avons pas besoin de ça en ce moment. Puis-je te faire une autre confidence, Sophie ? a-t-il ajouté. Même si elle est terrible ?

– Ça changerait.

– Tu te souviens de la guerre entre L'Œil et les Prodigium dont nous avions parlé ? Une autre guerre se prépare, mais qui risque d'être bien plus catastrophique encore. L'Œil n'a pas attaqué seul le siège du Conseil. Les Brannick leur ont prêté main-forte. Que sais-tu à propos des Brannick ?

– Ce sont des Irlandaises rousses, ai-je répliqué, me remémorant une image d'elles vue dans le livre *Ceux qui veulent nous tuer tous* de Mme Casnoff.

Celle-ci avait d'ailleurs expliqué que si les Brannick et les membres de L'Œil s'alliaient, nous étions fichus.

– Ce sont des sorcières blanches ? ai-je demandé.

– Elles descendent d'une sorcière blanche. Leurs pouvoirs magiques sont faibles. Elles guérissent plus rapidement que les humains et possèdent des dons de clairvoyance. Au fil des ans, leur nombre a diminué, mais elles ont un nouveau chef, Aislinn Brannick. Apparemment, elle est plus ambitieuse que ses prédécesseurs et elle est entrée en contact avec L'Œil.

– Pourquoi ? ai-je bredouillé. Pourquoi décider de former une alliance ?

– À cause de Nick et de Daisy, a-t-il expliqué. Savoir que pour la première fois en soixante ans, quelqu'un s'était mis à élever des démons les a inquiétés et la situation est devenue explosive. Sophie, a-t-il repris après s'être levé. Est-ce que tu comprends, maintenant, pourquoi je ne veux pas que tu subisses le Rituel ?

– Bien sûr, ai-je répliqué. C'est comme ce que tu disais l'autre soir à propos d'Alice. Les démons peuvent servir d'armes extraordinaires, et si une guerre se prépare, vous allez avoir besoin de moi, c'est ça ?

Il a froncé les sourcils et s'est mordu la lèvre.

– Non, pas du tout. Sophie, je ne me servirai jamais de toi comme d'une arme. Je veux que tu conserves tes pouvoirs pour que tu aies les moyens de te protéger. Que tu sois désarmée face aux Brannick me panique.

– Mais si je me les faisais retirer, je ne serais plus pourchassée, ai-je souligné d'un ton suppliant.

Mon père a secoué la tête.

– Cela ne changerait rien. Tu restes ma fille. Au moins, avec tes pouvoirs, tu seras capable de te défendre.

J'ai fourré mes mains tremblantes dans mes poches. En touchant la pièce d'or, j'ai sursauté.

– Pourquoi ne me l'as-tu pas dit plus tôt ? lui ai-je reproché.

Il a croisé mon regard.

– Pourquoi m'as-tu caché la vérité au sujet d'Archer ?

– Nous étions amis ! Combien de fois dois-je le répéter ?

Face à son silence, j'ai baissé les yeux.

– Très bien. Il me plaisait. J'étais amoureuse de lui et un jour on s'est embrassés. Mais une seule fois, et c'était avant de découvrir qu'il était membre de L'Œil.

– C'est tout ?

Pourquoi n'y avait-il pas un trou géant dans le sol par lequel j'aurais pu disparaître ? J'ai hoché la tête.

Mon père a passé la main dans ses cheveux.

– Il faudra inclure cette partie dans ta déposition.

– As-tu d'autres nouvelles réjouissantes à m'apprendre ?

– Non, a-t-il répliqué en me guidant vers la porte.

– Et Nick et Daisy ? ai-je questionné. Tu comptes t'en servir comme de soldats ?

– Jamais, a-t-il dit d'un ton ferme. Ce qu'on leur a fait est un crime et le coupable est responsable de la situation dans laquelle nous nous trouvons actuellement. Découvrir la personne qui les a changés en démons est capital.

– Pourquoi ?

– Il existe un autre moyen pour les démons de se débarrasser de leurs pouvoirs. C'est que celui ou celle qui a effectué le rituel répète l'opération en l'inversant. De toute évidence, c'est trop tard pour nous deux puisque nous sommes des démons de troisième et quatrième génération et notre créateur est mort depuis longtemps. Mais c'est encore possible pour Nick et Daisy.

– Ils en seront ravis.

– Je sais, a-t-il répliqué. J'espère aussi que cela calmera L'Œil.

J'ai étudié mon père avec attention. Son costume était trop grand et son beau visage accusait la fatigue.

– Écoute, ai-je dit. Ne te réjouis pas trop vite, mais demain, je veux bien continuer à m'exercer à être un démon zen.

Quelque part dans la demeure, plusieurs horloges ont tinté trois fois et il a déclaré :

– Cela me ferait plaisir.

Nous sommes redescendus en silence, mon père a regagné son bureau et moi ma chambre, afin de vérifier mes e-mails.

« Merci pour l'information », m'avait répondu Mme Casnoff. Je me suis rencognée dans mon siège et j'ai laissé reposer mes bras croisés sur le sommet de mon crâne. Elle ne semblait pas inquiète. Tant mieux. Je n'avais pas besoin d'un problème supplémentaire avec le fantôme d'Elodie.

J'ai sorti la pièce d'or de ma poche. J'ai eu l'impression qu'elle pesait plus lourd et l'ai étudiée un long moment avant de la ranger à l'intérieur du tiroir de ma table de nuit.

19

Plus tard, cet après-midi-là, je suis partie à la recherche de Jenna. Je l'ai trouvée sans difficulté, elle traînait encore dans le jardin en compagnie de Vix. Assises l'une contre l'autre, sur le rebord de la fontaine, elles se rafraîchissaient les jambes. La main en visière pour protéger ma vue du soleil, je les ai apostrophées. Jenna s'est retournée.

– Ah ! te voilà ! s'est-elle exclamée, les prunelles brillantes. Qu'est-ce que tu as fait ce matin ?

J'ai retiré mes sandales et je suis allée m'installer en face d'elles. L'eau froide de la fontaine m'a fait grimacer.

– J'étais avec mon père pour une petite réunion familiale.

– Ton père est un homme merveilleux, a dit Vix.

Comme Jenna, elle avait un léger accent du sud des États-Unis. Avec ses grands yeux verts et ses cheveux bruns soyeux, Vix était également outrageusement belle. Pas étonnant que Jenna en soit aussi amoureuse.

– C'est tellement adorable de sa part d'avoir fait venir Vix ici, a renchéri Jenna en pressant la main de sa petite amie.

Son regard plein d'étoiles m'indiquait qu'elle n'avait pas songé une seconde que c'était une stratégie de mon père pour que Vix accapare son attention.

– Oui, ai-je murmuré en regardant celle-ci. Jenna n'arrête pas de parler de toi, je suis contente de pouvoir enfin te rencontrer.

Elle a ri.

– Elle m'a aussi parlé de toi, de même que ton père. Du coup, j'ai déjà l'impression de te connaître.

Bon sang. D'abord Cal, ensuite Lara et les autres membres du Conseil, et maintenant Vix. Mon père avait-il créé un blog spécialement sur moi ? « Les raisons pour lesquelles vous devriez suivre ou épouser ma fille, Sophie. »

– Donc, qu'est-ce que vous avez fait ensemble ? a questionné Jenna.

J'ai hésité. Vix a retiré ses pieds de l'eau, puis elle est descendue de la fontaine.

– Je vais aller défaire ma valise, a-t-elle annoncé. J'étais tellement excitée de voir Jenna que je l'ai simplement jetée dans ma chambre.

Deux fossettes lui ont creusé les joues.

– À tout à l'heure, a répondu Jenna, avant de l'embrasser timidement sur la bouche.

Nous avons regardé Vix disparaître à l'intérieur de la demeure.

– Ta petite amie fait rêver, ai-je dit à Jenna en lui poussant l'épaule.

– Je sais ! a glapi Jenna et nous nous sommes esclaffées.

– Très bien, a-t-elle repris. Tu as l'air songeuse. Qu'est-ce qui te tracasse ?

– La situation est en train de s'aggraver avec L'Œil.

– Comment ça ?

J'ai agité ma jambe et projeté un arc d'eau dans l'air. Je ne voulais pas lui parler du siège du Conseil, ni des membres qui avaient perdu la vie. Apparemment, c'était tellement secret que même Vix qui travaillait pour le Conseil n'était pas au courant.

– Suffisamment pour que mon père tienne absolument à me faire renoncer au Rituel. Mes pouvoirs me serviront si on décide de m'éliminer.

– Ne dis pas ça, a-t-elle répondu d'un ton coupant.

– Pardon, ai-je murmuré en posant la main sur son bras. Cela me fait peur.

Son expression s'est radoucie et elle a couvert mes doigts de sa main.

– Je sais. La mort n'est pas une plaisanterie. Mais Sophie, je t'en prie, dis-moi que tu vas réellement y renoncer.

J'ai chassé de mon esprit l'image des griffes argentées d'Alice enfoncées dans le cou d'Elodie et pensé à l'expression peinée et inquiète de mon père.

En scrutant le jet de la fontaine, j'ai songé à mon premier soir à Hécate, assise sur le lit en train de rire avec

Jenna. J'ai agité les doigts et aussitôt, l'eau s'est teintée de rose vif.

– Oui, ai-je répliqué. Si je n'avais plus mes pouvoirs, je ne pourrais pas faire des trucs aussi cool.

Jenna a souri, les larmes aux yeux.

– Tu as raison, a-t-elle murmuré en m'étreignant.

Puis elle s'est dégagée, a penché la tête en arrière, les paupières fermées.

– Ton père t'a donné d'autres informations concernant Nick et Daisy ? a-t-elle questionné.

Du coin de l'œil, j'ai repéré une silhouette floue, et quelque chose a atterri dans la fontaine en créant de grandes gerbes d'eau. Nick a refait surface, les cheveux dégoulinants. L'expression identique de stupéfaction qu'affichaient le vampire et le démon ne semblait pas le déranger. Il nous a décoché son habituel sourire inquiétant.

– L'une de vous deux m'a invoqué, mesdemoiselles ?

Je l'ai fusillé du regard.

– Oui. Nous étions justement en train de dire : « C'est vraiment dommage que Nick ne saute pas dans la fontaine rose pour éclabousser nos vêtements. »

– Tu exagères, Nick, a renchéri Daisy en venant se placer près de la fontaine. Présente-leur tes excuses.

Et elle le regardait comme une pâtisserie appétissante. Ils étaient bizarres tous les deux.

Nick a pataugé dans l'eau et s'est arrêté devant moi et Jenna.

– C'est la raison pour laquelle je suis venu les voir, ma chérie, a-t-il répondu à Daisy. Sophie, j'ai été nul avec toi, hier.

J'ai haussé les sourcils et attendu qu'il poursuive.

– Beaucoup de rumeurs circulent à propos de toi et de ce type, Archer, et j'avais une mauvaise image de toi. La façon dont tu as neutralisé nos ennemis au *Shelley's* prouve que je m'étais trompé. Mais j'espère qu'on peut encore devenir amis.

Il m'a tendu la main. J'ai hésité. Nick me donnait l'impression de me trouver en présence d'un fauve. Pour l'instant, il souriait et se montrait chaleureux, mais d'une minute à l'autre, il pouvait se mettre à grogner et devenir menaçant.

Je lui ai quand même serré la main. Aussitôt, sentant le flux magique crépiter en moi avec une puissance effarante, j'ai tenté de la retirer, mais il l'a retenue prisonnière. Finalement, la sensation de crépitements s'est estompée. Ma main a glissé hors de la sienne et d'un bond, j'ai quitté le rebord de la fontaine.

– Qu'est-ce que tu m'as... ? ai-je commencé.

Puis j'ai baissé les yeux et constaté que ma tenue n'était plus la même. Ma robe noire avait été remplacée par une autre robe noire, plus courte, plus brillante, avec un décolleté profond. Même ma coiffure avait changé, ma queue-de-cheval s'était détachée et mes cheveux bruns formaient des ondulations soyeuses autour de mon visage. Nick m'a décoché un clin d'œil.

– C'est mieux. Tu ressembles davantage à la Démone qui voulait devenir reine, comme ça.

Il s'est hissé hors de l'eau et a saisi la main de Jenna qui ressemblait, elle, à un rat mouillé. En quelques secondes, Jenna s'est retrouvée avec une robe d'été rose qui cachait moins de chair que ses tenues habituelles.

– Très mignon, Nick, a commenté Daisy en roulant des yeux tout en passant un bras autour de sa taille.

– Quoi ? a-t-il fait, après avoir gratifié Daisy d'un baiser sonore sur la joue. Elles sont plus jolies comme ça.

Sans réfléchir, j'ai saisi le bras de Nick. Son tee-shirt blanc et son jean trempé se sont mis à onduler et soudain, un haut jaune fluo et un jean délavé à l'acide sont venus les remplacer. J'ai souri, ne sachant si c'était lié au ridicule de Nick ou à la facilité avec laquelle j'avais exécuté un sort de transformation. Daisy s'est esclaffée.

– À mon tour, m'a lancé Nick en plissant les yeux.

Il a agité la main et m'a affublée d'un costume de lapin. D'un coup de patte, j'ai changé sa tenue en combinaison de ski. Puis je me suis retrouvée en bikini. Et Nick a eu droit à une robe de bal mauve.

Quand il m'a revêtue d'une tenue de danseuse de revue, assortie d'une coiffe en plumes, il portait une combinaison de plongée sous-marine, et, grisés par la magie, nous n'arrêtions pas de glousser.

Mes vêtements se sont métamorphosés jusqu'à ce que je porte un tee-shirt bleu et un pantalon corsaire. Appuyée au rebord de la fontaine, j'ai senti la chaleur de la pierre brûlante sous mes paumes. Nick me surplombait, vêtu de sa tenue habituelle.

– On arrête ? a-t-il proposé, et je savais qu'il ne parlait pas seulement de notre duel vestimentaire.

– D'accord, ai-je répondu.

Il y avait quelque chose en Nick qui continuait à me perturber, mais les effets euphoriques de la magie m'empêchaient de l'identifier.

La tête renversée, sous la caresse du soleil, j'ai eu soudain l'impression que la menace de L'Œil se trouvait très loin de moi.

Une jambe a effleuré la mienne. J'ai ouvert les yeux et vu Jenna assise à mes côtés. Nick et Daisy ont regagné l'abbaye en se tenant par la taille.

– Tu es de nouveau toi-même, a commenté Jenna.

J'ai fermé les paupières.

– J'ai l'impression de l'être.

Nous sommes restées un instant assises en silence.

– Je me souviens de la dernière fois où tu avais l'air aussi heureuse, a dit Jenna.

J'ai posé ma tête sur son épaule.

– Oui, le jour de ton retour à Hex Hall.

– Non, pas ce jour. Tu étais contente de me voir, mais égalcment triste et anxieuse. Je pensais à la veille du bal de Halloween. On avait fait une razzia à la cuisine et tu avais changé la purée en glace et les betteraves en cerises au marasquin. J'ai dû prendre cinq kilos cette nuit-là.

– Je voulais te remonter le moral, ai-je répliqué.

C'était au moment de l'agression de Chaston et tout le monde accusait Jenna.

Jenna a appuyé sa joue contre mon crâne.

– Je sais. Cela avait failli marcher. Et tu étais de très bonne humeur. Tu rayonnais.

Avant la razzia, j'avais passé un long moment dans le cellier avec Archer. Nous devions répertorier des objets enchantés mis au rebut et nous étions tombés sur une paire de gants qui s'amusait à voler dans les airs comme une chauve-souris azimutée. Nous avions finalement réussi à la coincer dans un bocal et il avait fallu s'y prendre à deux pour maintenir le couvercle fermé. Nous étions donc très près l'un de l'autre, nos mains se touchaient et nous avions piqué un fou rire qui m'avait fait mal aux joues. « Si ces gants enchantés permettent d'être tout contre une jolie fille, je vais les faucher », avait dit Archer. Nous avions ri de nouveau, Archer me plaisait, et j'avais alors pensé que l'unique secret entre nous était l'intensité de mon attirance pour lui.

Cette fois, quand j'ai rouvert les yeux, c'était pour retenir des larmes.

– Oui, ai-je fini par répondre. C'était une bonne soirée.

20

Je suis restée dans le jardin en compagnie de Jenna jusqu'au crépuscule. Puis elle est partie à la recherche de Vix et j'ai décidé de passer un moment dans ma chambre. En gravissant les marches de l'escalier, j'ai croisé Lara qui descendait.

– Sophie ! Je vous cherchais.

Elle m'a remis un énorme ouvrage à la couverture brune en ajoutant :

– De la part de votre père. Il aimerait que vous commenciez à le lire dès ce soir.

J'ai jeté un œil sur le titre : *Démonologies : une histoire*.

– Merci, ai-je bredouillé.

Le livre était si lourd que lorsque je l'ai laissé tomber sur mon lit, le matelas a gémi. J'ai allumé l'ordinateur portable et j'ai commencé à surfer sur la Toile, mais je n'arrivais pas à me concentrer. Quelque chose me tracassait. J'ai éteint la machine et je suis allée ouvrir le tiroir de la table de nuit. J'ai regardé la pièce d'or et à ce moment-là, Jenna est entrée, suivie de Vix.

Le cœur battant, j'ai refermé le tiroir. Heureusement, le livre gisant sur le lit retenait toute l'attention de Jenna.

– Tu as des lectures sérieuses pour l'été, a-t-elle remarqué.

– Oui, ai-je fait en m'approchant pour prendre le livre. Mes devoirs de démon imposés par mon père.

– On s'apprêtait à aller dîner, a déclaré Jenna. Tu viens avec nous ?

J'ai regardé tour à tour les deux vampires. J'avais passé l'après-midi avec Jenna, je voulais donc bien la partager. Toutefois, les voir ensemble et les entendre prononcer autant de « on » me rappelait ma solitude.

– Non, je pense que je vais rester ici, ce soir. J'ai tout ça à lire.

Jenna a haussé un sourcil pâle.

– Sophie Mercer refusant de manger pour faire ses devoirs ?

– Oui, je suis devenue plus anglaise et plus rabat-joie.

Jenna et Vix ont ri, et, après m'avoir fait promettre de les retrouver le lendemain, sont sorties, donnant l'impression qu'il y aurait dû avoir des arcs-en-ciel ou des pétales de roses dans leur sillage.

Quelle méchanceté. Jenna méritait des arcs-en-ciel et des pétales de roses. Après toutes les épreuves qu'elle avait traversées, elle avait droit à une éternité de bonnes choses. Affalée sur le lit, j'ai ouvert l'énorme livre et me suis appliquée à lire.

Au cours des heures suivantes, un vaillant effort m'a permis de terminer le premier chapitre. Pour un ouvrage censé traiter d'anges déchus créant le chaos sur leur passage grâce à leurs pouvoirs magiques, c'était ennuyeux et truffé de mots incompréhensibles.

Je me suis calée dans mes oreillers, soulevant l'ouvrage qui a laissé échapper une feuille de papier.

J'ai d'abord craint d'avoir déchiré une page du livre, puis, à la couleur blanche du papier, j'ai constaté qu'il s'agissait d'une lettre. J'ai reconnu l'écriture de mon père, la même qui figurait sur les cartes d'anniversaire impersonnelles qu'il m'envoyait chaque année.

Ce mot n'était guère plus chaleureux. « Prépare-toi à discuter du livre et de tout ce que tu as lu demain. Ton père. »

– Oui, ai-je maugréé, je vais m'y préparer.

Était-il vraiment nécessaire de m'écrire ce mot pour me le rappeler ? Et pourquoi l'avait-il inséré page 300 ? S'il espérait que j'arriverais jusque-là en une nuit, il faisait preuve de trop d'optimisme.

J'ai soupiré en scrutant la lettre, et soudain, les caractères se sont mis à vibrer et à se déplacer sur la page pour former un autre message : « Cube en verre. Cinq heures du matin. »

De nouveau, les caractères ont tremblé sous mes yeux, puis la phrase d'origine a réapparu.

– Un message crypté, ai-je marmonné.

Je savais à quel cube en verre il se référait, celui qui contenait le grimoire de Virginia Thorne. Mais pourquoi en faire un secret ? Je l'avais vu aujourd'hui, il aurait pu m'en parler. Et que voulait-il faire avec ce grimoire ?

J'avais l'impression d'avoir du sable dans les yeux, et entre la boîte de nuit des Prodigium, Archer, ce qui s'était passé avec mon père, il me semblait que mes vacances n'étaient pas de tout repos. J'ai balayé du regard la pièce spacieuse, regrettant un instant de ne pas être à Hex Hall, assise sur mon petit lit, pouffant avec Jenna.

Mais Jenna se trouvait dans sa chambre en compagnie de Vix, et moi, j'étais seule.

J'ai posé le livre sur la table de nuit, surprise que son poids ne brise pas le petit meuble. Ma mère dit qu'il existe peu de tracas qu'un bain chaud ne peut apaiser. J'ai suivi son conseil et me suis plongée jusqu'au menton dans une eau chaude et savonneuse. Le robinet de la baignoire, un cygne doré, voulait faire un effet classe mais c'était comme si l'oiseau vomissait. Par ailleurs, les baignoires m'évoquaient toujours Chaston se vidant de son sang dans la salle de bains commune d'Hécate.

Malgré la chaleur de l'eau, j'ai frissonné. Je n'avais jamais revu Chaston après cette fameuse nuit. Ses parents étaient venus la chercher et l'avaient gardée avec eux pour le reste de l'année. Que devenait-elle ? Savait-elle ce qui était arrivé à Elodie et à Anna ?

En saisissant une serviette d'éponge, j'ai entendu frapper à la porte de ma chambre. Mes doigts se sont pétrifiés. Dans les films d'épouvante, c'est le moment où la femme nue crie : « Qui est-ce ? » ou toute autre chose d'aussi bête. Je me suis contentée d'enrouler la serviette autour de moi et de presser mon oreille contre la porte de la salle de bains.

Hormis le rythme de mon cœur, je n'ai rien entendu. J'ai enfilé mon peignoir. Songer à Chaston m'avait donné la chair de poule. Si quelqu'un se trouvait dans ma chambre, c'était probablement l'un des nombreux domestiques de la demeure venu tapoter mon oreiller. Me laissant peut-être un chocolat à la menthe. J'ai noué la ceinture de mon peignoir et ouvert la porte. Ma chambre était vide.

– Quelle idiote, ai-je pesté en avançant jusqu'à ma commode.

Comment avais-je pu craindre la présence d'un être dangereux ? Cet endroit était l'équivalent d'un Fort Knox pour Prodigium.

Le bruit sourd s'est de nouveau fait entendre. Il provenait de la table de nuit. Je me suis élancée vers le meuble et j'ai ouvert le tiroir.

La pièce d'or cognait contre le bois comme un être vivant. Archer devait s'en servir pour me localiser mais il ne m'avait pas expliqué comment. Peut-être la pièce était-elle une porte et Archer allait-il en surgir dans un nuage de fumée.

J'ai refermé mes doigts sur la pièce brûlante. Soudain, un écran est tombé devant mes yeux, et j'ai pu voir le moulin abandonné. L'entrée de l'Itinerarius. Archer se tenait à côté, sur le rebord d'une fenêtre. Il m'attendait.

J'ai posé la pièce sur la table de nuit et dans la commode, j'ai pris un jean. En restant prudente, je pourrais sortir de la maison sans avoir besoin d'une excuse...

J'ai songé à mon père, pâle et grave, m'expliquant qu'il était important que je ne revoie jamais Archer. J'ai pensé à combien il avait été fier de moi aujourd'hui, à ce qu'il adviendrait de lui si quelqu'un me surprenait avec un membre de L'Œil. À l'incendie criminel du siège du Conseil et aux sept victimes qui n'avaient pu échapper aux flammes.

J'ai rangé le jean dans le tiroir ouvert de la commode et à la place, j'ai saisi ma chemise de nuit. Une fois couchée, j'ai éteint la lumière et palpé la table à la recherche de la pièce d'or. Quand je l'ai tenue dans ma paume, j'ai revu Archer. Il marchait de long en large, en se frottant le menton, et en guettant la porte du moulin.

Des larmes ont mouillé mes tempes. Au moins, il était en vie. Au moins, il n'avait pas tenté de me tuer. C'était suffisant.

Archer m'a attendue longtemps. Plus longtemps que je ne l'aurais imaginé. Il était passé minuit quand il a jeté un dernier regard sur la porte, avant de se diriger vers l'Itinerarius. J'ai serré mon poing, mais avec le départ d'Archer la pièce d'or avait refroidi et la vision s'était estompée, laissant place à l'obscurité.

21

L'heure du rendez-vous est vite arrivée. Surtout pour quelqu'un qui avait passé presque toute la nuit à pleurer, ou à se réveiller en sursaut, certaine qu'un inconnu avait pénétré dans sa chambre. À un moment, j'avais même aperçu un éclair roux, mais je devais rêver.

Quand la sonnerie du réveil a retenti, mes paupières gonflées ont failli ne pas s'ouvrir et une migraine me lancinait. Malgré cela, en me rendant à la bibliothèque, je me sentais mieux, plus légère. J'avais fait ce qu'il fallait vis-à-vis d'Archer, même si ça me rongeait. J'avais fait passer mon père, Jenna, ainsi que toute la société des Prodigium, avant mes désirs, alors si ce n'était pas une façon de prouver mon sens des responsabilités à l'égard de ma future fonction de présidente du Conseil, je ne savais pas ce que c'était.

J'étais donc satisfaite de moi-même en gravissant les marches de la salle où se trouvait la boîte en verre. Ce n'était pas le cas de mon père, hélas.

– J'avais dit cinq heures, a-t-il sifflé. Tu as un quart d'heure de retard.

Il n'avait pas l'air d'avoir beaucoup dormi. Il n'était pas rasé et cela m'effrayait presque autant que l'intensité de son regard.

– Désolée, ai-je répondu.

– Parle à voix basse, a-t-il chuchoté.

– Pourquoi ? ai-je demandé. Qu'est-ce qu'on est venus faire ici ?

Nous nous tenions de chaque côté de la boîte de verre et du grimoire de Virginia Thorne qui depuis le début me semblait contenir un sinistre présage.

Il a rapidement regardé autour de nous.

– Nous allons ouvrir cette boîte et prendre le livre.

– Tu plaisantes ? Cet objet est ensorcelé au maximum.

Il a fermé les yeux et a respiré lentement, comme s'il contenait sa colère.

– Sophie. Je ne peux pas l'ouvrir seul. La magie employée pour sceller cette boîte est trop puissante. Mais avec ton aide, je peux peut-être y arriver.

– Que veux-tu faire du grimoire ? ai-je questionné. Puisqu'il contient la magie noire la plus ancienne et la plus dangereuse du monde.

– J'ai mes raisons.

Je me suis fâchée.

– Si tu veux que je t'aide, dis-moi la vérité.

– Ceci est très périlleux et pour te protéger je préfère que tu en saches le moins possible. De cette façon, si on se fait prendre, tu pourras répondre sincèrement que tu ignorais mon dessein.

J'ai secoué la tête.

– Non. J'en ai assez qu'on me mente ou qu'on me révèle les choses à moitié. Hier, tu m'as dit qu'il était temps que je connaisse les « activités de la famille », et j'ai renoncé à Ar... à beaucoup pour toi et pour le Conseil. Alors explique-moi ce qui se passe.

Il m'a dévisagée avec surprise. J'ai cru qu'il allait refuser, mais il a opiné du chef.

– Je comprends. Le Conseil avait essayé d'élever des démons depuis des siècles quand Virginia a déniché ce grimoire. Après Alice, le Conseil, jugeant ce livre trop dangereux, l'avait enfermé dans cette boîte scellée. Depuis, personne n'a été capable d'effectuer un rituel de possession. Mais maintenant...

– Daisy et Nick, ai-je murmuré.

– Exact.

– Tu penses que quelqu'un l'a emprunté pour se servir du sortilège qui les a changés en démons ?

Il a passé une main tremblante dans ses cheveux.

– Ce n'est pas seulement ça. Cette boîte est extrêmement difficile à ouvrir. Je veux simplement voir le rituel ce qui est requis pour un sortilège de possession. Si je savais précisément ce qui a été fait à Nick et à Daisy, cela m'aiderait peut-être à trouver l'auteur et à comprendre son but.

L'explication paraissait rationnelle mais ne me rassurait pas. Malgré mon inquiétude, j'ai répondu :

– Donc, comment doit-on s'y prendre pour l'ouvrir si c'est « extrêmement difficile » ?

Mon père a posé la main sur le couvercle.

– Par la force. En principe, il faut douze membres du Conseil pour y parvenir.

– Nous ne sommes que deux, et tu es le seul à être membre du...

– Non, techniquement, nous sommes tous deux membres du Conseil, a-t-il coupé. Puisque tu dois me succéder.

– Il manque encore dix membres, ai-je souligné.

– C'est là où la force intervient. Je compte sur nos pouvoirs combinés et le rituel du sang.

– Du sang ? ai-je répété d'une voix faible.

D'un air sombre, il a sorti un poignard en argent de sa veste.

– Le rituel du sang est très ancien et très puissant. Donne-moi ta main. Nous avons peu de temps.

Dehors, le ciel commençait à s'éclaircir, la maison allait bientôt se réveiller.

Je n'avais pas du tout envie d'obéir à mon père.

– L'entraînement d'hier, c'était pour t'assurer que je pourrais ouvrir cette boîte sans faire voler la bibliothèque en éclats ? ai-je demandé.

Il a secoué la tête.

– Hier après-midi, L'Œil tenté de prendre d'assaut Gévaudan.

C'était le nom d'une école de métamorphes jeunes et riches située en France.

– Le temps presse, a repris mon père, et j'ai vu la lame passer sur son poignet.

Le sang s'est mis à couler sur les runes gravées dans le verre, les emplissant de rouge. Les symboles luisaient maintenant d'une lumière dorée et le grimoire frémissait. Mon père a brandi le poignard.

– Sophie, je t'en prie.

J'ai tendu la main, celle qui portait déjà une cicatrice laissée par la pierre noire de l'épée. Après une douleur vive et brève, suivant les instructions de mon père, j'ai posé ma paume près de la sienne. Le couvercle ne brûlait pas, le flux magique qui me traversait faisait barrage à la chaleur. Tandis que mon sang coulait sur les runes, l'intensité de la lumière dorée augmentait.

– Qu'est-ce qu'on fait maintenant ? me suis-je enquise.

– Répète l'exercice d'hier, a ordonné mon père à mi-voix. Visualise un souvenir. Une émotion.

Tout à coup, j'ai vu Archer assis sur le rebord de la fenêtre du moulin et un désir amoureux m'a traversée. Aussitôt, sur l'étagère la plus proche de moi, des douzaines de livres ont été projetés dans les airs, avec une force arrachant les pages et brisant leur reliure.

Détends-toi, me suis-je dit. *Pense à maman. Au carnaval où elle t'avait emmenée quand tu avais huit ans et au bateau à vapeur sur lequel elle t'avait laissée défiler. Aux rires. Aux lumières scintillantes, à l'odeur des gâteaux.*

Mes battements de cœur ont ralenti et j'ai senti mon flux magique attendre calmement en moi, prêt à être manipulé.

– C'est mieux, a soupiré mon père. Concentre-toi sur la boîte et pense : « Ouvre-toi. »

Après plusieurs inspirations, je me suis exécutée. Ma main refroidissait et j'avais l'impression que le verre absorbait mon sang. Les jambes flageolantes, j'ai cligné des yeux, tentant de repousser la brume grise qui me submergeait. Si j'étais capable de voler à travers le ciel et de faire surgir des objets dans l'air, je n'allais tout de même pas défaillir en ouvrant une boîte débile.

Gelée, je claquais des dents tout en transpirant à grosses gouttes. Mes doigts s'engourdissaient, ma main blanchissait, mais je continuais à la presser contre la boîte sans que rien de nouveau ne se produise.

– Ce n'est pas seulement le cube, a dit mon père qui semblait moins épuisé que moi. C'est aussi le livre.

Les taches de brume s'élargissaient.

– Sur quoi dois-je me concentrer ? ai-je demandé.

– Sur les deux. Visualise le cube en verre et le livre entre tes mains. Et ne perds pas de vue ton souvenir.

J'ai baissé la tête.

– Ça fait beaucoup de choses à visualiser, papa.

– Je sais. Mais tu en es capable.

Et je l'ai fait. Tout en conservant l'image du visage de ma mère en mémoire, je me suis concentrée sur le cube et le grimoire, m'efforçant d'ignorer mon extrême fatigue.

Le verre s'est mis à bouger.

– C'est ça, a murmuré mon père. Nous y sommes presque.

Je m'attendais à voir le cube s'ouvrir, ou l'un des côtés tomber. Au lieu de ça, il s'est volatilisé d'un coup comme une bulle qui éclate.

Mon père s'est emparé du livre, lequel, sans sa cage magique, ressemblait à n'importe quel ouvrage ancien et poussiéreux. Le temps avait patiné la couverture en cuir noir et les pages sentaient le moisi.

Pendant que mon père le feuilletait, prise de vertiges, je me suis appuyée contre le meuble le plus proche. La silhouette de mon père me semblait lointaine, comme si j'étais dans un rêve. Ma main avait pris une teinte crayeuse et je me demandais si ma figure était aussi blême.

– Mon Dieu, a dit mon père avec inquiétude.

– Quoi ? ai-je bredouillé.

Il me dévisageait d'un air affolé.

– C'est le rituel, c'est... Sophie !

Avant de m'évanouir, j'ai vu le livre s'ouvrir en tombant par terre, révélant qu'une page avait été arrachée.

22

Quand j'ai repris connaissance, j'étais allongée sur l'un des canapés situés devant les grandes fenêtres de la bibliothèque. Cal me tenait par la main.

– Impression de déjà vu, ai-je dit en regardant les étincelles argentées parcourir ma peau.

Il a souri tout en gardant les yeux rivés sur ma paume où une coupure se refermait. Au bout du canapé, mon père nous observait d'un air anxieux. Tout m'est alors revenu à l'esprit. La boîte en verre, le livre. La page manquante.

Mon père m'a fait un petit signe de tête.

– J'aimerais que tu restes ici un moment, Sophie. Quand tu te sentiras mieux, nous pourrons discuter des ramifications de ce sortilège dans mon bureau.

– Ce doit être un sortilège très puissant, a commenté Cal en posant délicatement ma main sur le canapé.

– Oui, ai-je répondu d'une voix ensuquée. Mon père m'enseigne à contrôler mes pouvoirs. J'ai dû trop forcer.

À mon grand étonnement, papa a contourné le canapé et m'a embrassée sur le front.

– Je suis désolé. Bien que très fier de toi.

La gorge soudain nouée, j'ai cligné des paupières.

– Je serai dans mon bureau. Viens me voir quand tu auras retrouvé tes forces.

Après son départ, j'ai étiré mes doigts. La cicatrice de l'entaille du poignard avait disparu et l'autre paraissait plus lisse.

– Le don de guérir les gens est le plus cool des pouvoirs magiques, ai-je déclaré.

– Je ne l'ai pas toujours pensé, a répondu Cal.

– Comment ça ?

– C'est la raison pour laquelle j'ai été envoyé à Hex Hall.

Je m'étais toujours demandé comment un garçon aussi droit que Cal avait pu atterrir parmi des Prodigium délinquants.

– Tu étais coupable d'avoir *soigné* quelqu'un ? me suis-je étonnée.

– Réparer une jambe cassée par magie attire l'attention.

– Oui. Sans doute. Donc on t'a montré du doigt et il y a eu des cris après les soins ? C'est ce qui m'est arrivé.

Cal a ri.

– Elle était moins heureuse d'être guérie que je ne l'aurais cru.

Nous étions assis et nos hanches se touchaient. Il sentait bon. Avait-il été dehors ce matin ou sentait-il toujours cette odeur d'herbe fraîchement coupée et de soleil ?

J'allais le questionner à propos de cette mystérieuse femme à la jambe cassée, mais il a changé de sujet.

– Donc tu apprends à maîtriser tes pouvoirs, m'a-t-il dit, en m'étudiant de ses prunelles noisette. Ça se passe comment ?

– À merveille, ai-je répondu. Bien sûr, c'est très difficile, mais je commence à m'y habituer. C'est certainement mieux que le Rituel.

– Tu y as donc renoncé ?

J'ai laissé courir un doigt sur l'imprimé du canapé

– Je pense, oui.

Ma coupure s'était refermée, mais j'étais lessivée.

– Cela me fait plaisir, a-t-il déclaré.

Quand il a posé sa main sur la mienne, j'ai failli sursauter. Je n'ai pas tout de suite pris conscience qu'il me transmettait son flux magique. Tandis que des étincelles argentées parcouraient mes bras, mon abattement s'estompait.

– Tu te sens mieux ? a-t-il demandé.

La lumière des étincelles a diminué, mais Cal n'a pas retiré sa main. J'ai acquiescé.

Soudain prise d'une étrange nervosité, j'ai repoussé ma couverture et je me suis levée. En m'approchant d'une des grandes fenêtres, j'ai aperçu la rosée briller sur l'herbe sous le soleil matinal.

– Quel effet ça fait d'avoir un don de guérisseur ? me suis-je enquise.

– Que veux-tu dire par là ?

J'ai frissonné en me frottant les bras.

– Refermer des plaies, ramener les gens à la vie, cela doit être épuisant ?

– Non, c'est le contraire, a-t-il répliqué en abandonnant le canapé. C'est comme manipuler de l'électricité. Quand je m'occupe de l'énergie vitale de quelqu'un, j'en puise une charge électrique.

– Je ne sais pas si je tiens à te laisser t'occuper de mon énergie vitale, Cal.

Il a souri, lui d'habitude si stoïque et sérieux ; j'avais presque oublié qu'il avait des dents étincelantes.

Le sourire était une chose, mais il flirtait définitivement avec moi. Puis il s'est penché pour ramasser un pot en céramique contenant une violette africaine trônant sur une table basse près du canapé, et me l'a apporté. Je me suis aussitôt demandé si c'était une manière maladroite d'offrir des fleurs et il a déclaré :

– C'est à la portée de n'importe quel Prodigium. Ils n'atteignent pas le même niveau que moi, mais quand même. Il faut s'armer de patience.

Il m'a tendu la plante et j'ai remarqué des taches brunes sur les pétales veloutés.

– Tu veux essayer ? a-t-il proposé.

J'ai regardé la violette courbée.

– Merci, mais cette pauvre petite fleur a l'air d'avoir suffisamment souffert. Je suis plus douée pour faire exploser des trucs, ai-je ajouté en agitant les doigts. Soigner est probablement au-delà de mes facultés.

Pourtant, j'étais capable de rendre l'eau rose et j'avais transformé les vêtements de Nick hier, mais cela semblait moins difficile que ce que faisait Cal.

– Tu m'as dit que tu apprenais à maîtriser tes pouvoirs. Il faut savoir parfaitement contrôler le flux magique pour guérir autrui. Essaie.

J'ai saisi le pot en céramique.

– Que dois-je faire exactement ?

Cal a guidé l'une de mes mains vers une fleur fanée. J'ai à peine senti sa peau calleuse.

– Tu te concentres sur ce que tu veux changer et tu fais ce qu'il faut pour que ça se produise.

– Pour que ça explose, dans mon cas.

Cal a secoué la tête.

– Mais lorsque tu soignes un organisme vivant, tu dois le prendre en considération.

– Comment ? ai-je demandé.

Les doigts de Cal se sont resserrés autour des miens. Tout paraissait figé dans la pièce.

– Tu le sentiras.

J'ai dégluti.

– Très bien.

Les paupières closes, j'ai senti le flux magique passer à travers mes pieds. J'ai songé aux pétales brunis tout en gardant l'expression de ma mère en tête. *Guéris,* ai-je pensé. La fleur a bougé sous ma main, mais quand j'ai rouvert les yeux, elle n'avait pas changé de couleur. J'ai pratiqué la respiration que m'avait enseignée mon père. Pas étonnant que les Prodigium se fassent livrer aux humains, si en cas d'urgence, il fallait d'abord se concentrer, se détendre, respirer, visualiser... Ce n'était pas la stratégie la plus efficace pour combattre L'Œil.

Néanmoins, je n'aurais pas dû songer à L'Œil. Dès que leur nom a surgi dans mon esprit, le pot s'est brisé, répandant une pluie de terre noire, et la violette s'est courbée davantage, comme pour susciter ma culpabilité.

Cal m'a débarrassée de la plante et du pot à moitié cassé.

– Désolée. Je t'avais dit que j'avais des pulsions destructrices.

– Ne t'en fais pas. Tu as failli réussir.

Il a baissé les yeux, évaluant les dégâts, avant d'émettre un cri de surprise.

J'ai essuyé mes mains terreuses sur mon jean.

– J'ai beaucoup sali ? me suis-je inquiétée.

– Ce n'est pas ça. Regarde.

Près de la fleur principale qui pendouillait encore, deux petites violettes d'une couleur lumineuse avaient poussé – sans la moindre tache brune.

– C'est grâce à mes pouvoirs ? ai-je questionné, ébahie.

Cal a hoché la tête.

– Tu n'es pas si destructrice que ça, finalement.

Je lui ai décoché un sourire rusé.

– Nouvelles fleurs ou pas, j'ai quand même cassé le pot, et les autres violettes ne sont pas très pimpantes.

– Sans doute, a-t-il fait. Ou peut-être que tes pouvoirs

magiques ne sont pas destructeurs. La pluie de Doritos, l'incident du lit – c'est peut-être lié au fait que tu vois tout en grand, tu es excessive.

Quand j'ai retrouvé ma voix, j'ai répondu :

– Cal, c'est la chose la plus gentille qu'on m'ait dite depuis mon arrivée.

Il a entortillé une racine nue autour de ses doigts et a croisé mon regard. Puis avec son demi-sourire qui commençait vraiment à me plaire, il a déclaré :

– Je suis sincère. Et il faut que je trouve un autre pot pour cette plante. On se verra à l'heure du dîner.

– Parfait. On pourra choisir nos couleurs.

– Quoi ?

– Pour le mariage. Je pense à melon et menthe. Le printemps va être chaud, paraît-il.

Cette fois, Cal a éclaté de rire.

– Bonne idée. À plus, Sophie.

Tandis qu'il s'éloignait, la tristesse m'a saisie. Archer me lançait souvent : « À plus, Mercer. » Je n'avais plus eu l'occasion de l'entendre.

C'est dommage que les gens arrivent à nous manquer de cette façon. On pense avoir accepté que quelqu'un ne fasse plus partie de sa vie, qu'on s'en est remis, que c'est fini et *boum* ! Un petit détail et on éprouve de nouveau la tristesse d'avoir perdu cette personne.

J'ai pensé à lui, assis à l'intérieur du moulin, à m'attendre. Qu'avait-il voulu me confier pour prendre un tel risque ?

– Ce n'est pas grave, ai-je marmonné.

L'affaire Archer était close. Et en jetant un œil vers le plafond, je me suis rappelé que j'avais des problèmes bien plus sérieux que des déboires amoureux.

23

Le bureau de mon père faisait partie des pièces les moins grandes de Thorne. L'intérieur était agréable. Une table en merisier, des tapis crème, des fauteuils en cuir et de solides étagères de livres composaient le mobilier. La vue donnait sur la rivière.

Quand j'ai ouvert la porte, mon père a réagi comme tous les Anglais quand ils sont effrayés : il a bu une gorgée de thé. Appuyée au montant, j'ai demandé :

– Donc, c'est mal parti ?

Il m'a fait signe d'entrer.

– Ferme la porte derrière toi.

Je me suis exécutée. Mon père a ouvert un tiroir et en a sorti le grimoire.

– J'ai créé une réplique de cet ouvrage, a-t-il confié. Et j'ai restauré le cube de verre. Je vais néanmoins devoir rapporter le livre rapidement. L'effet du sortilège est de courte durée.

» Je l'ai parcouru trois fois, a-t-il expliqué en posant le grimoire. Le rituel de possession n'y figure pas.

J'ai soulevé le livre et je l'ai ouvert. J'ai senti ses pouvoirs magiques, mais je n'étais pas préparée à la vague qui m'a frappée. C'était comme passer la tête par la vitre d'une voiture roulant à vive allure. Rien qu'à sa vue, mes poumons brûlaient et mes yeux larmoyaient. J'ai parcouru la première page ; je ne savais pas déchiffrer les symboles qui y étaient inscrits. J'ai tout de même reconnu l'un d'eux, lequel ressemblait à la marque que mon père avait laissée sur la main de la Vandy quand il l'avait bannie.

J'ai lâché le livre parmi les papiers.

– Bon sang, ai-je murmuré.

Mon père a hoché la tête.

– Tu comprends maintenant pourquoi j'avais besoin de ton aide ? Je n'avais pas l'énergie nécessaire pour à la fois ouvrir la boîte et contrôler la puissance magique du grimoire.

– Comment peux-tu identifier ce que tu cherches ? ai-je questionné. Il n'y a aucun mot écrit dans ce grimoire.

– Je connais la langue des anges.

– La langue des anges ? Ce serait mieux si c'étaient des chants accompagnés à la lyre et pas ces hiéroglyphes rebutants.

Mon père m'a ignorée.

– Ce qui m'échappe, c'est pourquoi avoir choisi ce rituel parmi tant d'autres, a-t-il marmonné comme à lui-même.

– Et il faut savoir quand il a été volé, ai-je souligné.

Mon père a cligné des yeux, comme s'il venait de se souvenir de ma présence.

– Quoi ?

– Ce grimoire est enfermé dans cette boîte depuis 1939 ? 1940 ? Quelqu'un a-t-il déchiré cette page au cours des soixante-dix années passées ou bien avant qu'il ne soit placé sous vitrine ?

– Je n'avais même pas songé à cela, a répondu mon père en pinçant l'arête de son nez. Curieux.

– Moi aussi, je dis « curieux », parfois.

J'ai fait mine d'étudier l'étagère de livres située au fond du bureau. À ma surprise, j'ai remarqué peu d'ouvrages rasoirs sur l'histoire des Prodigium ou l'économie des métamorphes. J'ai distingué plusieurs romans de fiction dont quelques livres de Roald Dahl. Mon père est remonté d'un cran dans mon estime.

– Est-ce que tu penses que la personne ou la créature qui a élevé Nick et Daisy possédait ce morceau de papier ?

Il a acquiescé.

– Et c'est embêtant ?

– Pire qu'embêtant, a-t-il répliqué en se penchant vers moi. Sophie, Virginia Thorne a élevé un démon pour s'en servir d'arme. Nick et Daisy ont probablement été élevés dans le même but.

– C'est le bor..., c'est le chaos.

Il a souri.

– Le mot que tu t'apprêtais à employer résume parfaitement la situation.

– Alors, qu'est-ce qu'on va faire ?

– Pour l'instant, rien, à part attendre de voir comment les choses vont se jouer.

J'ai tapoté des doigts contre la table. La panique faisait presque trembler mes organes. L'inconnu en possession du rituel était en mesure d'élever une armée de démons. Une armée qui serait utile aux Prodigium durant une guerre contre L'Œil. J'ai chassé l'image d'Archer, gisant, ensanglanté, aux pieds d'un démon.

– Attendre n'est pas très courageux.

– Je partage ton sentiment, a dit mon père en rangeant le grimoire à l'intérieur du tiroir de sa table.

Je me suis levée de mon fauteuil.

– Tu penses vraiment que découvrir qui a pris cette page peut prévenir une guerre ?

– Je ne sais pas, a-t-il murmuré, me regardant sans me voir. Je l'espère.

Sa réponse n'était pas d'un grand réconfort mais j'allais devoir m'en accommoder.

J'étais presque sortie de son bureau quand il m'a lancé :

– Avant de partir, Sophie, pourrais-tu m'expliquer pourquoi tu gardes sur toi, depuis deux jours, un médaillon de saint Antoine ?

À contrecœur, j'ai glissé la main dans ma poche et remis la pièce à mon père.

– Je l'ai trouvé. Comment se fait-il que tu saches que je l'avais ?

Il l'a examiné entre ses doigts.

– J'ai décelé son flux magique, a-t-il répondu. Ces médaillons sont des objets puissants. Au Moyen Âge, les sorciers et les sorcières s'en servaient lorsqu'ils voyageaient. Le médaillon permettait à celui ou celle qui le portait d'indiquer par télépathie son emplacement géographique. C'était très utile si l'on était prisonnier ou perdu, ce qui arrive toujours à notre époque. Cela ne m'étonne pas que tu l'aies trouvé, a-t-il ajouté en me rendant le médaillon. Il y en a des dizaines dans le cellier d'Hécate.

Mon chasseur de démons clandestin était donc également un voleur. Je savais vraiment les choisir !

J'avais hâte d'aller me recoucher, mais en ouvrant la porte de ma chambre, j'ai découvert Nick et Daisy qui m'attendaient.

Nick contemplait une photo de ma mère pendant que Daisy feuilletait mon exemplaire du *Jardin secret*.

– C'est ta mère ? a demandé Nick. Elle est sexy.

– Qu'est-ce que vous voulez ? ai-je répliqué.

Nick s'est mis à siffloter en reposant la photo encadrée sur la table de nuit.

– On venait juste voir comment tu allais. Il paraît que tu as été blessée en lançant un sortilège aujourd'hui.

– Oh ! Oui, je m'entraînais avec mon père. Ça va mieux maintenant.

Nick s'est jeté sur le lit, à côté de Daisy, et a croisé ses bras derrière la tête.

– La respiration, la concentration... a-t-il soupiré.

– Une vraie perte de temps, a chuchoté Daisy en caressant du doigt une illustration représentant Mary Lennox flânant dans les couloirs de Misselthwaite.

– Comme vous pouvez le constater, je suis indemne, ai-je insisté. Merci de vous être inquiétés pour moi.

Nick n'a pas bougé.

– J'ai l'impression qu'on nous chasse, ma chérie, a-t-il dit à Daisy avant de se lever.

– Nous n'avons pas parlé de la fête à Sophie, a gémi Daisy.

– Quelle fête ?

Nick a souri.

– Celle de ton anniversaire. Apparemment, le Conseil va organiser un grand truc.

Du fait de mes nombreux déménagements, je n'avais pas célébré mon anniversaire depuis l'âge de huit ans, lequel s'était déroulé chez un dénommé Chuck E. Cheese. Quelque chose me disait que le Conseil avait prévu une fête plus élaborée.

– Ils ne devraient pas s'embarrasser avec ça, ai-je dit, les mains enfoncées dans les poches. Surtout avec ce qui se passe en ce moment.

Nick m'a décoché un sourire de loup.

– Les Prodigium sont capables de négliger les priorités en temps de crise pour s'occuper de choses sans importance.

Daisy a enroulé son bras autour du sien.

– Par ailleurs, on va s'amuser. Ils vont se mettre en quatre pour...

Une grimace de douleur a effacé son sourire. Sa peau d'ivoire a pris une couleur grise. Elle a baissé la tête et Nick l'a saisie par le coude.

– Daisy ?

Ses mains se sont agrippées à la tête de lit et après plusieurs soupirs tremblants, elle a relevé la tête et ouvert les yeux. Je m'attendais à voir des prunelles violacées comme celles d'Alice, la nuit du meurtre d'Elodie, mais celles de Daisy étaient vertes, comme d'habitude.

– Ça va, a-t-elle répondu. C'est simplement un petit accès de fièvre lié au flux magique. Rien de préoccupant.

Nick la dévisageait d'un air anxieux.

– Tout va bien, a-t-elle assuré en le guidant vers la porte. Laissons Sophie se reposer. Elle a l'air fatiguée.

J'avais l'air plus en forme qu'elle, mais je n'ai rien dit pendant qu'ils sortaient. Après leur départ, j'ai senti une odeur de bois brûlé. Cette fois, il ne s'agissait pas d'une hallucination. Sur les boiseries de ma tête de lit, deux empreintes de mains fumaient.

24

Au cours des trois semaines suivantes, j'ai surveillé de près Nick et Daisy. Celle-ci n'a pas signalé de nouvelle « fièvre », mais ils buvaient tous deux plus qu'à l'accoutumée et quand ils venaient assister aux cours de yoga pour démons que me donnait mon père, ils partaient toujours avant la fin. J'ai déniché un exemplaire de *Démonologies : une histoire*, que leur avait remis mon père, coincé dans une grande urne en cuivre.

Quelques jours avant le départ de Vix, Lara nous a emmenés à Londres en voiture. Mon père avait interdit les voyages par Itinerarius, j'ai donc eu l'occasion de faire du tourisme en compagnie de Cal, Jenna et Vix. Quand nous avons visité la Tour de Londres, Lara nous a remis une brochure à propos de l'histoire des Prodigium qui avaient habité les lieux, révélant qu'Anne Boleyn était une sorcière de magie noire (cela ne m'a pas étonnée) et que l'un des petits-fils de la reine Victoria avait été détenu dans la tour Blanche après s'être changé en vampire.

C'était une journée joyeuse. Nous avons dégusté des frites et des beignets de poisson, fait un tour dans un bus à étage, mais Londres m'a fait réaliser à quel point je m'étais habituée à vivre avec des Prodigium pour seule compagnie. Le manoir d'Hécate était un endroit isolé, de même que Thorne. Je n'avais pas été entourée d'humains depuis presque un an et ça me rendait nerveuse. J'avais peur que quelqu'un ne remarque les curieuses brochures, ou la pierre de sang de Jenna et de Vix, et comprenne soudain qui nous étions. C'était un sentiment désagréable, et je me suis demandé si c'était aussi celui qu'éprouvaient les autres Prodigium au contact des humains. Plus tard, ce soir-là, quand notre voiture a descendu l'allée de gravier qui menait à Thorne, j'ai poussé un soupir de soulagement.

Nous sommes retournés à Londres deux jours avant mon anniversaire. Nous devions déposer Vix à l'aéroport et j'avais rendez-vous chez Lysander, un grand couturier de la ville. Lysander était un elfe, mais il avait enchanté sa boutique afin que ses clientes nanties ne s'en aperçoivent pas. Aujourd'hui, son atelier était ouvert uniquement pour nous.

– J'adore le costume, ai-je déclaré à Lysander. Mais la couronne ? Est-ce bien nécessaire ?

Il a battu des ailes en me jetant un regard noir.

– Selon ce qu'on m'a dit, votre déguisement est celui d'Hécate, la déesse de la sorcellerie, et elle porte une couronne.

– Cela ressemble plus à un diadème qu'à une couronne, Soph, a lancé Jenna depuis un canapé en satin.

Elle avait l'air déprimée. Nous avions conduit Vix à l'aéroport et elle était l'incarnation même de la morosité. Nick et Daisy étaient assis à côté d'elle. Ils avaient essayé leurs costumes plus tôt – Nick, un pourpoint blanc et un pantalon noir, Daisy, un empilement de satin violet. Cela leur allait à merveille mais il m'était impossible de trouver quels personnages ils représentaient.

– Lysander a raison, a déclaré Lara. La couronne est une pièce essentielle de votre tenue. Et par ailleurs, c'est charmant.

Sur la petite estrade, je me suis tournée vers le miroir à trois glaces. Lara avait exigé une « tenue élégante » pour mon anniversaire. J'avais d'abord imaginé des robes longues, des smokings, un peu comme lors du bal de Halloween de Hex Hall. Sauf qu'apparemment en Angleterre, « tenue élégante » signifie « fête costumée ». Au départ, me déguiser en Hécate, en clin d'œil à l'établissement du même nom, ne m'avait pas emballée, malgré l'insistance de Lara, mais l'idée avait plu à mon père et, vu qu'il finançait l'événement, j'avais cédé.

En contemplant mon reflet, je regrettais de n'avoir pas essayé de résister. Même si le costume de Lysander, en matière noire scintillante, était magnifique, ainsi que la couronne composée d'un bandeau en platine ajourée serti d'un diamant et d'un croissant de lune en saphir, l'ensemble me laissait sceptique.

J'ai réprimé l'envie de tirer sur le tissu à l'endroit où ma robe s'attachait autour de mon cou, dénudant mes épaules.

– Elle est superbe, ai-je bredouillé pour la troisième fois. Un peu trop élaborée, peut-être.

Lysander a émis un son écœuré en levant les bras au ciel.

– C'est une tenue de déesse ! Bien sûr que c'est élaboré !

Je ne savais que répondre mais Nick est venu à la rescousse.

– Et tu as l'air d'une déesse, Sophie, a-t-il affirmé en bondissant sur ses pieds.

Il m'a pris la main et m'a fait tournoyer sur l'estrade.

– Tu vois ? Sois heureuse d'être une déité.

J'ai gloussé. Il m'a attirée à lui et soudain, j'ai songé à un autre garçon brun avec lequel j'avais dansé, à une autre robe, à une autre danse, et j'ai repoussé Nick.

Un silence gêné s'est fait dans la pièce. Lara s'est éclairci la gorge.

– Lysander, nous pouvons parler de votre règlement. Nick, Daisy, venez avec nous, laissons Sophie et Jenna se changer.

Nick et Daisy m'ont jeté un regard impassible avant de suivre les deux autres.

– Ça va ? m'a demandé Jenna.

– Bof. Cet anniversaire ne me réjouit pas.

Ce qui était vrai. Rassembler tout un groupe de Prodigium importants plus quatre démons au même endroit, alors que nous étions menacés, me semblait idiot. Mais mon père m'avait expliqué que c'était une question d'honneur pour les survivants du Conseil. « Nous ne voulons pas que les membres de L'Œil pensent qu'ils nous intimident, avait-il ajouté. En outre, j'assisterai pour la première fois à ton anniversaire. »

Ce dernier argument m'avait fait plier.

Jenna s'est levée. Elle avait décidé de se déguiser en Mina Harker, le personnage de *Dracula*, et portait une tenue pseudo-victorienne en dentelle noire et en soie rose créée par Lysander, agrémentée d'un chapeau et d'une voilette.

Il n'y avait pas de cabines d'essayage, sans doute parce que la pudeur est étrangère aux fées et aux elfes qui aiment bien montrer leur corps. Heureusement, ayant partagé la chambre de Jenna à Hex Hall, cela ne m'a pas gênée.

– La robe te va vraiment bien, pourtant, a commenté Jenna tandis que je m'appliquais à retirer la couronne coincée dans mes cheveux.

– Je t'en prie. J'ai l'air d'une couverture du groupe Evanescence. Toi, tu es super-belle avec ton costume. J'espère qu'aucune photo de moi déguisée en Hécate n'atterrira à Hex Hall. Ma réputation serait définitivement compromise.

Dans la glace, j'ai levé mon regard sur Jenna, mais elle me tournait le dos. Bizarre. En principe, elle aurait dû rire.

– Dire que dans un mois, on sera de retour à Hex Hall, c'est triste, ai-je repris. Il va falloir s'adapter après avoir vécu tout l'été comme des princesses.

Je plaisantais, mais j'ai senti un pincement au creux de mon ventre. Thorne n'était pas le lieu idéal, mais au moins, j'avais le droit de m'y servir de mes pouvoirs magiques.

Jenna a croisé mon regard dans le miroir.

– Je ne retourne pas à Hex Hall, Sophie.

J'ai cessé de tirer sur la couronne et fait volte-face.

– Quoi ?

– Je ne rentre pas, a-t-elle confirmé d'un ton ferme.

– Mais... tu y es obligée.

La colère a empourpré son visage.

– Non. Je ne suis pas obligée d'obéir au Conseil. Ils ne me...

– Ils ne te commandent pas ? ai-je terminé, même si c'était cruel de ma part.

Jenna n'avait pas le droit de quitter l'île de Graymalkin. Y retourner seule m'épouvantait.

– Je n'y ai pas ma place, a déclaré Jenna en retirant ses gants en dentelle rose. Le moment est venu pour moi d'être avec ceux de ma propre espèce, et Vix le pense aussi.

J'ai eu une horrible remarque sur le bout de la langue. Je l'ai ravalée. J'allais avoir dix-sept ans et je ne pouvais plus me comporter comme une gamine blessée.

– L'année dernière, tu disais que tu ne voulais plus être un vampire, ai-je souligné. Que tu aspirais à une vie normale, apprendre l'algèbre, aller aux bals de fin d'année, tout ça...

– L'année dernière nous a toutes deux transformées, Soph, a-t-elle répondu.

– Oui...

Et nous avons laissé place au silence. Une fois rhabillées, nous avons repris notre conversation.

– Tu as l'air fâchée, a dit Jenna. J'ai cru que tu comprendrais ma décision, surtout après tes atermoiements à propos du Rituel.

– Je ne vois pas le rapport.

– Si tu avais accepté ce Rituel, je me serais retrouvée seule à Hex Hall, et cela n'a jamais eu l'air de t'ennuyer.

– D'accord, mais je voulais le faire pour ne pas prendre le risque de tuer quelqu'un ! ai-je rétorqué, échouant à ne pas m'énerver. Ce n'était pas comme si je te plantais à Hex Hall pour aller batifoler avec un mec.

Ses prunelles se sont allumées et j'ai vu un croc dépasser de sa bouche.

– Vraiment ? Tu es en train de me dire que ce n'est pas pour Archer que tu voulais te faire retirer tes pouvoirs et m'abandonner à Hex Hall ?

– Quoi ? ai-je fait, bouche bée.

Jenna s'est frotté le nez.

– Le fait que tu pourrais être avec lui si tu n'étais pas un démon ne t'a jamais traversé l'esprit ?

Les raisons pour lesquelles j'avais souhaité renoncer à mes pouvoirs étaient complexes, mais Archer n'avait pas été la principale d'entre elles.

– C'est pour ça que tu faisais l'éloge de Cal, ai-je riposté. Tu pensais que si je trouvais un autre garçon qui me plaisait, je laisserais tomber le Rituel.

Elle a piqué un fard.

– J'ai vu Alice assassiner Elodie, ai-je repris. J'avais l'impression d'être un monstre. C'est ça qui m'avait motivée, pas Archer.

Un mannequin de tailleur qui trônait dans la pièce s'est mis à trembler et nos mèches de cheveux se sont soulevées.

– Le Rituel peut entraîner ma mort, ai-je poursuivi. Et il faut vraiment être une tarte pour risquer sa vie par amour.

Jenna a reculé comme si je l'avais giflée, et j'ai soudain pris conscience de mes paroles.

– Pardon, ai-je murmuré en m'avançant vers elle.

– Non ! a-t-elle aboyé en s'éloignant de moi. Tu te prends pour la reine des démons, et moi je suis l'idiote qui a laissé un monstre me changer en vampire.

– Je n'ai pas dit ça.

– Non. Tu n'en as pas eu besoin.

Il semblait impossible de croire que quelques minutes auparavant, nous plaisantions.

– Jenna...

Elle a secoué la tête et rejoint l'entrée de l'atelier.

25

Mon dix-septième anniversaire se déroulait dans la véranda, l'immense salle vitrée emplie de plantes. Des rubans mauves et des lumières blanches décoraient les fougères. Dans un coin, un groupe de fées jouait avec des instruments de musique mécaniques, produisant un son ténu et tremblant, étrangement mélancolique pour une fête. Un orage avait éclaté plus tôt et la pluie crépitait sur les panneaux vitrés du toit. Installée sur le rebord d'une fenêtre, j'ai regardé les gouttes strier le verre comme des larmes.

Malgré les sculptures de glace, la fontaine de champagne et le gâteau géant – une maquette pâtissière de l'abbaye Thorne –, en me remémorant mon dernier anniversaire, j'ai décidé que je préférais les jeux dans les galeries commerciales animés par un type vêtu d'un costume de rat.

Bien sûr, ce devait être lié au fait que ma robe pesait au moins vingt-cinq kilos. Par ailleurs, ma couronne me donnait la migraine et ma meilleure amie ne m'adressait plus la parole.

Jenna n'était pas dans la salle. Elle gardait ses distances depuis la séance d'essayage. C'était peut-être plus facile comme ça. Puisqu'elle entendait poursuivre sa route sans moi après les vacances, cela rendait la rupture de notre amitié moins douloureuse. Enfin, pour l'instant, cela n'atténuait pas ma tristesse.

Une centaine de Prodigium souriants vêtus de costumes splendides s'approchaient les uns après les autres pour me souhaiter un bon anniversaire. Et ils avaient tous apporté des cadeaux qui s'empilaient sur une table de marbre. Néanmoins, une atmosphère un peu lourde régnait, les rires et les sourires paraissaient forcés. Peut-être craignaient-ils que mon père ne les transforme en vapeur s'ils ne se comportaient pas comme s'ils assistaient à la fête la plus réussie du monde.

J'ai failli plaquer mon front contre la vitre, mais je ne tenais pas à voir mon reflet d'aussi près. Lysander avait apporté la robe en début d'après-midi et m'avait maquillée. Du coup, on avait l'impression qu'une bombe de paillettes m'avait explosé à la figure. Même mes épaules luisaient de poudre bleue scintillante.

Une douzaine de serveurs chargés de plateaux de verres remplis d'un cocktail violet lumineux s'animaient dans la salle. J'ignorais s'il s'agissait des domestiques de Thorne ou de serveurs spécialement engagés pour l'événement. Ils portaient des chemises blanches, des pantalons noirs et des masques argentés qui couvraient la partie supérieure de leurs visages. À plusieurs reprises, j'avais jeté discrètement le contenu du verre qu'on m'avait apporté dans un pot de plantes.

– Pourquoi tu boudes ? m'a lancé Nick.

Il tenait à la main un verre qui, comme celui de Daisy, était vide. Une tache violette avait souillé son pourpoint blanc. À la vue de leurs joues rouges et de leurs yeux brillants, j'ai deviné qu'ils avaient déjà beaucoup bu.

– C'est ma fête et je boude si je veux, ai-je répliqué en me levant.

– C'est vrai que l'ambiance n'est pas terrible, a commenté Daisy en redressant la couronne de laurier posée sur ses cheveux d'ébène.

– Va ouvrir un cadeau, a exhorté Nick. Ça te déridera.

Quelques paquets bougeaient sur la table de marbre. L'un d'eux effectuait des cercles au-dessus du reste tandis qu'un autre, agrémenté de rubans en satin blanc ressemblant à des pattes d'insecte, se déplaçait comme une araignée.

– Non, je n'y tiens pas, ai-je déclaré. Vous n'avez pas vu Jenna par hasard ?

Au même moment, un serveur qui m'avait déjà servie trois fois a fondu sur moi. Pourquoi un tel acharnement ? Avait-il été payé pour soûler la fille du président du Conseil ?

J'ai pris Nick et Daisy par le bras et je les ai éloignés du serveur.

– Pourquoi vous êtes-vous fâchées ? a questionné Daisy.

Je m'apprêtais à le lui expliquer quand une fée blonde habillée d'une robe rouge s'est approchée de moi.

– Bonsoir, m'a-t-elle dit, essoufflée. Désolée de vous interrompre, Sophia, mais je voulais vous souhaiter un bon anniversaire.

– Merci.

J'ai cru qu'elle allait s'éloigner, mais elle est restée plantée devant moi, avec un grand sourire.

– Vous rencontrer est un véritable honneur, a-t-elle ajouté. Tous les trois. Il paraît que les démons peuvent faire surgir quelque chose de nulle part, a-t-elle repris à voix basse. C'est vrai ?

– Oui, ai-je répondu. Les sorcières aussi. C'est juste une question de...

Sans me laisser terminer, Nick a fait une courbette et d'un geste de la main, a fait apparaître un bouquet de roses blanches.

– En effet, c'est vrai, a-t-il déclaré en tendant les fleurs à la fée. Naturellement, ce n'est qu'un échantillon de ce dont sont capables les démons.

– Incroyable ! s'est exclamée la fée.

Une lueur menaçante s'est allumée dans les prunelles de Nick et il s'est penché vers elle en chuchotant :

– Si je voulais, en un clin d'œil je pourrais réduire cette salle de bal en gravats. Ou étirer le tissu du temps pour que...

– Très bien, c'est fantastique Nick, ai-je coupé en l'entraînant à l'écart. Mais j'ai aperçu mon père, je crois, et on devrait aller le voir. Bonne soirée, ai-je lancé à la fée. Merci d'être venue.

Puis j'ai demandé à Nick :

– Qu'est-ce qui t'a pris ?

– C'est ce qu'ils attendent de nous, a-t-il expliqué. Qu'on fasse peur, qu'on possède la puissance nécessaire pour tuer les membres de L'Œil. C'est la raison pour laquelle ils nous ont créés, non ?

Daisy lui a tapoté le bras. Sa couronne de laurier penchait de nouveau.

– On ne peut pas parler d'autre chose, mon cœur ? C'est une fête, a-t-elle ajouté entre deux hoquets.

Soudain, j'en ai eu assez d'eux. J'avais envie de discuter avec Jenna. Ou avec Cal. Avec quelqu'un de normal – aussi normaux que mes amis puissent être – et sobre de préférence.

– Finalement, je vais aller ouvrir un cadeau, leur ai-je annoncé.

Je n'avais pas fait quatre pas quand j'ai vu le serveur revenir à la charge.

– Un verre, mademoiselle ? m'a-t-il proposé.

– Écoutez, ai-je dit en marchant sur l'une de mes très longues manches. Je ne sais pas si vous cherchez à faire du zèle, mais...

J'ai croisé son regard.

– Impossible, ai-je murmuré.

26

J'ai eu l'impression qu'Archer haussait un sourcil derrière son masque.

– Tu es déguisée en qui ? a-t-il chuchoté.

Afin de ne pas attirer l'attention des invités, je me suis efforcée de rester impassible.

– En Hécate, ai-je répondu en prenant un verre sur son plateau. Qu'est-ce que tu fais ici ?

Il a haussé les épaules.

– Tout le monde aime les fêtes. De plus, j'ai pensé que tu porterais peut-être cette robe bleue qui t'allait si bien.

Je me suis crispée.

– Tu es fou. Ou idiot. Tu aurais au moins pu te servir d'un sortilège pour changer d'apparence.

– Personne ici ne m'a jamais vu en chair et en os, a-t-il répliqué en réarrangeant les boissons sur son plateau. Avec un sortilège, je me serais fait remarquer. Naturellement, si tu étais venue au rendez-vous il y a trois semaines, je n'aurais pas eu besoin de me donner tout ce mal.

J'ai aperçu un éclat de fureur dans ses yeux.

– Je ne pouvais pas, ai-je répondu avec un sourire, comme s'il venait de plaisanter.

Mon cœur cognait dans ma poitrine et j'étais sur le point de perdre mon sang-froid.

– Pars, ai-je ordonné. Maintenant.

– Tu as une idée du risque que j'ai pris pour venir ici ce soir ? a-t-il sifflé. Par rapport à ceux de ton camp et du mien ?

J'ai balayé la salle du regard. Personne ne m'observait. Ce qui ne tarderait pas à changer dès que je me serais mise à hurler sur un serveur. J'ai toisé Archer d'un regard noir. Cela n'a pas suffi. Du coup, j'ai avancé vers un coin de la pièce et je me suis cachée derrière un alignement d'arbres et de plantes. Quelques secondes plus tard, Archer a écarté les feuilles d'un palmier et s'est adossé contre une paroi vitrée.

– Pourquoi n'es-tu pas venue au rendez-vous ? a-t-il insisté.

– Je ne sais pas. Peut-être parce que tu es un chasseur de démons et que j'en suis un ? Écoute, ai-je repris face à son silence. Tout le monde m'a dit de t'éviter. C'est donc ce que je fais.

Parler à son visage masqué était étrange. Je pouvais voir ses yeux, mais pas son expression.

– S'il ne se passait pas quelque chose de très important en ce moment, je n'aurais pas cherché te parler. Et ne plus te voir m'aurait fait plaisir, crois-moi.

C'était comme si un poignard venait de me transpercer le cœur.

– Qu'entends-tu par « très important » ? ai-je interrogé.

– Je n'ai pas temps de t'expliquer. Cela concerne tes deux amis démons. Peux-tu me retrouver demain soir au moulin ?

J'ai réfléchi à toute allure. Si Archer détenait des renseignements sur Nick et Daisy, cela pourrait peut-être aider mon père. Ou étais-je en quête d'une excuse pour revoir Archer sans culpabiliser ?

– Demain, c'est impossible.

À cause de l'anniversaire, je n'avais pas eu le temps d'étudier le grimoire avec mon père et j'avais prévu de le faire dès que possible. Au lieu de lui expliquer cela, je me suis contentée d'ajouter :

– Mon père part en voyage d'affaires dans neuf jours. Cela sera plus facile pour moi de m'échapper à ce moment-là.

Il a hoché la tête.

– Très bien. Dans neuf jours. À trois heures du matin.

– Entendu. Mais si tu me menaces d'un couteau...

Il a éclaté de rire.

– Tu n'arrêtes pas de ramener ça sur le tapis. Premièrement, je ne t'ai pas menacée d'un couteau, je l'ai sorti afin de casser le verrou de cette fenêtre. Deuxièmement, j'étais coincé dans un cellier avec un démon mécontent. À ton avis, lequel de nous deux avait le plus peur de l'autre ?

J'ai écarquillé les yeux, un exercice difficile vu mes paupières croulant sous les paillettes. Archer m'a dépassée et a franchi la barrière de plantes.

Quand j'ai voulu le rejoindre, il n'était plus dans la salle. Je me suis dirigée vers la table des cadeaux et j'ai retiré ma couronne. Avoir accepté la proposition d'Archer était sans doute une erreur, mais mon père voulait savoir d'où venaient Nick et Daisy, et si Archer – ou L'Œil – possédait cette information, autant s'en servir.

Quand Cal a surgi près de mon coude, j'ai failli sursauter.

– Te voilà, a-t-il dit.

Il portait un uniforme de Hex Hall qui semblait un tantinet étroit pour ses larges épaules.

– Où est-ce que tu as dégoté ça ? ai-je demandé.

– C'est le mien. Mme Casnoff me l'a apporté. Je n'aime pas les déguisements, j'ai pensé que ceci était un bon compromis.

J'avais cru que seul Archer pouvait avoir l'air sexy dans cet uniforme. Cal me prouvait le contraire. Le tissu bleu roi faisait ressortir son teint hâlé et la blondeur de ses mèches. Une fossette que je n'avais jamais remarquée auparavant creusait sa joue.

– Tu es très bien en Hécate, a-t-il commenté.

– Merci. Donc, Mme Casnoff est là ?

Cal a fait un signe de tête vers la sculpture de glace où se tenait en effet la directrice de Hex Hall. Dès qu'elle nous a aperçus, elle a marché vers nous

– Sophie, a-t-elle dit d'une voix étonnamment chaleureuse. Joyeux anniversaire. Je suis ravie de vous revoir.

– J'étais justement en train de discuter avec des invités de votre décision de renoncer au Rituel. Nous en sommes tous très heureux.

Super. Une décision relevant de ma vie privée faisait l'objet des bavardages de la fête.

– C'est probablement une première pour vous, ai-je répondu. D'être contente de moi.

À ma grande surprise, elle a ri. Un rire bref et discret, certes, mais cela ne lui était jamais arrivé en ma présence. Mon père s'est avancé vers nous. Il portait une longue veste noire et tenait à la main une sorte de canne surmontée d'un joyau rouge sombre en forme de fruit de grenadier. Une fois de plus, j'ignorais qui il était censé incarner. Il a fait un signe de tête à Mme Casnoff et j'en ai donc conclu qu'il avait déjà dû la saluer.

– Tu t'amuses bien ? m'a-t-il demandé, et face à son regard plein d'espoir, je me suis forcée à sourire.

– Oui, c'est la plus belle fête de ma vie !

J'en ai fait un peu trop, mais il a paru soulagé.

– Tant mieux. Vu que c'est la première fois que j'assiste à ton anniversaire, je voulais que ça soit exceptionnel.

Le remords m'a saisie. Afin qu'il ne s'en aperçoive pas, je me suis tournée vers la table des cadeaux. Effectuant des cercles lents, l'un d'eux volait toujours au-dessus des autres. Tandis que je l'observais, il a dérivé vers moi et s'est posé entre mes mains.

– Il veut que tu l'ouvres, je crois, a suggéré Cal.

Les rubans argentés ondulaient autour de mes doigts. Bien que magnifique, le paquet était chargé d'une grande puissance magique. Probablement à cause du sortilège qui lui permettait de voler. J'ai tiré sur le nœud.

Une odeur métallique, pareille à celle que l'on peut parfois sentir durant un orage, s'en échappait. Puis j'ai vu un éclair rouge et un grondement sonique a retenti. J'ai entendu mon père ou Cal crier et je me suis retrouvée allongée par terre, sur le dos, avec une douleur à l'épaule.

Mes oreilles me paraissaient emplies de coton, mais je pouvais sentir que des gens hurlaient et voir une paire de pieds courir près de ma tête. Cela m'a rappelé le bal de fin d'année du lycée, quand, assise dans une flaque de punch, j'avais contemplé avec impuissance le chaos qui régnait autour de moi. Mon épaule blessée m'a arraché un gémissement. Une foule m'encerclait et j'ai repéré un type avec un masque qui se frayait un chemin parmi les invités pour venir me rejoindre. Sa bouche était pincée et j'ai lu de la crainte dans ses yeux. J'ai failli dire à Archer de déguerpir, puis je me suis rendu compte que cela n'aurait pas été très malin. Des personnes se sont déplacées et je l'ai perdu de vue.

Au-dessus de moi, je voyais maintenant le visage de Cal. Mes oreilles sonnaient et je ne parvenais pas à l'entendre. D'après le mouvement de ses lèvres, il me conseillait de ne pas bouger.

Quand il m'a pris la main, je me suis détendue. En roulant la tête sur le côté, je l'ai vu retirer de ma chair un éclat de cristal noir de quinze centimètres de long. La douleur s'est légèrement estompée, mais je savais que j'allais avoir une nouvelle cicatrice.

– Quel cadeau minable, ai-je maugréé.

Mon père s'est approché et m'a aidée à m'asseoir. Son avant-bras était hérissé d'éclats noirs.

– Ce n'est rien, a-t-il affirmé face à mon regard inquiet. Cal me les enlèvera plus tard. Et toi, ça va ?

– Oui, ai-je fait d'une voix hésitante. C'était quoi, une bombe magique ?

Le paquet gisait au sol, en miettes ; son ruban continuait à se mouvoir comme un serpent. Cal a marché dessus et il s'est immobilisé.

– C'est ça, a-t-il répondu d'un ton lugubre.

– Et la personne qui a ensorcelé ce cadeau voulait également qu'il puisse te localiser, a ajouté mon père d'un air mécontent.

– Heureusement, ils n'étaient pas en possession d'une grande quantité de cristal noir, a déclaré Lara.

J'ai levé les yeux, étonnée de la voir. Elle portait une robe du XVIIIe siècle, serrée à la taille et évasée sur les hanches. Une perruque poudrée dissimulait ses cheveux.

– Apparemment, c'était le plus gros morceau, a-t-elle repris en donnant un coup de pied dans celui qui m'avait transpercé l'épaule.

Roderick se tenait derrière elle. Ses ailes noires battaient lentement, déplaçant l'air. Lara s'est tournée vers lui.

– Fouillez les lieux. Si Cross est encore ici, nous le retrouverons.

L'esprit embrumé, j'ai répété faiblement :

– Cross ?

– De toute évidence, L'Œil est derrière cet attentat, a répondu Mme Casnoff. Qui d'autre pouvait commettre une chose pareille ?

– Et puisqu'il n'y a qu'un seul individu doué de pouvoirs magiques parmi les membres de L'Œil, nous savons qui c'est, a renchéri Lara, d'une voix presque identique à celle de sa sœur. Archer Cross a de nouveau essayé de vous assassiner.

27

À mon grand soulagement, les neuf jours suivants se sont étirés comme du caramel. Mme Casnoff est retournée à Hex Hall. Sa présence à Thorne m'avait fait l'effet de deux mondes se heurtant l'un à l'autre. Clouée au lit pour guérir ma blessure, j'ai passé le plus clair de mon temps à contempler le mur en réfléchissant. Après l'explosion, j'avais vu de la stupeur et même de l'effroi dans les yeux d'Archer. Son regard n'avait pas été celui d'un type qui se dit : « Dommage. Ma tentative de meurtre a échoué. » Il ne s'y attendait pas ; le coupable, ce n'était pas lui. L'idée qu'on veuille m'éliminer me donnait envie de ne plus jamais quitter mon lit, mais je tenais à maintenir le rendez-vous avec Archer. J'avais l'impression qu'il existait un lien entre l'attentat, Nick et Daisy, et le regain de violence de L'Œil. Il fallait éclaircir tout cela au plus vite.

Avoir failli être transformée en chiche-kebab m'avait tout de même apporté un petit réconfort : Jenna me parlait de nouveau. Au lendemain de la fête, elle était venue me voir, s'arrêtant d'un air incertain au seuil de ma chambre.

– Comment tu te sens ? avait-elle demandé.

J'avais haussé les épaules et grimacé aussitôt de douleur.

– Comme quelqu'un qui a été poignardé par du cristal provenant des enfers. Mais je me rétablis.

D'un air grave, elle avait avancé de quelques pas.

– Tu aurais pu mourir.

– Je suis encore en vie.

Elle était alors venue s'asseoir au bord de mon lit.

– Soph...

– Écoute Jenna, est-ce qu'on peut passer directement au pardon et aux étreintes ?

Elle avait émis un rire surpris et j'avais distingué des larmes dans son regard.

– Oui, bonne idée, avait-elle dit en reniflant, avant de m'entourer de ses bras.

– Tu n'as pas changé d'avis au sujet de Hex Hall ? m'étais-je enquise après un moment.

– Je ne peux pas y retourner.

Elle s'était dégagée, révélant des rigoles ruisselant sur ses joues. Même sa mèche rose avait perdu de son éclat.

– Écoute, Sophie, je suis obligée de faire ce choix.

La gorge nouée, j'avais acquiescé.

– Mais on se reverra, avait-elle ajouté. Tu pourrais même venir visiter le nid à Noël.

– Le nid ?

– C'est ce qu'on dit quand plusieurs vampires vivent ensemble, avait-elle expliqué avec embarras.

Aucune remarque caustique à propos des hippies ou des communautés ne m'était venue à l'esprit. J'étais trop triste pour plaisanter.

Entre la perspective de retourner seule à Hex Hall et celle, plus angoissante encore, de mon rendez-vous avec Archer, je n'étais pas en état de travailler avec mon père et j'ai donc attendu le jour précédant son départ pour aller étudier le grimoire. Personne ne semblait avoir remarqué sa disparition. En allant examiner le livre ensorcelé qui le remplaçait dans la boîte en verre, j'ai compris pourquoi. La réplique était parfaite et le faible flux magique qui s'en échappait était presque indétectable.

Nous avons étudié le grimoire dans la pièce où je m'étais entraînée à maîtriser mes pouvoirs. Les pages irradiaient une force occulte qui me faisait mal au crâne et accélérait mes battements de cœur. Je suis néanmoins restée assise près de mon père, sur le sol de marbre froid, pendant qu'il m'expliquait chaque sortilège et rituel de magie noire contenu dans l'ouvrage. Certains servaient à tuer, d'autres à asservir une âme afin d'avoir un esclave. C'était vraiment affreux, mais il conservait un ton calme. Jusqu'au moment où il a tourné une page qui, de toute évidence, le troublait. Les symboles ne couvraient que la moitié de celle-ci.

– Qu'est-ce qu'il y a ? ai-je demandé avec inquiétude. Ça ne peut pas être pire que celui avec les bébés.

– Ce n'est pas ça, a-t-il répondu. J'ignorais que ce sort existait.

– Il sert à quoi ?

Mon père a fait glisser le grimoire vers moi.

– Touche cette page.

J'ai posé ma paume sur les symboles. Aussitôt, j'ai été frappée au sternum par un poing invisible.

– Peux-tu m'expliquer ce que je viens de faire ? ai-je questionné en retirant mes doigts.

Il a repris le grimoire.

– Non. J'espère que tu n'auras jamais besoin de le savoir.

Puis il l'a refermé et s'est levé.

– Nous allons le remettre à sa place, a-t-il repris. Il ne contient rien d'autre qui puisse nous être utile et je comprends maintenant pourquoi le Conseil ne voulait pas qu'on le consulte. Si ça ne tenait qu'à moi, je le détruirais.

Il a jeté un regard dégoûté sur le grimoire.

– Fais-le, ai-je déclaré.

J'aurais été soulagée de voir brûler un livre aussi dangereux. Qu'il tombe entre de mauvaises mains me glaçait le sang. Mais mon père a secoué la tête :

– Alexei Casnoff voulait le conserver intact pour en garder un souvenir.

– Bien sûr, ai-je dit, me relevant en grimaçant, et mon père s'est précipité pour m'aider.

– Comment te sens-tu ?

– Mieux. Et toi, tu as encore mal au bras ?

D'un air absent, il a palpé son bras.

– C'est un peu douloureux. Ça pourrait être pire.

Il a dissimulé le grimoire à l'intérieur de sa veste et nous sommes descendus. Je savais que quelque chose le perturbait, mais j'ignorais s'il s'agissait de l'attentat ou de ce qu'il avait découvert dans le livre.

Nous étions arrivés au rez-de-chaussée quand il a déclaré :

– Sophie, je dois dire à ta mère ce qu'il s'est passé.

J'ai réprimé un grognement. J'avais espéré qu'il attendrait son retour pour la prévenir. J'avais déjà suffisamment de problèmes comme ça et je n'avais pas besoin d'une mère angoissée pour couronner le tout.

– Elle va paniquer, ai-je répliqué. Et probablement venir me chercher. Vous allez vous hurler dessus et vos mauvais rapports me conduiront à me droguer et à mettre des tonnes de crayon noir autour des yeux. C'est vraiment ce que tu veux ?

Mon père a souri et m'a caressé la tête. Je me sentais gauche. Je n'avais pas l'habitude des gestes paternels.

– Je la préviendrai à mon retour, a-t-il dit. Je ne suis pas encore prêt à te rendre.

Son ton était très affectueux et je me suis demandé si on pouvait mourir étouffé par le remords, car je l'ai senti monter dans ma gorge, aussi amer et brûlant qu'un café noir. De crainte qu'il ne s'en aperçoive, j'ai détourné les yeux et dit :

– Tu vas où ?

– Dans le nord, près du Yorkshire. Une nouvelle attaque a eu lieu. Et j'irai également rendre visite à un sorcier du Lincolnshire. Il a effectué des recherches approfondies sur les démons et j'aimerais qu'il m'aide au sujet des origines de Daisy et de Nick. Quand je rentrerai, j'espère qu'on pourra commencer à éclaircir cette affaire.

Quand il rentrerait, j'aurais probablement obtenu de mon côté des informations à propos des deux démons. Non que je sache comment j'allais le lui expliquer. Je préférais ne pas y penser et il y avait autre chose qui me préoccupait.

– Tu te souviens de l'attentat à mon anniversaire ? ai-je lancé.

– J'en ai un vague souvenir, oui.

– Est-ce que ça vaut vraiment la peine d'être président du Conseil ? Si les gens passent leur temps à vouloir t'assassiner, pourquoi ne pas céder la place à quelqu'un d'autre ? Tu pourrais partir en vacances. Vivre. Chercher une compagne.

J'ai cru qu'il allait se vexer mais il a simplement affiché un air déçu.

– Un, j'ai juré de me consacrer à aider le Conseil. Deux, en ce moment nous traversons une période mouvementée, mais ce ne sera pas toujours le cas. Et j'ai foi en tes compétences pour me succéder, Sophie.

Oui, en omettant la partie où je couche avec l'ennemi. Non que j'aie réellement l'intention de faire l'amour avec... Je veux dire, c'est une métaphore. On coucherait ensemble métaphoriquement.

Mon expression devait trahir mes pensées bizarres car mon père m'a regardée en plissant les yeux.

– Quant à chercher une compagne, c'est inutile, a-t-il poursuivi.

– Pourquoi ?

– Parce que je suis toujours amoureux de ta mère.

Je ne m'attendais pas du tout à cette réponse. Avant que j'aie le temps d'y réfléchir, il a ajouté :

– Je t'en prie, ne nourris pas de faux espoirs. Nous ne pourrons jamais être de nouveau ensemble.

J'ai levé la main.

– Détends-toi, papa. Je n'ai plus douze ans et je ne vais pas me battre pour tenter de vous réconcilier. J'ai toujours pensé que vous vous haïssiez, que c'était à cause de ça que maman n'arrêtait pas de déménager, parce qu'elle ne voulait pas que tu nous retrouves.

Il a détourné les yeux et scruté un point au-dessus de mon épaule.

– Ta mère avait ses raisons.

Puis il a pivoté en direction de son bureau et murmuré :

– Toute la magie du monde ne peut simplifier une affaire de cœur.

– J'en sais quelque chose, ai-je marmonné tandis qu'il s'éloignait.

Deux jours plus tard, il s'est rendu dans le Yorkshire et je me suis préparée à ce que j'appelais maintenant mon « voyage d'études », préférant ce terme à « rendez-vous clandestin ». Cela n'atténuait pas mon appréhension.

Je n'osais même pas sortir de ma chambre de crainte que Jenna ou Cal ne remarquent ma nervosité. J'étais tellement anxieuse que des étincelles s'échappaient de moi.

Je n'ai même pas essayé de dormir et l'attente me semblait interminable. Finalement, à deux heures trente du matin, j'ai enfilé un tee-shirt noir et un pantalon de randonnée, espérant que c'était une tenue adéquate pour aller retrouver un ex-amoureux devenu un ennemi mortel.

En descendant le sentier qui menait au moulin, je me suis répété que je n'avais rien à me reprocher. Ma décision était justifiée. Mon père ne comprendrait peut-être pas, Jenna encore moins, mais je refusais de culpabiliser.

Quand je suis arrivée à destination, Archer se trouvait près de l'entrée qui conduisait à l'Itinerarius. Il me tournait le dos. Je l'avais imaginé habillé en noir de pied en cape, comme les membres de *L'Occhio,* et à ma surprise, il était simplement vêtu d'un jean élimé et d'un tee-shirt vert. Sans son épée géante à la main, il aurait eu l'air d'un adolescent lambda.

– C'est vraiment nécessaire ? lui ai-je demandé en entrant, remarquant qu'un poignard pendait aussi à sa ceinture.

Il a tourné la tête vers moi, puis il s'est accroupi pour sortir quelque chose d'un sac noir posé à ses pieds.

– Ça ne nuit pas d'être bien équipé, a-t-il répondu.

– Ça paraît un peu excessif vu les pouvoirs dont je dispose.

– Dont tu disposes ? a-t-il répété en se relevant, tenant entre ses doigts une chaîne en or. Permets-moi de te rappeler deux mots, Mercer : Vilain. Chien.

J'ai levé les yeux au ciel.

– C'était il y a un an. J'ai fait de gros progrès depuis.

– Je préfère ne pas prendre de risques, a-t-il répliqué, en rangeant l'épée à l'intérieur d'un étui attaché à son dos. Par ailleurs, je n'étais même pas sûr que tu allais venir. Après ce qu'il s'est passé l'autre soir... Ça va ? a-t-il demandé en étudiant mon visage.

– Ça ira mieux quand on arrêtera de me poser cette question.

– Je n'étais pas impliqué dans cette tentative d'assassinat, tu le sais, j'espère ?

– Oui. Et si tu es impliqué, je te changerai en vapeur.

Le coin de sa bouche a frémi.

– C'est bon à savoir.

Il s'est approché de moi.

– Qu'est-ce que tu fais ? ai-je demandé.

Il a levé les mains et a placé délicatement la chaîne autour de nos deux cous. Les maillons de celle-ci représentaient des personnages minuscules que j'avais déjà vus quelque part.

– C'est le collier que porte l'un des anges figurant sur le vitrail du manoir d'Hécate, ai-je déclaré.

– Exact. C'est également un talisman protecteur dont nous allons avoir besoin.

J'ai dégluti tandis qu'il me prenait par la main en m'entraînant vers l'Itinerarius.

– Pourquoi ?

– Parce que nous avons un long trajet à parcourir.

Involontairement, j'ai pressé ses doigts. Lors de mon dernier voyage en Itinerarius, je n'avais effectué que quelques centaines de kilomètres et mon crâne avait menacé d'exploser.

– On va loin ? ai-je questionné.

– Sur l'île de Graymalkin.

Puis, d'un geste brusque, il m'a fait franchir la porte obscure.

28

Grâce au collier d'Archer, je n'ai pas eu la sensation d'avoir le crâne coincé dans un étau ni le souffle coupé, mais l'atterrissage a été assez brutal. Après avoir été expulsée de l'obscurité dans une futaie et griffée en chutant, j'ai trébuché contre une racine au sol, et Archer, retenu comme moi par la chaîne en or, m'est tombé dessus.

Dans une autre vie, cela aurait pu être agréable. Et oui, il sentait toujours bon, et en le prenant par les épaules pour le repousser, je me suis rappelé qu'il possédait plus de force que sa stature ne le suggérait.

Mais cela n'avait aucune importance car je n'aurais bientôt plus l'occasion de prêter attention à lui.

Allongée sur une surface boueuse, j'avais l'impression que je n'allais jamais réussir à retirer les feuilles et les brindilles coincées dans mes cheveux.

– Pousse-toi ! ai-je pesté contre sa clavicule.

Il a roulé sur le dos et je me suis retrouvée étendue sur son corps.

– Et moi qui croyais que tu ne cédais pas facilement, a-t-il murmuré.

Un rayon de lune faisait scintiller ses prunelles et il semblait hors d'haleine. Je me suis dit que c'était à cause de la chute et non de son émotion.

J'ai appliqué ma main contre sa poitrine et j'ai fait passer ma tête sous les maillons de la chaîne. Une fois libre, je me suis relevée.

– Laisse-moi deviner, ai-je sifflé. Tu l'as volée à Hex Hall ?

Il s'est hissé sur ses pieds.

– Coupable.

– J'étais où quand tu jouais au voleur dans le cellier ?

– J'ai simplement pris quelques objets durant les semaines où tu ne me parlais plus.

C'était après le bal de Halloween. Nous avions passé de nombreux jours à nous éviter durant la corvée de cellier. Pas étonnant qu'il soit parvenu à fourrer toutes sortes d'articles enchantés dans ses poches.

– C'est pour ça que tu as pris ma défense durant le cours de la Vandy ? Tu savais que la corvée de cellier faciliterait tes larcins ? Tu as sauté sur l'occasion pour être puni.

Il a épousseté sa chemise en secouant la tête.

– Je ne suis pas aussi calculateur que ça, Mercer. Ma réaction était spontanée. Par la suite, j'en ai profité pour me servir. Viens, une longue route nous attend.

– Pourquoi ne peux-tu pas m'expliquer ce qui se passe ? ai-je protesté tandis que nous sortions des taillis.

– Parce que je ne suis pas sûr que tu me croies. J'aime mieux que tu voies par toi-même.

Je ne m'étais jamais aventurée dans cette partie de l'île. La différence de paysage était frappante. Il n'y avait ni pelouse vert émeraude ni chênes majestueux. Sur le sol composé de sable humide et de cailloux, nous étions entourés de pins et d'une végétation dense. Une brise d'air marin chatouillait mes narines et dès que nous avons gravi une colline, l'océan est apparu devant nous. Les vagues clapotaient le long du rivage et la lune presque pleine projetait une large bande de lumière argentée sur l'eau noire.

– Où sommes-nous par rapport à l'établissement ? ai-je demandé.

– Nous sommes de l'autre côté de l'île, a répliqué Archer.

– On se croirait totalement ailleurs.

Archer a jeté un coup d'œil par-dessus son épaule.

– C'est à cause du sort de Jessica Prentiss. Durant la construction de la bâtisse, elle devait avoir le mal du pays, car elle voulait que la propriété et ses environs ressemblent à celle de sa famille, en Louisiane. Sérieusement, Mercer, à quoi pensais-tu pendant les cours ?

– Désolée, j'étais un peu distraite par tous ces élèves qui mouraient.

Il s'est raidi.

– Une seule personne est morte, a-t-il déclaré. Elodie.

Sur la colline qui surplombait l'océan, nous nous sommes figés.

– Tu es donc au courant, ai-je dit.

Il a hoché la tête.

– Nous avons reçu un rapport il y a quelques mois, a-t-il expliqué. Ça n'a jamais été sérieux entre elle moi, a-t-il ajouté en se frottant la nuque. Du moins, en ce qui me concerne. Et certains jours, je ne supportais plus de l'entendre parler de sortilèges de beauté ou de chaussures. Mais quand j'ai lu le rapport... C'était comme recevoir un coup de poing dans le ventre.

J'ai acquiescé.

– J'ai du mal à croire qu'une fille comme elle ne soit plus parmi nous.

En me souvenant du fantôme d'Elodie, j'ai eu envie de lui dire qu'elle se trouvait peut-être un peu moins loin qu'il ne le pensait. Mais je me suis tue et je l'ai suivi tandis qu'il descendait un chemin conduisant à la plage.

– Alors pourquoi sortais-tu avec elle ?

– Elle faisait partie de ma mission.

– Que t'avait assignée L'Œil ?

– Non, les boy-scouts. J'avais du mal à obtenir la médaille de tombeur de sorcières.

– Le fait que tu possèdes maintenant au moins trois médailles de sale type y est peut-être pour quelque chose, non ? Et avec Holly ? C'était aussi de la triche ?

Je haletais, m'efforçant de le suivre. Maudites petites jambes. Mains dans les poches, tête baissée, il progressait contre le vent.

– Tu sais, je voulais te confier beaucoup de choses, l'autre soir. Dommage que tu m'aies posé un lapin.

Je l'ai rattrapé et l'ai saisi par le coude, faisant de mon mieux pour ignorer la joie que me procurait ce geste innocent.

– Comment se fait-il que tu puisses devenir odieux en 0,2 seconde ? C'est une technique des membres de L'Œil ?

Il s'est arrêté, les yeux rivés sur mes lèvres.

– En fait, j'essaie simplement de voir si je peux te pousser à m'embrasser une nouvelle fois.

29

Mon cœur, qui un instant plus tôt battait la chamade, s'est figé. J'ai lâché le bras d'Archer et l'ai dépassé.

– Je ne tiens pas à me souvenir de ça, ai-je dit en foulant le sable d'un pas brusque.

J'ignorais où j'allais mais m'avancer dans l'océan me semblait tentant. Durant des mois, je m'étais tourmentée en me demandant si Archer m'avait embrassée pour me manipuler. Alors qu'en fait, il avait raison : c'était moi qui avais provoqué ce baiser, lui avait simplement... réagi. Bon sang, quelle idiote !

Archer m'a rejointe.

– Mercer !

J'ai continué à regarder droit devant moi.

– Écoute, laisse tomber. Montre-moi ce que tu voulais que je voie.

– Très bien.

Nous avons marché sur la plage en silence. Sous le clair de lune, nos ombres s'étiraient devant nous, se touchant presque.

Finalement, nous avons atteint une petite baie et Archer a pris à droite, remontant la colline jusqu'à la forêt. Parmi les arbres serrés, je ne pouvais quasiment rien distinguer.

– Je pense quand même qu'on devrait en parler, a-t-il insisté.

Je me suis tournée vers lui, discernant uniquement une silhouette sombre. Soudain, six mois de colère, de confusion et de tristesse ont ressurgi en moi.

– Non, Cross ! On s'est embrassés pendant, quoi, trois minutes ? Je te connaissais depuis des mois avant ça. On était amis. Je t'ai questionné au sujet des démons et tu savais que j'en étais un. Dans le cellier, je t'ai confié des choses sincères sur moi, et toi, pendant ce temps-là, tu mentais, tu préparais ton coup, tu retenais le principal pour rendre compte à ton patron. Est-ce qu'une partie de l'Archer que j'ai connu existe encore ?

Après un moment, Archer a poussé un long soupir.

– Très bien. J'ai vécu avec les membres de L'Œil dès l'âge de deux ou trois ans.

– Et tes parents ?

Il s'est enfoncé dans la forêt.

– Ils ont été assassinés, mais à l'époque, personne ne savait par qui, a-t-il répondu. Cela a attiré l'attention de L'Œil. Après avoir entendu parler d'un sorcier et d'une sorcière tués, ils sont venus enquêter sur les lieux. Ils ont trouvé la dépouille de mes parents, puis, en fouillant la maison, ils sont tombés sur moi. Assassiner un enfant les embarrassait, j'ai donc été confié à la Reina – c'est le nom du chef de *L'Occhio di Dio*. Quand c'est une femme, du moins. Elle a vu l'avantage d'élever un sorcier pour en faire un membre de L'Œil.

Une branche m'a frôlé la joue et je me suis baissée pour la contourner.

– C'était quand ?

– Je ne sais pas. On ne me l'a jamais dit.

– Donc tu ignores d'où tu viens ?

– Je ne connais même pas mon vrai nom, Mercer. La Reina m'a nommé Archer en mémoire d'un membre de L'Œil récemment mort au combat. Quoi qu'il en soit, elle m'a laissé la vie sauve et m'a confié à Simon Cross, un sorcier qu'elle avait recruté. C'est lui qui m'a envoyé espionner Hex Hall.

Je me suis figée.

– Est-ce qu'il y a d'autres Prodigium au service de L'Œil ? ai-je interrogé.

Il s'est arrêté.

– Pourquoi ? Tu as l'intention de le répéter à ton papa ?

– Le Conseil pense que tu es le seul, c'est pour ça qu'ils sont remontés contre toi et déterminés à t'éliminer.

Cela signifiait aussi qu'Archer n'étant pas responsable du cadeau explosif, un autre membre de L'Œil pouvait l'être. D'où d'autres complications à venir.

– Ils ne sont pas nombreux, mais il y en a, a-t-il confié. À ton avis, qui nous a prévenus que tu étais au *Shelley's* ?

Cela rendait certainement les choses plus intéressantes. Et plus effrayantes aussi.

– Continue, ai-je dit.

Il s'est remis à parler en écartant les branches sur notre passage.

– Simon m'a appris à devenir un sorcier et un membre de L'Œil, et j'ai passé plusieurs étés à Rome avec *L'Occhio di Dio*, à pratiquer l'escrime, à élaborer des stratégies d'attaque, ce genre de choses.

– Pas étonnant que tu me battais toujours en cours de combat.

– Cela faisait des années que L'Œil cherchait à infiltrer Hex Hall, mais les professeurs étaient sélectionnés avec prudence et aucun membre de L'Œil n'était assez jeune pour y être accepté en tant qu'élève. Jusqu'à mon arrivée. À quatorze ans, j'ai rendu mon gymnase invisible. Ce qui m'a valu d'être expédié aussitôt à Hécate.

– De quoi avais-tu été chargé par ton organisation ?

– De rien d'épouvantable malgré ce que tu dois imaginer. De tendre l'oreille, d'observer et de rendre compte. C'est bizarre, a-t-il repris à voix basse. Je n'ai jamais parlé de ça à personne.

– C'est parce que je t'ai jeté un sort qui force les confidences.

– Vraiment ?

– Mais non, crétin. Poursuis tes révélations. Que t'avaient-ils demandé de faire vis-à-vis de Holly, d'Elodie et de moi ?

Je ne voyais toujours qu'une forme noire. Il a reculé et son épée a émis un bruit métallique quand il s'est appuyé à un tronc d'arbre.

– Les fiançailles avec Holly avaient été arrangées par Simon et son père à elle. Ça faisait partie de ma couverture, mais j'aimais bien Holly. Elle était douce, peu bavarde. Ce n'était pas une grande histoire d'amour et je n'avais pas l'intention de l'épouser un jour, mais... Je ne sais pas. Ce n'était pas désagréable d'être avec elle. Les choses étaient bien différentes avec Elodie, surtout après la mort de Holly.

– Donc, ce n'était pas ton chagrin après le décès de ta fiancée qui t'a poussé à quitter Hex Hall. Tu es retourné au fief de L'Œil.

– Oui, je pensais qu'Elodie et son clan avaient élevé un démon et je l'ai confié à L'Œil. Nous avons donc décidé qu'il fallait me rapprocher d'elle afin d'en savoir davantage.

– Et te rapprocher d'elle signifiait devenir son petit ami ?

Il a ri doucement.

– Je ne vois pas ton visage, mais tu dois être mignonne quand tu es jalouse, Mercer.

Les bras croisés, j'ai rétorqué :

– Ce n'est pas de la jalousie, c'est du dégoût. Tu es sorti avec une fille simplement pour pouvoir lui soutirer des renseignements.

– Crois-moi, beaucoup de mes frères ont fait pire que ça, a-t-il déclaré d'un ton las.

Une foule de questions affluait à mon esprit, mais ce n'était pas comme si on pouvait passer la nuit à bavarder. Je suis donc allée directement à l'essentiel.

– L'Œil t'avait également chargé de jouer les Mata Hari avec moi ? ai-je demandé.

– J'étais chargé de te surveiller, a-t-il répondu après une longue pause. Ils trouvaient étrange qu'Atherton envoie sa propre fille à Hex Hall, on avait donc décidé de garder un œil sur toi. Sans jeu de mots.

Archer continuait à substituer « ils » à « on » quand il évoquait L'Œil. Non que je puisse lui reprocher d'être schizo. Cela devait être bizarre d'avoir deux vies depuis aussi longtemps.

Il s'est écarté de l'arbre.

– Donc, oui, tu faisais partie de ma mission. Néanmoins, ne te méprends pas sur mon compte, Mercer. Je t'aime bien. Tu es intelligente, sarcastique, et hormis l'incident du vilain chien, tu es très douée en magie. Et te regarder n'est pas une épreuve.

– Arrête-toi de battre, mon cœur.

– Pour répondre à ta question, il ne reste rien de l'Archer que tu as connu à Hex Hall. Dans le cellier, je t'ai embrassée car j'avais reçu l'ordre de me rapprocher de toi. Pour rester à tes côtés, j'étais donc obligé de me plier à tes désirs. J'ai eu des missions plus pénibles que celle-là, mais c'était quand même une mission.

Je suis restée plantée là, comme si on venait de me rosser de coups. Néanmoins, je n'avais pas mal.

Car je savais qu'Archer mentait. Il s'était exprimé trop vite, comme s'il régurgitait un discours appris par cœur. De la même façon que j'avais préparé ce que je lui dirais si je le revoyais un jour.

Je n'avais pas la force de me confronter à lui. J'ai simplement déclaré :

– Très bien. Vive l'honnêteté. Maintenant que les confessions sont terminées, tu peux peut-être m'expliquer pourquoi nous sommes ici.

Il s'est remis à marcher. Je l'ai suivi tandis que les feuilles craquaient sous mes pas.

– Comme je l'ai dit, L'Œil a toujours craint Hex Hall.

– Pourquoi ? Ils sont allergiques au tissu écossais ?

Cela ne l'a pas fait rire.

– Ne me dis pas qu'un lieu où les Prodigium rassemblent leurs éléments les plus dangereux n'est pas suspect ? a-t-il répliqué.

Je n'avais jamais songé à cela. J'avais cru que nous n'étions qu'un groupe d'incapables, mais Archer avait raison. Nous avions été condamnés à aller à Hex Hall à cause de la dangerosité de nos sortilèges. Cal m'avait dit que j'étais excessive. Comme tous les autres pensionnaires d'Hécate, il me semble.

– Hex Hall n'est pas ce que tu sous-entends, ai-je bredouillé.

– Non ? Lance un sort d'éclairage.

J'ai levé la main et fait apparaître un orbe luisant de lumière bleue. Bouche bée, j'ai écarquillé les yeux devant le paysage. Un météore semblait s'être écrasé dans cette partie de la forêt. Nous nous tenions au bord d'un cratère d'environ trois mètres de profondeur et dix mètres de diamètre. Tout autour de nous, des arbres aplatis gisaient telles des allumettes brisées. Les arbres encore droits étaient carbonisés.

Mais il n'y avait pas que cela. Une magie noire, plus menaçante qu'aucune autre force occulte jamais détectée, crépitait dans l'air. Elle s'échappait de la terre et son goût me parvenait.

À la base du cratère, un large rocher plat portait une inscription. J'ai agité les doigts et le faisceau de l'orbe s'est élargi, éclairant une écriture composée de symboles, la même que celle du grimoire.

– Voilà ce que je voulais te montrer, a déclaré Archer. La personne qui élève des démons le fait à Hex Hall.

30

– Mauvaise nouvelle, ai-je bredouillé, n'ayant trouvé rien d'autre à répondre.

– Oui, c'est aussi ce que je m'étais dit.

– Non, je veux dire par là que le mal a atteint des proportions inimaginables.

Archer s'est accroupi au bord du cratère, une lueur bleue dansant dans ses prunelles.

– Et c'est de pire en pire.

– Comment est-ce possible ? Est-ce que cette fosse mange aussi des chatons ?

J'ai regardé les inscriptions qui irradiaient de puissance magique.

– Depuis que j'ai quitté Hex Hall, j'ai fait des recherches sur l'histoire des lieux. Au cours des dix-huit années passées, six élèves ont disparu de l'établissement.

J'ai détourné les yeux de la dépression et regardé Archer. Mes jambes flageolaient et j'avais l'estomac noué par la crainte, mais j'ai décidé de me faire l'avocat du diable.

– C’est peu, ai-je répondu. Tu n’es jamais allé dans un lycée d’humains, Cross ? Certains perdent six adolescents par semaine.

– Sophie, il s’agissait d’Anna et de Chaston.

J’ai compris qu’il était sérieux car il employait rarement mon prénom et, laissant mes jambes se dérober sous moi, je me suis affaissée au sol.

– Après les agressions, elles ont disparu, a déclaré Archer.

– Non, ai-je rétorqué. Leurs parents sont venus les chercher.

Archer s’est relevé et s’est rapproché de moi

– Est-ce que toi ou quelqu’un les a revues ? a-t-il demandé.

J’ai fouillé ma mémoire. Mme Casnoff nous avait rapporté qu’elles prenaient une année de vacances. Après l’épisode d’Alice, qui s’était abreuvée du sang de Chaston et d’Anna, je ne les avais jamais revues.

– Je suis allé rendre visite à leurs parents, a poursuivi Archer. Ils ont été envoûtés, Mercer. Ils sont sous l’emprise d’un puissant sortilège. Ils étaient convaincus que leurs filles passaient l’été à Hex Hall et ont affirmé parler à celles-ci une fois par semaine. Mais parmi les membres de L’Œil, personne n’a réussi à localiser les deux filles.

Des démons, des élèves ayant disparu. Pourquoi ma vie s’était-elle transformée en roman policier ?

– Cela voudrait dire que Mme Casnoff est impliquée et si c’est le cas, mon père en aurait été informé.

– Pas forcément. Hécate et l'île de Graymalkin relèvent du domaine de Mme Casnoff. Ton père signe toutes les condamnations des Prodigium envoyés à Hécate. Hormis cela, il lui laisse prendre les choses en main.

Voilà comment on se fait avoir en déléguant, papa. Je me suis levée et j'ai effectué quelques pas autour du bassin.

– Donc, d'après toi, Chaston et Anna devaient être changées en démons ?

– Cela semble coller. Daisy et Nick sont des adolescents, comme Alice lorsqu'elle habitait à Hécate. Mme Casnoff avait peut-être pensé qu'ils seraient faciles à métamorphoser puisqu'ils possédaient déjà des pouvoirs de magie noire.

– Pourquoi ? Pour quelle raison Mme Casnoff voudrait-elle élever des démons ?

– Pas seulement elle, a suggéré Archer. Après tout, sa sœur travaille pour le Conseil. Leur père en était l'ancien président. Cela va au-delà de ce que nous aurions pu deviner.

Du pied, j'ai heurté une motte de terre qui a dégringolé dans le cratère et atterri sur le rocher plat. L'espace d'un instant, j'ai cru voir quelque chose bouger sur la pierre, mais c'était probablement lié à un effet de la lumière.

– Cross, mon père pense qu'il peut retrouver les gens qui ont changé Nick et Daisy en démons et les obliger à inverser le processus, et arrêter ainsi une guerre entre L'Œil et les Prodigium. Mais si les Casnoff sont responsables, que va-t-il se passer ?

Archer s'est levé et a frotté ses paumes poussiéreuses sur son jean.

– Oui, comme nous l'avons dit tous deux, c'est une mauvaise nouvelle.

– Donc... Pourquoi voulais-tu me montrer ceci ? Toi et tes confrères, vous pouvez vous débrouiller sans moi. Pourquoi prendre le risque de te faire chasser de ton club de tueurs de monstres ?

– Parce que nous ne pouvons pas nous en sortir seuls. Du moins, je le crains.

– Il y a déjà des Prodigium au service de L'Œil. Pourquoi ne pas t'adresser à eux ?

– Il n'y en a qu'une poignée, a répondu Archer d'un ton frustré. Et ils sont presque tous nuls. Écoute, prends-le comme une offrande de paix, ma façon de me faire pardonner de t'avoir menti. Et d'avoir brandi un poignard en ta présence, même si c'était pour ouvrir cette fenêtre cadenassée afin de ne pas être métamorphosé en vapeur.

La plupart des filles recevaient des fleurs. Moi, j'avais droit à une fosse qui servait à élever des démons.

– Merci, ai-je murmuré. Mais tu veux que je m'implique en t'aidant ?

Ses prunelles, trop noires, ne me permettaient pas de deviner ce qui se passait dans son esprit.

– C'est à toi de décider, a-t-il répliqué.

Ma mère affirme que nous savons rarement quand une décision va changer notre vie, surtout si elle est petite. Par exemple, on prend un bus à la place d'un autre et on rencontre l'âme sœur. Mais j'avais conscience d'être à un tournant de ma vie. Dire non à Archer signifiait ne jamais le revoir. Et mon père et Jenna ne se fâcheraient pas, et Cal... Dire oui à Archer rendrait les choses plus alambiquées que le chignon de Mme Casnoff.

Et même si je suis moi-même compliquée, je connaissais déjà la réponse.

– C'est trop risqué, Cross. Un jour, peut-être, quand je serai présidente du Conseil et toi... ce que tu deviendras au sein de *L'Occhio di Dio*, on pourra envisager une collaboration.

Des images déprimantes d'Archer et de moi dans une salle de réunion, élaborant un plan de bataille sur un tableau blanc, me sont venues à l'esprit, et d'une voix tremblante, j'ai repris :

– Enfin, pour l'instant, c'est trop dangereux.

Et pas seulement à cause du fait que tout le monde voudrait nous tuer si on avait bruit de cette association. Mais également parce que j'étais sûre d'être encore amoureuse d'Archer et que c'était sans doute mutuel, et que nous ne pourrions donc jamais travailler ensemble pour empêcher l'Apocalypse des Monstres ou la Troisième Guerre mondiale.

J'étais néanmoins incapable de l'avouer.

– Très bien, j'ai compris, a déclaré Archer.

– Cross... ai-je commencé, mais ses yeux ont regardé au-delà de mon épaule et se sont écarquillés d'épouvante.

Simultanément, j'ai perçu un glissement reptilien dans mon dos. Mauvais signe.

Quoi qu'il en soit, je n'étais pas préparée aux cauchemars qui escaladaient le cratère.

31

Ils étaient trois et avaient jadis été humains. Leurs corps, alors qu'ils se hissaient à l'extérieur de la fosse, avaient l'apparence d'un assemblage dépareillé de membres et de chair humaine.

Ils se sont avancés vers nous d'un pas pesant, et le plus proche a tendu vers moi un doigt épais. Au bord de la crise d'hystérie, j'ai remarqué que son autre bras, pâle et mince, se terminait par des ongles rouge vif.

– Des goules, a chuchoté Archer, comme s'il faisait face à des animaux sauvages. De la chair humaine réanimée pour créer des gardiens. De la magie noire très pernicieuse. De toute évidence, quelqu'un ne voulait pas qu'on découvre...

– S'il te plaît, moins de bavardage, plus d'action.

Je glapissais de peur. Archer tenait déjà son épée à la main et se baissait.

– Je peux les ralentir, mais pas les éliminer. Les goules résistent aux lames. C'est toi qui dois les arrêter.

– Comment ? ai-je gémi.

– Tu es nécromancienne. Ce sont des morts-vivants.

Ah oui. Un des avantages de disposer d'une grande réserve de magie noire. Je n'avais jamais vu l'intérêt de développer mes facultés en nécromancie. Je n'envisageais pas que je serais un jour contrainte à commander des morts.

Je pouvais les sentir, maintenant, et je réprimais ma nausée.

– Je ne sais pas quoi faire, ai-je dit, paniquée.

– Réfléchis vite, m'a pressée Archer.

Du coin de l'œil, j'ai distingué un mouvement, puis j'ai vu Archer plonger avec son épée. La pointe de sa lame s'était enfoncée sous le menton d'un des zombies et aucun sang ne coulait. Le zombie ne bougeait plus, mais restait debout. Son bras a volé vers Archer comme pour se débarrasser d'un moustique, mais Archer s'est baissé et a pourfendu le flanc de la deuxième goule. Cette fois, une épaisse substance noire s'est écoulée de l'entaille. Toutefois, cela ne semblait qu'irriter la créature d'outre-tombe. Archer avait beau s'échiner avec son épée, les goules ne manifestaient aucun signe de douleur.

J'avais rassemblé mes pouvoirs magiques et je craignais de frapper la mêlée avec des éclairs trop foudroyants. Je voulais épargner Archer, lequel, comme je pouvais m'en rendre compte, s'était retenu durant le cours de combat. Je n'avais jamais vu quelqu'un se déplacer aussi vite et avec une telle adresse. Néanmoins, cela ne nous débarrassait pas des goules. Finalement, l'une d'elles a saisi Archer par les cheveux en lui renversant la tête. J'ai dû pousser un cri, mais entre les battements de mon cœur et le bourdonnement de mes veines, je n'entendais plus grand-chose.

– Pour la nécromancie, c'est quand tu veux ! a crié Archer.

Les mains tendues devant moi, j'ai désigné une des goules et fait de mon mieux pour me calmer quand la plus petite des trois a tourné la tête vers moi. Les yeux, le nez, la bouche qui composaient le visage provenaient de différents « donneurs ».

Quand j'ai senti la magie crépiter au bout de mes doigts, j'ai ordonné :

– Relâchez-le !

Libérer mes forces magiques m'a fait l'effet de lâcher un élastique géant. Un éclair a jailli de mes doigts et a frappé un arbre proche avec un grondement effroyable. Une branche est tombée au sol. Les goules ont sursauté sans délivrer Archer.

Très bien, donc ma première expérience de nécromancienne se soldait par un échec. J'ai lutté contre l'affolement qui me gagnait. Comment allais-je pouvoir contrôler les goules ?

– Creuse-toi la cervelle, ai-je grommelé entre mes dents.

– Bonne idée ! a lancé Archer d'une voix étranglée.

Un zombie le tenait par le cou tout en l'observant d'un air curieux, tel un gamin se demandant ce qui allait se passer s'il continuait à serrer.

J'ai fermé les yeux. Bon, il s'agissait de morts-vivants. De morts-vivants répugnants. Qui sentaient la... non, ces pensées ne m'aidaient pas.

Les goules étaient sorties du sol à la base du cratère. Je me suis demandé si les forces magiques qui commençaient toujours à me traverser depuis mes pieds pouvaient effectuer le chemin inverse. J'ai fait une tentative en les orientant vers la terre.

– Relâchez-le, ai-je ordonné de nouveau.

J'ai entendu un bruit assourdi. En rouvrant les yeux, j'ai aperçu Archer qui se frottait le crâne, aux pieds des goules. Elles m'ont regardée d'un air absent, attendant le prochain commandement.

– Qu'est-ce que je fais maintenant ? ai-je questionné.

Archer s'est levé. Gainée d'une substance visqueuse, son épée pendait à sa main.

– Tu peux les renvoyer sous terre. Ou les laisser partir.

– Pour qu'elles aillent errer sur l'île ? Je ne crois pas.

Archer a secoué la tête. Il haletait et son front luisait de sueur.

– Ou les laisser retourner au royaume des morts après les avoir dépossédées de leur puissance magique.

– D'accord, ai-je fait d'un ton assuré, comme si cela faisait partie de mes distractions préférées, telles que le tricot et le sudoku.

Mais le plus étrange était que je parvenais à détecter la force obscure qui les maintenait en vie. Une force ayant l'aspect d'un cordon noir scintillant qu'il suffisait de trancher.

Aussitôt fait, les goules se sont effondrées par terre.

– Elles ont un côté pitoyable, ai-je commenté en observant leurs formes couchées.

Archer a affiché un air méprisant et j'ai distingué des marques violacées sur sa gorge.

– Pardonne-moi de ne pas partager ta compassion, Mercer.

Puis nous avons aperçu une lueur au loin. J'ai éteint l'orbe en agitant les doigts, prête à décamper, mais courir à travers la forêt n'était pas vraiment discret. Nous avons donc reculé hors de la « zone explosive » en direction des taillis. Et même si je n'avais jamais eu autant la trouille, sans faire de bruit, nous nous sommes éloignés du cratère. Un murmure de voix me parvenait, trop lointain pour me permettre de savoir combien de personnes se trouvaient derrière nous. Et je ne pouvais pas prendre le risque de me retourner. Pour l'instant, la meilleure stratégie était de regagner Thorne et de tout confier à mon père.

Dès que nous avons atteint la plage, nous avons piqué un sprint et en arrivant devant les arbres qui abritaient l'Itinerarius, j'ai cru que mes poumons allaient exploser.

Recroquevillé, Archer a repris son souffle.

– Je n'aurais jamais pensé que je serais obligé de prendre la fuite une fois de plus.

– Tu t'étais servi de l'Itinerarius pour quitter Graymalkin, ai-je déclaré, comprenant enfin comment il avait réussi à disparaître sans laisser de traces.

Il a acquiescé avant de sortir le collier de sa poche et de le passer autour de nos têtes.

– Tu es prête ? a-t-il demandé en me tenant par les mains.

J'ai lancé un regard par-dessus mon épaule en me demandant comment autant de choses avaient pu changer en si peu de temps.

– Il vaut mieux que je le sois, ai-je répondu en franchissant la porte.

32

Le soleil commençait à se lever quand nous avons atteint le moulin, ce qui m'a surprise car *a)* l'aube se levait horriblement tôt en Angleterre et *b)* nous étions partis presque cinq heures. Je n'avais jamais été aussi épuisée de ma vie. J'étais lessivée, et regarder Archer m'emplissait de chagrin. J'ai essayé de me convaincre que c'était lié au fait que le continuum espace-temps avait failli m'écrabouiller, mais ce n'était pas la bonne raison.

Je pense qu'Archer éprouvait le même sentiment car ses mains ont légèrement tremblé quand il a retiré la chaîne de nos cous. Elle a atterri au sol en projetant un nuage de grains de poussière. Ils ont scintillé dans le faisceau de lumière rose pâle qui nous séparait, étonnamment jolis pour de la saleté.

De la terre s'étalait sur le sourcil gauche d'Archer et une tache de sang de goule décorait son torse. J'avais l'impression que mon apparence était tout aussi affligeante que la sienne.

– C'est le pire rencard de toute ma vie, a-t-il déclaré.

Malgré la fatigue, un fou rire nous a gagnés. Des larmes roulaient sur mes joues et j'avais mal aux côtes, mais j'étais tellement bien qu'il m'était facile d'oublier que je serais tuée d'une façon atroce si quelqu'un venait à découvrir que je conspirais avec un membre de L'Œil. En revanche, ce que je ne pouvais pas oublier, c'est que j'étais bêtement amoureuse du seul garçon avec qui rien n'était possible.

Le rire s'est tari sur mes lèvres et j'ai mis ma main en visière.

– Je dois rentrer, ai-je dit.

– Oui, a-t-il répondu, tandis que la pointe de son épée éraflait les planches du sol. Donc, c'est tout ?

J'ai acquiescé.

– La première mission de reconnaissance effectuée conjointement par un membre de L'Œil et un démon s'est bien passée.

Il a haussé les épaules.

– On formait un bon tandem.

– C'est vrai.

Et de plus d'une façon. Ce qui était la raison pour laquelle c'était enrageant.

J'ai reculé d'un pas.

– Il faut que j'y aille. À plus tard, Cross.

Puis j'ai ri, sauf que ça ressemblait plutôt à un sanglot, et, évitant de me briser en milliers d'éclats de verre, comme ceux des miroirs que j'avais cassés, j'ai réussi à articuler :

– Non, pas à plus tard. Adieu. Bonne chance avec L'Œil. Essaie de ne pas tuer quelqu'un que je connais.

Je me suis détournée, mais il m'a saisie par le poignet. Mon pouls battait à toute allure sous ses doigts. Il m'a dévisagée.

– Mercer. Dans le cellier, je ne t'ai pas embrassée par obligation. Je t'ai embrassée parce que j'en avais envie, a-t-il ajouté en baissant les yeux vers mes lèvres. Et j'en ai toujours envie, a-t-il murmuré d'une voix rauque.

Puis il m'a attirée dans ses bras. J'ai entendu le cliquetis de son épée qui tombait au sol tandis qu'il levait une main pour la glisser derrière ma nuque, et ensuite, quand il a pressé sa bouche sur la mienne, le reste du monde a cessé d'exister. Dressée sur la pointe des pieds, je l'ai embrassé avec toute la passion que j'avais en moi, et tandis que le baiser se prolongeait, nous nous étreignons si fort que je ne savais plus à qui appartenait le cœur que je sentais battre.

Comment avais-je pu croire une seconde pouvoir renoncer à ça ? Et pas seulement aux baisers d'Archer, mais au reste : plaisanter et travailler avec lui. Être avec un garçon qui était mon ami et qui pouvait encore me faire cet effet-là.

– Mercer, a-t-il chuchoté contre ma tempe. Nous sommes dans de beaux draps.

J'ai appliqué mon visage contre son cou, humant son odeur.

– Je sais.

– Qu'est-ce qu'on va faire ?

À regret, j'ai essayé de me dégager.

– Si on était raisonnables, on ne se reverrait jamais.

Ses bras se sont refermés autour de ma taille.

– C'est hors de question. Tu as un plan B ?

Je lui ai souri, me sentant stupidement guillerette pour une fille sur le point de bousiller son avenir.

– Je n'en ai pas. Et toi ?

Il a secoué la tête, enroulant ses doigts autour des miens.

– Moi non plus. Mais... écoute. J'ai passé ma vie à jouer à être quelqu'un que je ne suis pas, à cacher mes sentiments, à en feindre d'autres. Ce lien entre nous est la seule chose vraie qui m'arrive depuis longtemps. Tu es la seule chose vraie, a-t-il ajouté en embrassant mes doigts. Et j'en ai assez de faire semblant de ne pas te désirer.

J'avais lu comment les femmes se pâmaient dans les romans d'amour de ma mère et c'était la première fois que cela menaçait de m'arriver aussi. Ce qui explique pourquoi j'ai aussitôt répliqué :

– Tu as raté ta carrière, Cross. Laisse tomber la chasse aux démons, de toute évidence, tu devrais écrire des cartes Hallmark.

Son sourire de guingois qui était peut-être ce que j'aimais le plus au monde a éclairé son visage.

– Tais-toi, a-t-il chuchoté avant de m'embrasser de nouveau.

– Comment se fait-il, ai-je questionné un instant plus tard, qu'on s'embrasse toujours dans des lieux si peu romantiques, comme un cellier ou un moulin abandonné ?

Il a ri, couvrant de baisers mon menton et ma gorge.

– La prochaine fois, ça sera dans un château, promis. Nous sommes en Angleterre. Ça devrait pouvoir se trouver.

Après cela, nous nous sommes tus un long moment. La tête reposant contre le torse d'Archer, j'ai murmuré :

– Je dois y aller.

Et j'ai pris conscience que sous ma joue se trouvait son tatouage. Sans réfléchir, j'ai tiré sur le col de son tee-shirt. La marque noir et or s'est révélée et je l'ai couverte de ma paume. Les mains d'Archer se sont crispées sur ma taille. Nos regards se sont croisés.

– Cela ne brûle pas, cette fois, ai-je chuchoté.

Il haletait.

– Ce n'est pas mon avis, Mercer.

Le flux magique affluait en moi, et quand Archer a posé sa main sur la mienne, une étincelle bleue en a jailli. Lentement, il a détaché ma paume de son torse puis m'a saisie par les épaules. J'ai cru qu'il allait de nouveau m'embrasser et incendier le moulin, mais à la place, il a fermé les yeux et déclaré :

– Très bien. Si tu ne pars pas maintenant, on est... tu devrais partir.

Quand nous nous sommes séparés, la brume de désir qui nous entourait s'est légèrement dégagée.

– Nous ne savons toujours pas ce que nous allons faire, ai-je dit.

Il a rouvert les yeux et reculé.

– Tu vas rentrer à Thorne et inventer une histoire pour ton père. Je vais rejoindre L'Œil et faire de même. Demain soir, on se retrouvera ici. Tu m'attendras là-bas, a-t-il précisé en indiquant un endroit, et moi ici, a-t-il ajouté en désignant un emplacement opposé au premier. Et il n'y aura aucun contact physique entre nous tant que nous n'aurons pas trouvé d'arrangement. Ça marche ?

J'ai souri.

– Ça marche. Minuit ?

– Parfait. Alors à plus, Mercer.

Une vague de joie chaude et lumineuse m'a envahie.

– À plus, Cross.

33

Le moulin n'était plus dans mon champ de vision quand j'ai recouvré mes esprits. Désormais je savais qu'Archer voulait être avec moi autant que je voulais être avec lui, mais beaucoup de choses nous faisaient barrage. Les gens que je connaissais voulaient sa peau, et ceux qui l'entouraient voulaient la mienne. C'était un obstacle de taille. Et il n'y avait pas que celui-là. Je m'étais faite à l'idée de succéder un jour à mon père à la tête du Conseil, et je me sentais plus à l'aise avec mes pouvoirs, plus utile. J'avais même l'impression d'avoir de la valeur.

Dès que mon lien avec Archer deviendrait public, tout cela serait terminé.

Je me suis frayé un chemin à travers le jardin tandis que les hautes haies formaient des ombres profondes devant moi.

Et il y avait aussi Cal dans le parcours. En songeant à lui, j'ai trébuché. Il n'aurait pas le cœur brisé, nous étions amis. Bien sûr, je l'attirais un peu, mais c'était simplement le résultat de nos fiançailles arrangées. N'avais-je pas moi-même tenté de tomber amoureuse de lui pour faciliter la situation ?

À mesure que je me rapprochais de la maison, mon enthousiasme s'estompait. Archer appartenait à la famille de L'Œil. Le Conseil était devenu la mienne. Aucun de nous deux n'allait renoncer à la sienne, comment allions-nous nous en sortir ?

Bon sang. Pourquoi fallait-il que je réfléchisse autant ? Pourquoi ne pouvais-je pas profiter du soleil en songeant simplement que le garçon qui m'attirait me désirait en retour ?

Je suis entrée dans la bâtisse en empruntant la porte du fond et une domestique m'a fait une courbette.

J'avais espéré regagner discrètement ma chambre, mais sur le palier, je suis tombée sur Cal.

– Comment se fait-il que tu sois debout à une heure aussi matinale ? a-t-il questionné en étudiant mon apparence.

– Je suis allée faire de l'exercice, ai-je répondu en mimant la course à pied, avant de prendre conscience que je devais avoir l'air d'une débile mentale.

– Je vois, a fait Cal, confirmant mes soupçons. Je vais me promener. Tu m'accompagnes ?

– J'ai fait suffisamment de gym pour la journée, ai-je répondu, mortifiée par la culpabilité. On peut se retrouver plus tard ?

– Entendu.

En le regardant s'éloigner, je me suis dit que j'avais tort de me sentir coupable vis-à-vis de lui. Il serait sûrement fâché en apprenant ma décision de rompre nos fiançailles, mais pas dévasté. Il ne m'aimait pas autant que cela. Autrement, il aurait déjà fait une tentative.

J'ai ouvert la porte de ma chambre et allumé l'interrupteur.

Elodie se tenait au centre de la pièce. Enfin, son fantôme. Elle était plus translucide qu'à Hex Hall et je pouvais à peine la distinguer, néanmoins, il s'agissait bien d'Elodie. Ses mèches rousses se soulevaient autour de son visage et elle lévitait à quelques centimètres du sol.

– Qu'est-ce que tu fais ici ? ai-je questionné, stupéfaite.

À ma connaissance, aucun revenant n'avait jamais quitté Hex Hall. C'était impossible. Elle a levé les yeux au ciel. Une horrible pensée m'a traversé l'esprit.

– C'est à propos d'Archer ? ai-je demandé. Ne me dis pas que tu nous en veux parce que... tu es morte.

Elle est venue flotter près de moi et s'est mise à la hauteur de mon visage. J'ai d'abord cru qu'elle allait me cracher à la figure puis j'ai vu ses lèvres former des mots. « Je t'avais dit que je reviendrais te hanter », ai-je pu déchiffrer en observant les mouvements de sa bouche.

Tandis que je la dévisageais, atterrée, elle m'a toisée avec mépris et s'est évanouie. J'ai senti un léger courant d'air, comme si quelqu'un venait d'ouvrir la fenêtre.

– Je n'ai pas besoin de ça ! ai-je glapi dans la chambre déserte. La coupe est pleine !

Aucune réponse ne m'est parvenue.

J'ai passé la journée à la bibliothèque à parcourir des ouvrages sur les fantômes et les démons. Cela ne m'a pas rassurée. Tous les livres affirmaient la même chose : les revenants restaient attachés au lieu de leur décès et non à des humains. Quant à *Démonologies : une histoire*, j'avais fini par penser que l'ouvrage serait plus utile pour caler une porte. Il ne contenait rien qui puisse m'éclairer au sujet de Daisy et de Nick.

À l'heure du dîner, j'avais prévu de leur demander s'ils n'avaient pas de souvenirs évoquant Hex Hall, mais ils ne sont pas venus. Je ne les ai pas trouvés non plus le lendemain matin. Manquer le dîner était une chose, mais Nick et Daisy prenaient toujours leur petit déjeuner à la salle à manger. Leur absence ne semblait préoccuper personne.

– Ils sont probablement allés faire ailleurs leur numéro de Kurt Cobain et Courtney Love, a commenté Jenna.

Cependant, le soir, ils n'étaient toujours pas de retour. J'étais en train d'arpenter le couloir qui desservait leurs chambres quand Roderick est venu m'annoncer que mon père était rentré. Il était vingt-deux heures.

– Déjà ? ai-je fait, avant de le suivre.

J'allais devoir confier à mon père ce que j'avais vu à Hex Hall et je n'avais toujours pas trouvé d'excuse valable pour lui expliquer comment j'avais obtenu cette information.

Quand j'ai franchi l'arc de marbre qui menait à son bureau, ma bouche s'est desséchée et j'ai avancé d'un pas hésitant.

J'avais hâte de me laisser choir dans un fauteuil en cuir et de vider mon sac. Je voulais déballer toute l'histoire le plus vite possible afin de pouvoir l'effacer de ma mémoire. En repensant à la goule aux membres dépareillés, j'ai cru que j'allais me mettre à vomir sur le tapis à losanges.

Quand j'ai ouvert la porte du bureau, mon père n'était pas seul. Il se disputait à voix basse avec Lara. L'intensité des forces magiques qui régnaient dans la pièce me donnait le vertige. Ils se fusillaient du regard sans me prêter attention, ce qui m'arrangeait. Cela me permettait d'étudier Lara. Son visage n'allait pas me révéler ce qu'elle tramait – je doute qu'il existe une expression signifiant : « Donc, avec ma sœur, nous élevons des démons à Hex Hall. » Je me demandais néanmoins si elle savait que le coin des démons avait été découvert.

Mais elle ne laissait rien transparaître. À l'instar de Mme Casnoff, elle excellait dans l'art de cacher ses émotions. Cela devait être de famille.

– Donc, c'est tout, a déclaré Lara en croisant les bras. Vous n'allez pas intervenir.

– Que puis-je faire ? a répondu mon père d'un ton calme. Si vous et votre sœur refusez de m'expliquer ce qu'il s'est réellement passé à Graymalkin...

C'était incroyable. Comment ces femmes, de si proches collaboratrices de mon père, avaient-elles pu organiser quelque chose d'aussi monstrueux sans qu'il le sache ?

– L'école relève de notre domaine, a aboyé Lara. C'est notre affaire.

– Pourtant, vous m'avez demandé mon aide.

La main de Lara s'est abattue sur le bureau de mon père.

– Il y a eu un intrus dans une zone interdite de l'île, et le système de sécurité a été détourné.

Si elle faisait allusion aux goules qu'Archer avait tenté de repousser, alors « détourné » était le mot juste.

Soudain, elle a changé de tactique.

– Vous avez prêté serment. Vous avez juré à mon père de protéger les intérêts d'Anastasia et les miens à Hécate.

Même moi, je savais que c'était une mauvaise stratégie. Mon père s'est irrité davantage.

– Ne le mêlez pas à cela, Lara.

Finalement, il m'a aperçue au-dessus de l'épaule de Lara, et au même moment, elle a fait volte-face. Malgré son sourire, ses prunelles demeuraient dures et luisantes.

– Sophie ! Où étiez-vous donc passée ? Nous vous avons si peu vue ces jours derniers !

– J'étais là, ai-je bégayé. Mon père m'a donné plusieurs livres à lire. Je vous dérange ?

– Nous n'étions pas en train de discuter de quelque chose d'important. Simplement d'une affaire laborieuse du Conseil. Cela ne vous concerne pas. Nous pourrons en reparler plus tard, a-t-elle lancé à mon père. Je vais vous laisser bavarder tous les deux.

En sortant, elle m'a tapoté l'épaule d'un geste familier. J'ai réprimé une grimace.

Quand la porte s'est refermée, j'ai poussé un soupir de soulagement. Mon père m'a fait signe de m'asseoir.

– À mon regret, mon voyage ne m'a pas permis de faire progresser les choses avec Aislinn Brannick. Elle continue de...

– Ils élèvent des démons à Hécate, ai-je coupé. J'y suis allée l'autre jour – j'ai pris l'Itinerarius – et je l'ai vu de mes propres yeux. C'est là-bas que ça se passe et six élèves ont disparu de l'établissement au cours des dix-huit dernières années. Deux d'entre elles étaient Anna et Chaston, les filles qu'Alice a attaquées l'année dernière.

Cela faisait du bien de livrer tout cela. Je n'avais pas eu le temps d'avoir peur des lacunes dans mon histoire. Il me regardait comme si je m'exprimais en grec. Bien sûr, mon père comprenait probablement le grec, donc c'était plutôt comme si j'avais l'air d'une Martienne.

– Quoi ?

J'ai expliqué que je m'étais souvenue d'avoir remarqué quelque chose de bizarre sur l'île et que j'y étais donc retournée. J'ai décrit le cratère, le rocher plat et même les goules. À la fin de mon récit, mon père a déclaré, accablé :

– Cela n'a pas de sens.

– Ça ferait un bon titre pour mon autobiographie, ai-je répondu.

– Lara et Anastasia font partie de mes plus fidèles alliées, a-t-il affirmé en se frottant la mâchoire. Pourquoi seraient-elles derrière tout ça ?

– C'est la question à un million de dollars. Y a-t-il un moyen de vérifier si Nick et Daisy ont été inscrits à Hécate ?

Je ne sais pas pourquoi, j'ai cru un instant que mon père allait me répondre : « Oui, il suffit de jeter un œil sur les inscriptions dans la base de données de l'ordinateur. » Ces listes avaient sans doute été écrites à la plume sur des morceaux de parchemin.

– Non, c'est Anastasia qui conserve les archives d'Hécate, a-t-il répondu. Et si ce que tu as dit à propos des parents de Chaston et d'Anna est vrai, alors ceux de Nick et de Daisy n'ont jamais dû signaler la disparition de leurs enfants.

Mon père a affiché un regard lointain, celui qu'il arborait avant d'aller chercher des passages cryptiques dans des ouvrages anciens. Il s'est levé et s'est approché de sa bibliothèque.

Il a sorti un énorme volume relié de cuir et s'est mis à le parcourir. J'ai décidé que j'étais libérée. Je me suis levée et j'ai marché vers la porte.

– Sophie ?

– Oui ?

Quand je me suis retournée, il a dit :

– Je suis si fier de toi. Je ne sais pas quelles seront les conséquences de tes actions, mais...

J'ai levé la main.

– Restons-en là.

Car j'étais sûre qu'il serait moins fier de moi quand il apprendrait la vérité au sujet d'Archer.

– Très bien, a-t-il consenti avec un sourire. Bonne nuit.

– Bonne nuit.

Je suis sortie et j'ai marché jusqu'à la réception. Hormis deux vampires qui montaient la garde, elle était vide. En descendant en silence le large escalier, j'ai jeté un œil à ma montre : vingt-trois heures. Il me restait une heure avant mon rendez-vous avec Archer et je ne savais pas ce que j'allais lui dire quand...

– Sophie ?

En regardant par-dessus mon épaule, j'ai aperçu Daisy sous les voûtes, en haut de l'escalier. Les mains sur les hanches, la tête inclinée sur la droite, elle me regardait bizarrement.

– Tiens ! ai-je fait, masquant ma panique. Tu es de retour ! Ça fait plusieurs...

Je n'ai pas eu le temps de terminer ma phrase. Daisy s'est ruée sur moi, et il n'y avait rien d'humain dans ses yeux. Mon sang s'est glacé. J'avais déjà croisé ce regard et je savais ce qu'il signifiait.

J'ai levé les mains. En dépit de ma fatigue, mon flux magique a jailli. J'ai agité le poignet en songeant à ma mère et en ciblant l'épaule de Daisy. Je voulais juste la ralentir, pas la blesser. Mais elle a simplement trébuché avant de revenir à la charge.

– Papa ! ai-je crié, tout en sachant qu'il ne pouvait pas m'entendre.

Daisy a avancé ses mains griffues vers moi et je l'ai repoussée d'un éclair lumineux. Elle est tombée sur les genoux et s'est mise à gémir, m'emplissant soudain de remords. Puis, tandis qu'elle se relevait, je me suis rappelé que ce n'était plus Daisy, mais une créature aux prunelles qui luisaient de rage. Ses lèvres ont remué et je n'ai pas pu déchiffrer ce qu'elle disait. Quand j'ai entendu un horrible grincement, je me suis rendu compte que je me tenais sous l'une des statues qui avaient tant épaté Jenna le jour de notre arrivée. Une statue sur le point de m'écraser.

34

En voyant la grande statue en bronze dégringoler sur ma figure, je me suis dit : *Ça, au moins, ça ne peut pas me tuer*. Après tout, seule la pierre noire le pouvait, mais je me demandais quand même si les dons de Cal lui permettraient de recoller tous les morceaux de mon corps.

Les paupières closes, j'ai senti le flux magique me traverser, et une sensation de vent froid autour de moi, comme lors de la nuit passée dans la clairière avec Alice.

Au loin, j'ai entendu le fracas de l'impact de la statue sur le sol de marbre. Je me trouvais derrière Daisy, dans l'escalier, à plusieurs mètres de la catastrophe. Pour la première fois en six mois, j'avais réussi à me téléporter.

Daisy a virevolté. Le vacarme avait attiré l'attention et j'ai soudain entendu des pas précipités.

– Non ! a hurlé quelqu'un.

C'était mon père, debout en haut de l'escalier. Pantelant, il pointait du doigt Daisy.

– Tu n'es plus toi-même, a-t-il déclaré. Et tu peux lutter contre cela. Souviens-toi de ce que je t'ai appris.

Mais il n'y avait pas la moindre lueur de compréhension dans le regard de Daisy. C'était ça, le plus effrayant. Alice avait encore eu l'air d'un être humain malgré sa folie. Les traits déformés par la fureur, Daisy avait tout d'un monstre. Elle a sorti un éclat de pierre noire. La pierre grésillait dans sa main, lui brûlait la peau, et cela ne paraissait pas la gêner. Les prunelles violacées, elle a foncé sur moi, brandissant son arme. Mon père s'est interposé entre nous.

Un cri a retenti, un mot que je n'avais jamais entendu. En fait, je ne sais même pas si c'était un mot, mais le pouvoir qu'il contenait m'a donné l'impression d'avoir le cerveau fendu en deux.

Daisy s'est immobilisée, les yeux écarquillés. Le morceau de cristal noir a glissé de ses doigts, et, l'espace d'un instant, elle m'a rappelé la Daisy que je connaissais. Puis elle s'est effondrée sur les marches avant de dégringoler dans l'escalier jusqu'au palier. Quelque part, dans la demeure, une horloge a sonné onze coups, et j'ai pris conscience, stupéfaite, que seulement quatre minutes s'étaient écoulées depuis que j'avais quitté le bureau de mon père.

Ce dernier s'est précipité vers l'adolescente inerte et a appliqué sa main contre la gorge de celle-ci, juste sous son menton. Près de la statue qui était tombée, Lara reprenait son souffle.

– Qu'est-ce que vous avez fait ? lui ai-je demandé, ma voix semblant très forte dans le silence.

– Un simple maléfice d'entrave, a-t-elle répliqué en

traversant le hall, ses talons claquant sur le sol de marbre.

– Vous mentez, a accusé mon père d'un ton fielleux.

Lara a pâli.

– Pardon ?

Il s'est relevé et lui a jeté un regard hostile.

– Aucun sort d'entrave ne peut arrêter un démon qui a changé de camp.

Mon père paraissait si venimeux que j'en ai frissonné, mais Lara soutenait son regard sans ciller.

– Bien sûr que si puisque je viens d'en faire la démonstration avec succès. Cette fille allait vous tuer, James.

J'ai rejoint mon père.

– Que va-t-il lui arriver maintenant ? ai-je questionné.

Les yeux rivés sur Lara, il a répondu :

– Il va falloir l'enfermer au cachot, je pense.

– Au cachot ? ai-je répété.

– La partie en elle qui correspondait à Daisy a disparu, Sophie, m'a-t-il expliqué d'un air triste. Une fois que la magie a pris le dessus... il n'y a plus moyen de faire machine arrière.

Daisy a gémi et ses paupières ont remué, comme s'il restait encore quelque chose en elle qui avait entendu et compris.

– Quelqu'un doit prévenir Nick, ai-je murmuré.

Mon père a poussé un soupir en desserrant sa cravate.

– Oui, a-t-il dit. Jenna...

J'ai levé les yeux, étonnée de voir Jenna qui se tenait non loin de Lara. Elle avait dû entendre le raffut. Le visage blême, elle s'est avancée vers moi et m'a pris les mains.

– Ça va ?

J'ai hoché la tête, mais des larmes me sont montées aux yeux. J'ignorais si c'était lié au remords ou à l'effroi de Jenna.

– Si cela ne vous ennuie pas, allez chercher Nick et dites-lui de me rejoindre dans la véranda, lui a ordonné mon père.

Elle a acquiescé d'un air étonné et s'est dirigée vers le couloir du fond.

Mon père s'est de nouveau accroupi. Il a dégagé les mèches brunes qui couvraient le front de Daisy en lui chuchotant quelque chose d'inintelligible. Elle a semblé s'assoupir davantage.

– Je vais la faire transporter en bas, a-t-il annoncé. Et, Lara, après mon entretien avec Nick, j'aimerais vous parler. Compris ?

Elle a fait un petit signe d'approbation, mais ses lèvres demeuraient pincées par la colère.

– Entendu.

Quand elle a disparu, je me suis assise sur les marches. Roderick et Kristopher ont fait irruption. Ils ont soulevé Daisy avec précaution et l'ont emmenée dans le mystérieux sous-sol de l'abbaye Thorne. Même si c'était devenu une meurtrière, l'idée de la savoir incarcérée me déprimait. La tête posée sur mes bras croisés, j'ai récapitulé mentalement ce qui s'était passé.

– Papa, ai-je fini par balbutier. C'est à moi qu'elle en voulait. Elle a prononcé mon prénom avant d'attaquer. La téléportation m'avait épuisée et je n'avais plus l'énergie de la combattre. Tu représentais donc sa plus grande menace et pourtant, elle s'en est seulement prise à toi quand tu as voulu me protéger.

Mon père a retiré ses lunettes et frotté l'arête de son nez. Il s'est assis près de moi.

– Je n'ai pas eu de chance avec les Brannick. Mais Andrew Crowley, le sorcier du Lincolnshire auquel j'ai rendu visite, m'a fait part d'informations très utiles. Te souviens-tu du chapitre v dans *Démonologies* ? C'est celui qui traite du contrôle des démons ?

– Euh... non.

Il a pris un air agacé.

– Je t'ai donné ce livre à lire pour une raison, Sophie.

– Je suis désolée, mais c'est un ouvrage long et rasoir. Peux-tu simplement m'expliquer ce que j'aurais dû apprendre dans ce chapitre ?

– Il existe des légendes de sorcières et de sorciers qui avaient le pouvoir, sous l'Antiquité, d'invoquer les démons et de les manipuler.

– Comme ce que le clan d'Elodie cherchait à faire avec Alice.

Mon père a secoué la tête.

– Non, ce clan tentait d'invoquer un démon et de le retenir. C'est différent. Si leur rituel avait fonctionné, elles auraient été capables de se servir d'Alice jusqu'à un certain point, mais pas de la contrôler. Elle aurait conservé son libre arbitre. Néanmoins, a-t-il repris avec prudence tout en m'observant, selon les recherches de M. Crowley, pour pouvoir véritablement contrôler un démon, il faut être son créateur – celui ou celle qui a accompli le rituel de possession.

– Ce mot, ou plutôt ce son, émis par Lara a arrêté net Daisy.

– Oui, a-t-il répondu dans un souffle tremblant.

Tout commençait à s'éclaircir, mais cela contribuait seulement à accroître mon anxiété.

– Donc, c'est elle. C'est elle qui a créé Nick et Daisy. Elle sait que je suis allée à Graymalkin, papa. J'ignore comment, mais elle le sait. Et elle a lâché Daisy sur moi à cause de cela. Elle l'a rappelée à l'ordre uniquement parce qu'elle était sur le point de t'agresser.

La douce et chaleureuse Lara. Avec Jenna, nous l'avions surnommée Bizarro Casnoff, en référence à *Bizarro World*, le monde des clones ratés de Superman et autres héros de bande dessinée. Et elle venait de tenter de m'assassiner.

– Alors qu'est-ce qui va se passer, maintenant ? Tu vas procéder à une arrestation magique ?

– Je ne peux pas, a-t-il déclaré.

Je l'ai regardé avec stupéfaction. C'était la dernière réponse à laquelle je m'attendais.

– Elle a essayé de m'éliminer, papa. Sans parler du fait qu'elle élève des démons afin de pouvoir se servir d'eux comme d'une arme.

– Tu ne comprends pas, a-t-il murmuré d'une voix lasse. Lara, Anastasia et moi sommes liés par un serment du sang. Si je les fais enfermer dans un donjon sans preuve, cela risque de ressembler à un jeu de pouvoir politique.

– Tu as une preuve. Cet endroit à Graymalkin. Crois-moi, n'importe qui peut se rendre compte que cette fosse contient des trucs très glauques.

– Ce n'est pas suffisant. Et c'est Anastasia qui contrôle tout ce qui se passe là-bas. Elle peut facilement trouver une excuse plausible.

Frustrée, j'ai secoué la tête.

– Mais Daisy et Nick...

– Daisy est plongée dans un état d'inconscience et Nick n'a aucun souvenir de son passé. Ils ne sont pas en mesure de nous aider.

J'ai bondi et l'ai aussitôt regretté. Le stress me donnait le vertige. Agrippée à la rambarde de l'escalier, j'ai demandé :

– Donc, tu ne vas rien faire ?

Mon père s'est levé aussi.

– Sophie, je t'ai un jour expliqué qu'il fallait être capable de sacrifier beaucoup de choses pour occuper la fonction de président du Conseil. Cette femme m'a menti, a détruit une adolescente pour pouvoir accomplir ses propres objectifs et vient d'essayer d'assassiner ma fille. Crois-moi, j'aimerais vraiment la chasser de ce monde. Mais sans preuve concrète, c'est impossible.

Je savais hélas qu'il avait raison.

Il m'a pris la main.

– Nous irons au fin fond de cette affaire, je te le promets, a-t-il repris. Lara, Anastasia et quiconque y aura pris part sera puni.

– Merci, papa.

Je voulais attendre l'arrivée de Nick, ne serait-ce que pour apporter un soutien moral à mon père, mais il m'a dit de regagner ma chambre.

– Tu tiens à peine debout, a-t-il fait remarquer en m'accompagnant jusqu'à l'escalier situé au fond du hall. Je pourrais demander à Cal de…

– Non, ai-je coupé. J'ai besoin d'être seule.

Il a acquiescé.

– Très bien. Va te reposer.

Je n'avais jamais reçu d'instruction aussi simple. J'allais m'éloigner quand il a ajouté :

– Et je vais téléphoner tout de suite à ta mère.

Inutile de discuter. Je savais reconnaître un air déterminé quand j'en croisais un. Ma mère sauterait dans le premier avion et me ramènerait… où, au juste ? Certainement pas à Hex Hall.

Ces pensées me fatiguant davantage, je me suis traînée jusqu'à ma chambre où j'ai sans doute pris la douche la plus longue et la plus bouillante du monde. Il aurait fallu davantage d'eau chaude pour laver la tristesse et la crainte menaçant de me submerger, mais cela a quand même aidé. Par ailleurs, ayant rendez-vous avec Archer, je voulais me nettoyer de tout cela.

En ouvrant la porte de la cabine, je me sentais donc un peu mieux. Puis j'ai vu Elodie dans la salle de bains.

Elle avait l'air moins éthérée que la dernière fois et dardait sur moi des yeux épouvantés. Ses lèvres remuaient à toute vitesse, m'empêchant de déchiffrer le moindre mot.

– Je sais, ai-je marmonné en enfilant un peignoir. Je devrais probablement faire de la gym plus souvent, mais franchement, si tu as l'intention de me hanter, nous devons poser des limites.

Elle a levé les bras et s'est élevée plus haut dans les airs. En observant son expression furieuse mêlée d'anxiété, je me suis dit que ce qu'elle essayait de me signaler devait être plus grave qu'une histoire de cinq kilos en trop.

Soudain, quelqu'un a toqué à ma porte. J'ai sursaute tandis que la tête d'Elodie pivotait vers le bruit. J'ai pointé un doigt sur elle.

– Reste ici, ai-je chuchoté.

Elle m'a chassée d'un geste de la main. Charmant.

C'était Lara Casnoff qui frappait.

– Avez-vous vu Nick ? a-t-elle demandé, l'air aussi angoissé qu'Elodie.

Un frisson m'a parcourue.

– Non, pourquoi ?

Elle a fait tourner une de ses bagues.

– Nous ne l'avons toujours pas retrouvé. Et après tout ce qui s'est passé avec Daisy, c'est très préoccupant.

Du coin de l'œil, je pouvais voir Elodie flotter dans les airs à l'extérieur de la salle de bains et agiter ses bras spectraux.

– Si je l'aperçois, je vous préviendrai, ai-je répondu en lui refermant délicatement la porte au nez.

Puis j'ai pivoté vers Elodie.

– Qu'est-ce qu'il y a ? ai-je murmuré.

Elle est retournée dans la salle de bains en me faisant signe de la suivre. Mais quand j'y suis entrée, elle avait disparu.

– Super, ai-je maugréé. Même morte, tu continues à me faire...

Des lettres sont apparues lentement sur le miroir embué.

ARCHER.

Deux autres mots se sont formés et la panique m'a gagnée.

MOULIN. NICK.

– Mon Dieu, ai-je chuchoté.

FONCE.

35

Je me suis précipitée dans la chambre avant de prendre conscience que quelqu'un allait certainement me demander où j'allais en me voyant quitter la demeure affublée d'un peignoir. Affolée, j'ai senti le flux magique grimper en moi depuis mes pieds.

Le sort de téléportation. Je n'avais jamais été capable de parcourir plus de trente mètres de distance et le moulin se trouvait presque à un kilomètre de là. Quoi qu'il en soit, il fallait tenter le coup.

J'ai fermé les yeux, inspirant profondément, essayant de me calmer. Il s'est probablement écoulé uniquement cinq secondes avant que je ne sente un vent glacial m'envelopper et l'écoulement de mon sang ralentir à l'intérieur de mes veines, mais cela m'a semblé une éternité.

J'avais presque peur de rouvrir les yeux lorsque le froid m'a quittée. Néanmoins, lorsque je l'ai fait, le moulin se dressait devant moi. Mon soulagement s'est estompé dès que j'y suis entrée. Je pouvais encore déceler la charge résiduelle de magie dans l'air. De magie noire.

– Archer ? ai-je appelé, le cœur battant si fort que je craignais de ne plus rien entendre d'autre.

– Mercer, m'a répondu une voix ténue.

Un sanglot dans la gorge, je me suis ruée vers le fond du moulin. Archer gisait sur le dos, les mains sur la poitrine. Il semblait avoir été aspergé d'encre noire. Mais la substance qui le recouvrait et formait une large flaque sous son corps n'était hélas ni de l'encre, ni de la peinture, ni autre chose suggéré par mon imagination désespérée. La légère odeur métallique qui me parvenait me rappelait les repas d'hémoglobine de Jenna.

Agenouillée, j'ai caressé sa joue. Sa peau était fraîche et moite.

– Voilà... ce que j'ai gagné... pour être arrivé en avance, a-t-il murmuré dans un souffle, s'efforçant de me sourire.

– Je t'en prie, évite de plaisanter et de saigner en même temps.

Avec précaution, j'ai décollé ses mains de sa poitrine. Il faisait trop sombre pour distinguer ses blessures, ce qui était sans doute mieux. Néanmoins, le sang épais qui imprégnait sa chemise rendait celle-ci brillante.

– C'est ce garçon, a-t-il balbutié. Surgi de nulle part. Je crois qu'il avait... des griffes.

En songeant à la sauvagerie de Nick, la même que celle de Daisy, j'ai eu la nausée. J'ai inspiré par le nez jusqu'à ce que ça passe.

– Tu vas t'en sortir, ai-je déclaré d'une voix chevrotante. À mon avis, ce n'est pas si grave que ça et tu fais tout un cinéma pour rien, comme d'habitude.

Mon flux magique s'agitait en moi comme une mer démontée et je n'arrivais plus à me concentrer. J'ai touché son front en essayant de lui transférer mes pouvoirs et de refermer ses entailles.

L'hémorragie a ralenti un peu, mais ce n'était pas suffisant. Et il avait déjà perdu beaucoup de sang. Assise sur mes talons, j'ai retenu un cri de frustration. À quoi bon posséder les pouvoirs des dieux si cela ne servait pas à guérir les gens qu'on aimait ?

Frissonnant, Archer m'a saisi la main.

– Cause perdue, Mercer.

– Ne dis pas ça ! ai-je crié.

Il a secoué la tête. Il claquait des dents.

– Tôt ou tard, ça devait arriver, a-t-il quand même réussi à murmurer. J'aurais préféré que... ça soit plus tard.

J'ai renoncé à le convaincre que tout allait s'arranger. Même dans la pénombre, je pouvais distinguer son teint livide et ses yeux terrifiés. Il était mourant et nous le savions tous deux. Je n'étais pas en mesure de le sauver.

Quelqu'un d'autre le pouvait.

– Cross, ai-je chuchoté à son oreille. S'il te plaît, accroche-toi à la vie. Tu m'as promis de m'embrasser dans un château, tu dois honorer ta promesse.

En essayant de rire, il a émis un affreux gargouillement. Pour éviter de pleurer, j'ai pressé le dos de ma main libre contre mes lèvres et me suis relevée.

Ses doigts ont tenté d'attraper le bas de mon peignoir.

– Ne me laisse pas, a-t-il murmuré.

Même si ça me déchirait, j'ai reculé.

– Je reviens tout de suite, c'est juré.

Et s'il mourait avant mon retour ? Chassant cette pensée, j'ai fermé les yeux et me suis volatilisée.

J'ai réapparu dans le couloir qui desservait ma chambre et me suis ruée vers celle de Cal. Il m'a ouvert la porte d'un air ensommeillé. Il paraissait agréablement surpris de me voir et c'était sans doute ça le pire.

Dès qu'il a remarqué que j'étais maculée de sang, son sourire s'est effacé.

– Sophie, qu'est-ce qui s'est passé ?

– Ce n'est pas mon sang. Quelqu'un est gravement blessé. Rejoins-moi au moulin le plus vite possible. N'en parle à personne.

Il a froncé les sourcils. Sans lui laisser le temps de me questionner, je me suis téléportée jusqu'au moulin.

J'ignorais si c'était lié aux séances d'entraînement avec mon père, mais ce sort ne me demandait plus le moindre effort. Quand je me suis approchée d'Archer, à mon grand soulagement, il respirait encore, et ses paupières étaient closes.

– Tu vois, je t'avais dit que je reviendrais.

J'essayais d'avoir un ton rassurant afin de ne pas lui communiquer ma peur. Il a saisi ma main et a pressé ma paume contre ses lèvres. J'ai pris son autre poignet pour sentir son pouls, et je me suis concentrée sur les battements réguliers de son cœur jusqu'à ce que la voix de Cal retentisse.

– Sophie ?

– Par ici !

Je l'ai entendu enjamber les blocs de pierre éparpillés et les poutres tombées au sol. Quand il a franchi la porte, j'étais tellement heureuse que je ne savais plus si je m'adressais à lui ou à Dieu en le remerciant.

– Que s'est-il passé ? a-t-il demandé en avançant vers moi.

Puis il a vu Archer.

Après un instant de stupéfaction, une colère froide a durci ses traits.

– Cal, ai-je gémi.

– Éloigne-toi, a-t-il ordonné sèchement.

Je lui ai cédé ma place et me suis assise de l'autre côté d'Archer. Sans la moindre douceur, il a saisi le bras de ce dernier. J'ai soudain eu un horrible doute au sujet de la bienveillance de Cal. Celui-ci s'est effacé lorsque des étincelles argentées ont commencé à courir le long de la peau d'Archer.

Installée sur le sol d'un moulin du XVIIIe siècle, j'ai donc observé mon fiancé guérir le garçon que j'aimais.

– Je vais pouvoir écrire une sacrée composition sur mes vacances en rentrant à Hex Hall, ai-je marmonné.

Puis, la tête posée sur mes genoux, je me suis demandé si je devais éclater en sanglots ou rire comme une hystérique.

Après quelques minutes, Cal a annoncé :

– C'est bon.

Quand j'ai levé le nez, la flaque de sang avait disparu et Archer, bien qu'à demi évanoui, respirait lentement. Je me suis relevée et j'ai posé ma main sur le bras de Cal.

– Merci beaucoup.

Il m'a repoussée et s'est détourné. Il avait les épaules crispées et les poings serrés.

– Je suis désolée, ai-je ajouté.

– Ne le sois pas. Je savais que tu pouvais être naïve, mais ta bêtise m'étonne. C'est un membre de L'Œil, Sophie. Un tueur de Prodigium. Comment se fait-il que tu ne comprennes pas cela ?

J'ai cligné des yeux en silence.

– Et celui-ci est pire que les autres, a repris Cal. Parce que techniquement, il est l'un des nôtres. C'est un traître à sa propre race, et tu continues à lui ouvrir la porte et à repousser tous les autres.

Il m'a regardée et j'ai frémi. Cal savait si bien dissimuler ses émotions que je n'avais jamais pris conscience de... Comment avais-je pu être aussi bête ?

– Je suis désolée, ai-je répété. Je ne voulais pas te faire de mal.

Il a changé d'expression.

– Ce n'est pas uniquement moi que ça concerne. Un jour, tu dirigeras le Conseil. Les Prodigium doivent pouvoir te faire confiance, et cela ne risque pas d'arriver si un membre de L'Œil se trouve dans ton lit.

Un mélange de colère et d'embarras m'a gagnée.

– Très bien. Tout d'abord, personne n'est dans mon lit. Ensuite, Archer m'a sauvé la vie plus d'une fois. Il n'est pas comme tu penses.

Cal a secoué la tête d'un air réprobateur.

– Je t'en prie, Sophie. Tu ne comprends pas ? Archer est l'arme ultime de *L'Occhio di Dio*. Il a espionné Hex Hall pour eux durant des années, pourquoi aurait-il arrêté ? Il a probablement été chargé d'une nouvelle mission : obtenir des renseignements sur le Conseil en partageant ton intimité.

– En fait, je comptais seulement me servir de son corps, mais c'est une bonne idée aussi.

C'était la voix d'Archer, qui se tenait adossé contre le mur du fond. Hormis sa pâleur, rien n'attestait qu'il venait de réchapper à la mort quelques minutes plus tôt.

– Donc, si tu es convaincu que je suis un espion, pourquoi m'as-tu soigné ? a-t-il lancé, grimaçant, en se relevant. Tu aurais pu me laisser mourir et t'épargner ainsi des ennuis.

– Je l'ai fait pour elle, a répondu Cal.

Le sourire suffisant d'Archer s'est effacé.

– D'accord. Merci.

L'un soutenait le regard de l'autre et, tout en espérant comme une gamine de onze ans que deux beaux garçons allaient se battre pour moi, la rationalité de mes dix-sept ans me rappelait qu'Archer devait filer d'ici, et vite.

– Écoute, on pourra en reparler plus tard, ai-je dit en marchant vers lui.

Il a saisi ma main. Cal a observé ce geste en maugréant :

– Je rentre.

Mais quand il s'est retourné, l'entrée était bloquée.

L'air sinistre, mon père, Lara et trois autres membres du Conseil avaient les yeux rivés sur nous.

36

Après cet épisode, mes souvenirs sont un peu flous. Je me rappelle Kristopher désarmant Archer avant de lui lier les poings derrière le dos avec une corde noire. Je me souviens de Lara agrippant Cal par le bras en lui hurlant quelque chose tandis que Roderick, bras croisés, ses ailes noires battant, me contemplait, tel un ange de la mort.

Mais à ce moment-là, je me souvenais surtout de mon père, planté là, affichant une expression totalement indéchiffrable. Et quand j'ai essayé de lui parler, il a levé la main :

– N'essaie même pas de te justifier, Sophia.

Le retour à la maison m'a paru interminable. Je n'étais pas sûre de ce qui me tourmentait le plus – ce qu'ils allaient faire à Archer ou le fait que mon père risquait de ne jamais me pardonner. Devant moi, il parlait à voix basse à Lara, et je m'efforçais de prendre conscience de la situation catastrophique dans laquelle je m'étais mise. Je m'étais fait surprendre en compagnie d'un des pires ennemis des Prodigium et la punition allait être plus sévère que rédiger une composition sur un sujet obscur.

L'abbaye Thorne était plongée dans l'obscurité et le silence. Quand nous sommes arrivés au fond du hall principal, mon père a déclaré :

– Le Conseil se réunira en urgence demain matin. Sophie, Cal, restez dans vos chambres respectives jusqu'à ce qu'on vienne vous chercher. Kristopher, veuillez conduire M. Cross au cachot.

J'ai regardé Archer tandis que Kristopher l'emmenait. Ses lèvres disaient : « Ça va », mais ça n'allait pas. Ça n'irait jamais.

Après son départ, j'ai rejoint mon père. Il évitait mon regard et manifestait la même rigidité que Cal quand il avait découvert Archer.

– Je n'ose même pas dire que je suis désolée, ai-je commencé.

– Tant que ta déposition ne sera pas terminée, je ne pourrai pas te parler. Tu rendras compte à ton geôlier jusqu'à demain matin.

Les larmes me sont montées aux yeux.

– Papa !

– Disparais ! a-t-il crié.

Et j'ai mis ma main devant ma bouche pour réprimer un sanglot.

Il est parti sans même me jeter un regard.

– Viens, a dit Cal. Tu ne peux rien faire pour l'instant.

– Tu leur as raconté ? C'est pour ça qu'ils sont venus au moulin ?

– Non. J'ignore pourquoi ils ont débarqué à ce moment-là. À moins que ça ne soit lié aux recherches qu'ils ont faites en se servant de moi. Ils ont peut-être réussi à me localiser par mon flux magique. Qui sait ?

Je voulais rattraper mon père, mais j'ai suivi Cal jusqu'à l'escalier qui menait à nos chambres. L'épais tapis étouffait le bruit de nos pas et la lumière faible provenant des appliques faisaient trembloter nos ombres sur les murs. Je pouvais sentir le regard accusateur de tous les personnages des tableaux que je dépassais. Tous ces Prodigium inconnus, pourchassés à travers les siècles par L'Œil, et les Brannick, et Dieu sait qui d'autre.

« J'avais une bonne raison d'agir ainsi », avais-je envie de dire aux visages peints. Mais je ne pense pas qu'ils m'auraient crue.

– À ton avis, qu'est-ce qu'ils vont nous faire ? ai-je demandé à Cal, glacée d'effroi.

– Ce ne sera pas aussi grave que tu ne l'imagines, a-t-il répliqué sans conviction. Tu es la fille de James, tu as de la valeur pour eux. Ils ne vont pas te jeter aux loups pour une affaire comme celle-ci.

Je me suis demandé si à propos des loups, c'était au sens littéral. Je préférais ne pas savoir.

Ils vont peut-être te condamner à rester un an de plus à Hex Hall, mais ce ne sera rien de plus méchant, a-t-il poursuivi. Avec moi...

– Tu m'as simplement aidée, voilà ce que tu leur diras, ai-je coupé, me dirigeant vers nos chambres. Tu leur expliqueras que tu remplissais ton devoir de fiancé. Ils feront preuve d'indulgence envers toi.

Nous nous sommes arrêtés devant sa porte et il m'a dévisagée d'un air impassible.

– Peut-être. Contrairement à ce que tu penses, il est peu probable qu'ils éliminent Archer Cross. Il a autant de valeur pour L'Œil que toi pour le Conseil. C'est donc un otage précieux et ils le savent.

J'ai contenu de nouvelles larmes. Si je me remettais à pleurer, j'allais probablement me transformer en coquille desséchée.

– Alors qu'est-ce qu'on fait ? On rentre se coucher en faisant semblant que tout ira bien ? Que Nick n'est pas déchaîné et en possession d'une magie noire très puissante ? Pour ma part, je n'y arriverai pas.

– Si, comme ça, a-t-il répondu en pressant sa paume contre ma joue.

Aussitôt, un anesthésiant agréable m'a traversée depuis le sommet du crâne jusqu'aux orteils.

– Tu détiens les meilleurs pouvoirs qui soient, ai-je murmuré en m'assoupissant.

– Va te coucher, Sophie, a déclaré Cal en retirant sa main. Une longue journée nous attend, demain.

Mais celle d'aujourd'hui n'était pas terminée. En me dirigeant vers ma chambre, j'ai aperçu Jenna, furieuse et blessée, qui se tenait devant ma porte.

– J'étais descendue chercher de l'hémoglobine, a-t-elle commencé. Je les ai vus arriver avec toi. Et Archer.

Le sortilège de Cal m'avait ramolli l'esprit, m'empêchant de réfléchir.

– Archer m'aidait.

– Il t'aidait ? s'est-elle exclamée. Sophie, c'est l'un d'eux.

– Je sais, ai-je dit, irritée. Je sais. Tu n'es pas la première à me dire ça ce soir. Et je t'en prie, Cal m'en veut, mon père me hait... ne les imite pas.

Deux larmes ont jailli de mes yeux, éclaboussant le dos de ma main. La pierre de sang de son amulette a rougi sous la lumière des appliques, et après un long, très long moment, Jenna a couvert ma main de la sienne.

– D'accord, a-t-elle reniflé. Mais demain, tu me diras tout.

– Tout, ai-je assuré, sentant mes prunelles picoter.

Quand Jenna m'a étreinte, j'ai failli exploser en sanglots.

– Tu es une amie trop bien pour moi, ai-je murmuré contre son épaule.

Elle m'a serrée plus fort contre elle.

– Je sais.

J'ai ri à travers mes larmes, le cœur un peu plus léger.

De bonne heure, le lendemain matin, j'ai entendu toquer à la porte. L'effet du sortilège de Cal s'était évaporé et mon sentiment d'angoisse avait ressurgi. En moins de vingt-quatre heures, ma vie avait été mise sens dessus dessous. Nick et Daisy étaient devenus enragés, Archer était prisonnier du Conseil, et la relation fragile que j'avais commencé à construire avec mon père, réduite en poussière. Autant de dégâts en si peu de temps laissaient perplexe.

Ou peut-être les malheurs étaient-ils regroupés, permettant ainsi de consacrer les quatre-vingts prochaines années à jouer aux dés et à recueillir différents chats.

J'ai entendu quelqu'un toquer de nouveau et pris conscience que c'était à la porte de Cal et non à la mienne. Je me suis rencognée dans mon oreiller. Étais-je la prochaine sur la liste ? Ou allaient-ils passer chercher Archer avant moi ? À moins qu'ils ne l'aient déjà emmené.

Je me suis levée et j'ai fait ma toilette. J'ai ramassé mes vêtements de la veille qui gisaient empilés au sol et les ai jetés dans la poubelle en cuivre sous mon lavabo. Ce n'était pas la première fois que mes vêtements étaient tachés de sang, mais j'espérais de tout cœur que c'était la dernière.

Quand ils sont venus, j'étais perchée au bord de mon lit, vêtue du fourreau noir de Lysander. En ouvrant la porte, je suis tombée sur Kristopher.

– Sophie, ils t'attendent, m'a-t-il annoncé.

Ma bouche s'est desséchée. Nous avons descendu l'escalier, mais au lieu de tourner à droite, en direction des bureaux du Conseil, Kristopher a pris à gauche, vers un endroit de l'abbaye Thorne que je ne connaissais pas. Nous sommes entrés dans un hall dépourvu du marbre et des dorures qui décoraient le reste de la demeure. Ici, on pouvait voir des panneaux lambrissés et des cages en fer forgé entourant des ampoules électriques. Finalement, nous nous sommes arrêtés devant une porte abîmée.

La salle du tribunal ne ressemblait à aucune autre de Thorne. Elle était relativement petite, sans fenêtres, éclairée par un lourd chandelier en métal hérissé de bougies dégoulinantes de cire. Une odeur d'humidité et de moisi planait dans l'air, et des marques maculaient le vieux parquet. Je ne voulais pas savoir d'où celles-ci provenaient.

Une longue table occupait presque toute la largeur de la salle. Autour, dans des chaises à haut dossier, se tenaient les membres du Conseil. J'ai d'abord vu Lara, puis Mme Casnoff, assise à côté d'elle. J'ignorais qu'elle était de retour à Thorne. Puis j'ai pris conscience que mon père ne siégeait pas parmi eux. Lara a levé le nez et m'a fait signe d'avancer. Devant la table se trouvait un banc de bois aussi sombre que le reste de la pièce, laquelle évoquait un grand cercueil de chêne.

Sur le banc, les poignets toujours liés, les habits déchirés et maculés de sang séché, Archer m'a grimacé un sourire tandis que je m'installais à côté de lui. J'avais envie de le toucher mais cela ne risquait pas d'arranger les choses. Mon flux magique m'a envahie et je me suis figuré le libérant sur les cinq personnages sinistres trônant autour de la table.

J'aurais pu. Je possédais plus de puissance que la leur réunie. Et ensuite ? J'aurais anéanti le travail de mon père et passerais le reste de ma vie à me cacher. Ce que le Conseil me réservait ne pouvait pas être si terrible que ça.

– Sophia, a dit Lara tandis que Kristopher s'installait à côté d'elle. Comme vous pouvez le remarquer, votre père n'est pas parmi nous. Nous avons décidé, avec son accord, qu'il manquerait d'objectivité pour vous juger.

Contre le mur du fond, j'ai distingué mon père dans la pénombre. Il avait les bras croisés et je ne pouvais pas voir son visage. Que leur avait-il confié au sujet d'Archer ?

– Le Conseil requiert la présence de cinq membres à tous les procès, a repris Lara d'une voix étrangement faible. Anastasia a donc accepté de le remplacer. Archer Cross, reconnaissez-vous avoir infiltré Hex Hall en tant que membre de *L'Occhio di Dio* ?

Comme je regrettais de ne pas avoir des dons de télépathe. *Je t'en supplie, ne sois pas arrogant, ne sois pas arrogant*, ai-je pensé. Soit ça a marché, soit Archer était plus raisonnable que je ne le croyais.

– Je le reconnais, a-t-il répondu.

Un soupir de soulagement a traversé les cinq Prodigium installés devant nous. Puis leur regard s'est braqué sur moi.

– Sophia Mercer, reconnaissez-vous vous être introduite dans une zone interdite de Graymalkin et avoir comploté avec un membre de *L'Occhio di Dio* pour pouvoir le faire ?

Des centaines d'arguments ont bondi sur le bout de ma langue, le principal étant que je m'y étais rendue parce que les sœurs Casnoff y trafiquaient des choses pas très nettes. Mais je les ai ravalés. Je voulais en finir au plus vite avec ce procès.

– Je le reconnais, ai-je dit.

Lara a hoché la tête d'un air soulagé. Elle a gribouillé quelque chose sur un morceau de parchemin. Sans lever les yeux, elle a déclaré :

– Monsieur Cross, puisque vous avez reconnu les faits qui vous sont reprochés, le Conseil va se prononcer.

Mon cœur a ralenti et j'ai soudain eu très froid.

– Vous serez exécuté demain à l'aube à l'abbaye Thorne.

C'était comme si mes poumons se vidaient d'un coup. J'ai eu l'impression que la pièce se mettait à vibrer, mais ce n'était pas la pièce. C'était moi qui tremblais. Demain. À l'aube. Dans moins de vingt-quatre heures. Dans moins d'un jour, Archer serait tué. Un cri silencieux me déchirait le cœur et l'esprit.

En mon for intérieur, mon flux magique s'agitait violemment comme la veille, lorsque j'avais eu peur qu'Archer ne s'en aille. Je ne sais pas si j'étais en mesure de faire appel à un souvenir qui m'empêcherait de réduire cet endroit en miettes.

– Quant à vous, Sophia, a continué Lara, attirant mon attention, votre cas est entièrement différent.

J'avais été tellement préoccupée par le sort d'Archer que j'en avais oublié le mien.

Lara a froncé les sourcils.

– Les faits qui vous sont reprochés font hélas partie d'une longue liste d'accusations à votre encontre. Il y a eu ce problème à Hécate durant l'automne. Il y a quelques semaines, vous avez blessé plusieurs Prodigium au

Shelley's. Vous avez été capable, à l'aide d'une seule main, d'ouvrir le meuble en verre qui renfermait le grimoire de Virginia Thorne.

J'ai secoué la tête. Comment le savait-elle ? Je voulais jeter un œil sur mon père, mais j'étais pendue aux lèvres de Lara.

– Et le plus préoccupant, sans doute, c'est la puissance de votre don de nécromancie, a-t-elle repris d'un ton calme. Dans ce domaine, vous dépassez tous les Prodigium.

– Vous faites allusion aux goules ? ai-je questionné. Parce que même si j'ai pu les contrôler, cela m'a pris toute mon énergie.

Les mains croisées sur la table, Mme Casnoff s'est exprimée pour la première fois.

– Pas les goules, Sophie. Nous parlons d'Elodie Parris.

37

Vous m'avez dit qu'elle avait essayé d'entrer en contact avec vous à Hécate, a-t-elle assené. Est-ce la vérité ?

Je sentais le poids des regards, même celui d'Archer. J'ai acquiescé. Mme Casnoff s'est penchée en avant.

– A-t-elle également essayé de le faire ici ?

En silence, j'ai recroquevillé mes doigts glacés sur mes genoux. Cela n'a pas empêché Mme Casnoff d'opiner du chef comme si j'avais répondu.

– Aucun fantôme n'a jamais communiqué avec un Prodigium, ni suivi personne à travers l'océan Atlantique. En principe, Elodie devrait hanter Hex Hall, et non venir vous hanter, a-t-elle insisté en secouant la tête d'un air incrédule. Il est possible que ça soit lié au fait qu'elle vous ait transmis ses pouvoirs en mourant, mais je ne connais pas de précédent pour ce genre de cas. Si nous ajoutons cela aux pouvoirs que vous possédez déjà, et à votre patrimoine génétique, cela ne nous laisse guère le choix, je le crains.

Je nageais en pleine confusion. Je recevais trop

d'informations à la fois. Sans comprendre comment, j'avais lié Elodie à moi, et en dépit des efforts que j'avais faits cet été pour n'effrayer personne, le Conseil me craignait toujours.

Mme Casnoff a baissé les yeux et Lara a de nouveau écrit quelque chose sur son parchemin avant de déclarer :

– Nous vous condamnons à subir le Rituel.

Puis, à l'unisson, le Conseil a murmuré une phrase dans une langue inconnue. Sa charge magique a soufflé à travers mes mèches tandis que je restais collée au banc. La paume chaude d'Archer s'est posée sur ma main, et cela m'a rappelé notre premier contact physique, à Hex Hall, le soir de la réunion. Du fond de la pièce, mon père disait quelque chose d'un ton coupant. Désespérée, j'avais envie d'éclater de rire. J'allais enfin obtenir ce que j'avais demandé en venant ici.

Mon père se tenait près de moi, à présent, et m'agrippait l'épaule.

– Sophie s'est rendue à Graymalkin accompagnée d'Archer en agissant sur mes ordres, a-t-il déclaré, et je lui ai aussitôt pris la main.

– Papa, non !

Il m'a ignorée. Les yeux rivés sur Casnoff, il a poursuivi :

– J'avais soupçonné que vous étiez celle qui avait élevé Daisy et Nick, et j'ai envoyé Sophie et Archer pour enquêter. Si quelqu'un doit subir le Rituel, c'est moi. Vous avez toujours nourri l'ambition de diriger le Conseil, a-t-il ajouté en s'adressant à Lara. Je vous cède la place.

Il a prononcé une phrase dans la langue inconnue qu'ils avaient murmurée plus tôt, et les flammes des bougies ont failli s'éteindre.

Mon père a perdu un peu de son aplomb.

– Laissez-la simplement aller rejoindre sa mère saine et sauve, a-t-il dit à Lara.

– Noble sacrifice, James, a répliqué Lara. Bien qu'inutile et prévisible.

Kristopher, Roderick et Elizabeth observaient mon père d'un air mêlé de pitié et de dédain. Le mauvais pressentiment qui me taraudait depuis plus d'un mois était devenu réalité.

– Vous nous avez beaucoup déçus. Tous les deux.

Les gens se taisaient, mais Lara n'avait pas besoin d'encouragements pour continuer.

– Lorsque mon père et Virginia Thorne ont transformé Alice en démon, ils pensaient avoir créé l'arme parfaite – un être détenant un pouvoir dépassant leur imagination et sous leur contrôle absolu. À la place, ils se sont retrouvés avec une fille hystérique et folle qu'il fallait faire piquer comme un chien. Bien sûr, père entretenait de grands espoirs concernant Lucy, mais cette dernière refusait de se mettre au service du Conseil. Le Conseil a donc attendu que vous soyez suffisamment grand, James, pour disposer de vos parents.

Je n'ai pas tout de suite compris ce que cela signifiait. Alexei Casnoff avait été le concepteur d'Alice, cela lui avait donc permis de manipuler le reste de la lignée. Il avait conduit Alice à tuer son mari. Mon grand-père.

Ensuite, Alexei avait éliminé Alice. Le sang battait à mes tempes, et j'entendais moins bien ce que Lara disait, à présent.

– Père savait qu'employer des démons pour combattre L'Œil était une excellente stratégie, James. Il n'a hélas pas su comment maîtriser votre grand-mère et votre mère, et pensait qu'il aurait plus de chances avec vous.

Mon père a pâli davantage. J'étais furieuse et je guettais la montée de mon flux magique. Mais c'était comme si mes pouvoirs étaient enfermés dans une boîte en verre. Je pouvais les sentir, mais pas y avoir accès.

– Inutile de vous énerver, m'a dit Roderick. Dès que le verdict est tombé avec la condamnation au Rituel, vos pouvoirs ont été emprisonnés. Ceux de votre père aussi, grâce au sortilège des liens. Un sortilège très pratique. Autrement, un sorcier ou une sorcière pourrait tenter d'échapper au Rituel.

Près de moi, Archer s'est redressé et j'ai aperçu des étincelles bleues au bout de ses doigts. J'ai croisé son regard et secoué la tête. Archer savait se battre, mais ce n'était pas le plus puissant des sorciers. S'il tentait quelque chose maintenant, il risquait de finir en forme de tache sur le parquet.

Lara regardait mon père.

– Alexei Casnoff était intelligent, a-t-elle repris. Il a conservé le rituel employé pour élever Alice, au cas où vous ne répondriez pas à nos attentes. Et en effet, ni vous ni votre fille n'y avez répondu. Mais nous avons d'autres êtres à notre disposition.

Mon père a laissé échapper un ricanement.

– Qui ? Nick et Daisy ? Ils sont trop sauvages pour qu'on puisse les maîtriser.

– Non, est intervenue Mme Casnoff. Nick et Daisy sont simplement ceux que vous connaissez. Vous ne vous seriez jamais montré suffisamment virulent contre nos ennemis, James. Vous avez sans doute vos raisons, mais nous n'avons pas les moyens de rester vulnérables face à L'Œil.

– C'est de la folie, a dit mon père d'une voix tremblante. Vous venez de donner à L'Œil, aux Brannick et à ceux qui veulent nous exterminer une bonne raison de le faire.

Mme Casnoff a pris un air choqué.

– Ils nous ont infiltrés, James, a souligné Lara. Nous avons besoin des meilleures armes possibles pour nous défendre.

Pourtant, elle avait tort. Élever des démons serait interprété comme un acte guerrier, cela ne faisait aucun doute. En songeant à tout le mal accompli par cette famille, le désespoir m'a gagnée. Alexei Casnoff avait détruit Alice, Lucy, mon grand-père... et à présent, ses filles voulaient se débarrasser de mon père et de moi. Lara a fait un signe de tête aux deux gardes vampires qui attendaient dans la pénombre, au fond du tribunal. Ils se sont emparés de mon père.

– Non ! ai-je crié, tandis qu'ils l'entraînaient vers la porte.

– Ça va aller, m'a-t-il lancé en me regardant – mais la peur se lisait dans ses yeux.

J'ai réfléchi à quelque chose à lui dire, n'importe quoi, au cas où je ne le reverrais jamais. La panique me pétrifiait.

– Papa... ai-je simplement murmuré.

Puis il a disparu et la porte a claqué en résonnant à l'intérieur de la pièce sombre.

38

On nous a conduits, Archer et moi, au cachot évoqué par mon père. Les cellules ne ressemblaient pas à ce que j'avais imaginé. En fait, il s'agissait de caves fermées par une grille. Nous occupions l'une des plus grandes, aux murs de pierre claire tapissés de moisissures, tandis que l'unique éclairage, très haut, provenait d'un orbe pareil à celui que j'avais fait apparaître l'autre nuit. Les murs grésillaient de flux magique – un sortilège empêchant les détenus d'y pratiquer la magie, selon Archer. Apparemment, il s'en était aperçu la veille.

Durant un long moment, nous sommes restés assis sur le sol humide, en nous tenant les mains. Quelque part, dans la demeure, mon père était soumis à un rituel qui risquait de lui ôter la vie. J'étais la suivante, et demain, à la même heure, Archer serait mort. Il était trop pénible d'y penser ou d'en parler, nous nous sommes donc tus durant une éternité. J'étais en train de regarder les reflets vacillants sur le mur de roche calcaire quand il a déclaré :

– Je regrette de ne pas pouvoir aller au cinéma.

Je l'ai dévisagé.

– Nous sommes dans un donjon lugubre. Dans quelques heures, je risque de mourir. Et toi, tu seras exécuté. Et ton seul regret, c'est de ne pas pouvoir voir un film ?

Archer a secoué la tête.

– Ce n'est pas ce que je voulais dire. J'aurais préféré une autre situation que la nôtre : démon, chasseur de démons. J'aurais préféré te rencontrer dans un lycée normal, et faire avec toi des choses normales, comme t'aider à porter tes livres, par exemple. C'est bien ce que les humains font, non ? a-t-il ajouté en me regardant.

– Uniquement dans les feuilletons télé des années cinquante, ai-je répondu en approchant la main de ses cheveux.

Il a passé un bras autour de ma taille et m'a attirée contre son torse. Les jambes repliées sous moi, j'ai appuyé ma joue sur son épaule.

– Alors au lieu de te battre à travers des forêts hantées par des goules, tu aimerais mieux aller au cinéma et aux fêtes du lycée ?

– On pourrait peut-être aller à la chasse aux goules occasionnellement, a-t-il répliqué, avant de m'embrasser sur la tempe. Pour pimenter notre vie.

J'ai fermé les yeux.

– Qu'est-ce qu'on ferait d'autre si on était des adolescents ordinaires ?

– Hum... Voyons... Tout d'abord, il faudrait que je me dégotte un boulot pour pouvoir te sortir dans des endroits normaux. Je pourrais travailler dans un supermarché.

L'image d'Archer, équipé d'un tablier bleu, rangeant des paquets de gaufrettes sur une étagère de Walmart était étrange, mais je m'y faisais.

– On pourrait se disputer devant nos casiers, comme beaucoup de lycéens, ai-je suggéré.

Il m'a étreinte un instant.

– Oui ! Ce serait marrant. Et ensuite, je viendrais jouer de la musique sous tes fenêtres, en pleine nuit, et très fort, jusqu'à notre réconciliation.

J'ai gloussé.

– Tu regardes trop de films. Oh, on pourrait être binômes dans un laboratoire.

– Ce n'est pas un peu ce qu'on était dans le cours de combat de la Vandy ?

– Oui, mais dans un lycée normal, la partie scientifique serait plus importante que la partie bagarre.

Nous avons continué à élaborer des scénarios de ce genre et à nous distribuer les premiers rôles dans les pièces du lycée. J'étais en train de rire quand j'ai pris conscience que j'avais réussi à oublier un instant le sinistre avenir qui nous attendait.

– Si je survis au Rituel, je vais être couverte de tatouages comme la Vandy, ai-je bredouillé. Tu es sûr de vouloir sortir avec la Femme Illustrée, même brièvement ?

Il a fait pivoter mon menton vers le haut, m'obligeant à le regarder.

– Tu pourrais avoir un tigre tatoué sur le visage, je voudrais quand même être avec toi.

– Très bien, sérieusement, assez de cajoleries. Je préfère ton côté irritable.

Il a souri.

– Dans ce cas, tais-toi, Mercer.

Puis il m'a embrassée. J'étais très consciente du fait que c'était probablement notre dernier baiser, un baiser lent et désespéré, et je crois qu'Archer l'était aussi. Quand nos lèvres se sont séparées, le front plaqué contre le mien, il a murmuré :

– Sophie...

Et à ce moment-là, la grille de notre cellule s'est ouverte en grinçant.

C'était Kristopher, les cheveux bleus sous la lumière de l'orbe. En nous prêtant à peine attention, il a lancé à quelqu'un par-dessus son épaule :

– Par ici !

Deux silhouettes sombres ont pénétré à l'intérieur de la cellule. Elles portaient un homme. Mon père.

Vêtu d'un habit noir semblable à celui de la fête costumée de mon anniversaire, il avait la tête renversée. Les deux hommes – des vampires – l'ont déposé au sol. Tout d'abord, j'ai vu ces marques qui serpentaient le long de sa gorge et formaient des spirales sur ses joues et son front, pareilles à des lianes vénéneuses. Dans la pénombre, celles-ci semblaient noires, mais j'ai deviné qu'elles devaient être violettes, comme les tatouages de la Vandy.

Néanmoins, ce n'était pas ça qui me préoccupait. J'ai pris son pouls. Son cœur battait faiblement.

– Papa, ai-je chuchoté.

Il ne s'est pas réveillé. J'ai serré son poignet plus fort. Quelque chose avait changé en lui, et il m'a fallu une minute pour comprendre que ce changement était lié à l'absence de ses pouvoirs. J'avais l'habitude de régler mon oreille sur les basses fréquences de son flux magique que j'étais la seule à capter. À présent, un profond silence me parvenait. Mes propres pouvoirs, prisonniers en moi, se cognaient contre leur cage invisible pour exprimer leur indignation.

Des larmes roulaient sur mes joues, atterrissant sur son habit. Des mains brutales m'ont empoignée pour me forcer à me lever. Dans l'embrasure de la porte, impassible, Kristopher a ordonné :

– Venez, Sophie.

Paniquée, j'ai regardé tour à tour mon père et Archer. Non, c'était impossible. Cela ne pouvait pas être la dernière fois que je les voyais. J'avais encore tant de choses à leur dire.

– Je veillerai sur lui, a déclaré Archer en s'agenouillant à côté de mon père. Et on se reverra à ton retour.

– Oui, ai-je répondu, la bouche soudain sèche. On se reverra à mon retour.

Je m'accrochais à cette phrase comme à une prière et continuais à me la répéter dans ma tête. *À mon retour, à mon retour*. Puisque mon père avait survécu au Rituel, j'y survivrai aussi.

J'ai repoussé les vampires.

– Je peux marcher, ai-je grogné.

Malgré mes jambes flageolantes, le dos droit, la tête haute, je me suis avancée vers Kristopher et l'ai suivi hors de la cellule. Mais quand nous sommes arrivés au pied de l'escalier, ma détermination a flanché. Mme Casnoff se tenait devant nous.

39

Tandis qu'elle me faisait signe de la suivre, j'arrivais à peine à la regarder. Bien que je ne l'aie jamais appréciée, j'avais eu confiance en elle. La nuit où j'avais tranché la gorge d'Alice, elle était venue me chercher dans les bois, avec Cal, et m'avait réconfortée. Et peu après, elle m'avait expliqué que mon destin était de servir le Conseil. En omettant simplement de mentionner que si je ne répondais pas à leurs attentes, je serais éliminée.

Nous avons gravi les marches de pierre de l'escalier en colimaçon.

– Sophie, je sais que vous vous sentez trahie.

– Trahie, révoltée et terrifiée... Beaucoup d'émotions me submergent, en fait.

Elle s'est arrêtée pour poser sa main sur mon bras.

– Nous avons de bonnes raisons d'agir ainsi.

J'ai repoussé sa main.

– Inutile de me ressortir le discours de votre sœur.

– Mais c'est vrai, Sophie, a-t-elle insisté. Le Conseil n'est pas cruel à mauvais escient. Nous veillons à la survie des Prodigium. Nous sommes de moins en moins nombreux alors que des factions comme *L'Occhio di Dio* et les Brannick s'accroissent. Votre devoir et celui de votre père est de nous protéger, et pourtant, vous semblez tous deux préférer la compagnie de nos ennemis.

– Comment ça « tous deux » ?

Depuis quand mon père était-il l'ami de L'Œil ? Ou des Brannick ?

Mme Casnoff a secoué la tête.

– Dorénavant, cela n'a plus d'importance, a-t-elle lâché en reprenant son ascension.

Arrivées en haut des marches, nous étions toujours au sous-sol. Le long couloir dans lequel je me trouvais était dépourvu de fenêtres et décoré d'armures. Néanmoins, les dimensions de celles-ci étaient étranges et bien plus grandes que celles des armures aperçues à d'autres endroits de Thorne. L'effroi m'a gagnée et, de nouveau, j'ai senti mes pouvoirs magiques s'agiter avec impuissance.

– Je vous prie de me suivre, a dit Casnoff.

Une voix a soudain crié :

– Anastasia !

C'était Elizabeth. Elle courait dans le couloir avec ses petites jambes de grand-mère, les pans de sa jupe longue se soulevant autour d'elle.

Mme Casnoff avait l'air agacée.

– Qu'y a-t-il ?

Pantelante, les joues rouges, Elizabeth nous a rejointes.

– Lara veut vous voir immédiatement.

Les sourcils froncés, Mme Casnoff a rétorqué :

– J'emmène Sophie à la chambre du Rituel. Dites-lui que je ne serai pas longue.

– Non ! a protesté Elizabeth. C'est urgent ! C'est à propos de... Nick, a-t-elle ajouté après un bref regard vers moi.

Mme Casnoff a blêmi.

– C'est...

– C'est comme la dernière fois, a coupé Elizabeth. Avec ses parents, sauf qu'aujourd'hui... Oh mon Dieu, Anastasia, a-t-elle dit avec un sanglot étouffé. Ça a recommencé.

J'ignorais de quoi elle parlait, mais à ma grande surprise, Mme Casnoff a éructé un juron. Puis elle s'est tournée vers moi.

– Venez avec nous, Sophie. Et je vous préviens, à la moindre tentative d'évasion, je vous tuerai moi-même. C'est clair ?

Soulagée par ce sursis, j'ai hoché docilement la tête. Pendant que je marchais derrière les deux femmes, mon cerveau fonctionnait à toute allure. Malgré la menace de Mme Casnoff, j'allais peut-être pouvoir profiter de cette occasion pour m'évader. Tout d'abord, il me fallait trouver Jenna. Je l'avais totalement oubliée. Savait-elle ce qui s'était passé ? Naturellement, si elle était au courant à propos d'Archer, elle allait sans doute refuser de prendre la fuite avec moi. J'ai chassé cette pensée négative. Et il y avait également Cal. Peut-être qu'avec lui et Jenna, nous pourrions trouver un moyen de délivrer Archer et mon père, et de nous ruer ensuite vers l'Itinerarius comme si nous avions les chiens des enfers à nos trousses.

Ce qui risquait d'être le cas.

Nous avons enfin atteint le hall principal. Des cris provenant des étages supérieurs me parvenaient. Pendant qu'Elizabeth et Mme Casnoff grimpaient l'escalier en courant, j'ai songé à rejoindre le couloir qui desservait ma chambre, espérant que Cal et Jenna se trouveraient dans les leurs. Alors que je pivotais dans cette direction, un éclair magique m'a frappée entre les omoplates, provoquant ma chute. J'avais déjà été frappée par un sortilège d'attaque – durant les cours d'Alice – mais moins douloureux que celui-ci. C'était comme une électrocution assortie d'un coup de batte dans le dos.

Quand j'ai levé la tête, Mme Casnoff se tenait sur le palier, la main encore tendue vers moi.

– Je vous avais avertie, Sophie. Debout.

Je me suis exécutée. Je n'avais pas vraiment le choix.

Les autres membres du Conseil étaient rassemblés devant le bureau de mon père. Quelques palmiers renversés gisaient sur le tapis rouge maculé de terre noire. Sur le sol, j'ai remarqué des bris de verre et deux taches sombres. Lara et Roderick se disputaient.

– Vous nous aviez juré que cela ne pourrait pas se produire, reprochait Roderick. Qu'il était entièrement sous votre contrôle.

Les poings sur les hanches, Lara le fusillait du regard.

– Il l'est. De toute évidence, il s'agit d'un moment de folie. Nous pouvons encore arranger les choses.

– Non ! a crié Elizabeth. Nous ne le pouvons pas ! Lara, il a tué près de vingt personnes ce soir. Vingt ! Et en quelques minutes.

Donc, c'était ça l'urgence. Leur démon apprivoisé était devenu enragé. Cela m'a emplie d'une joie cruelle. *Bien fait,* ai-je pensé. *Cela leur apprendra à transformer des adolescents en monstres.* Puis je me suis souvenue de Nick, de sa tendresse envers Daisy, de son sourire qui m'avait rappelé celui d'Archer, et ma satisfaction s'est volatilisée.

– Et les membres de L'Œil savent que nous détenons Cross, a repris Elizabeth d'une voix stridente. Ils sont en route pour Thorne. Oh mon Dieu, ça va être comme avant !

– Non ! a aboyé Lara avec un regard de démente. Pas cette fois. Nous avons encore Daisy. Nous pouvons arranger les choses.

Kristopher a surgi sous l'arc en marbre. Ses yeux bleus brillaient de colère.

– Il est trop tard pour cela, Lara. Ils arrivent. Je peux le sentir. Et vous aussi.

Sans se démonter, son chignon blond défait, Lara a répliqué :

– Qu'ils viennent. Anastasia, va voir Daisy et laisse-la sortir de sa cellule.

Mme Casnoff n'a pas bougé.

– Si nous lâchons Daisy sur eux... a-t-elle balbutié. Que va-t-il se passer si nous échouons à la maîtriser ?

J'avais l'impression d'être invisible en observant la scène. Bizarrement, je les plaignais presque. Ils avaient fait une chose dangereuse et stupide car ils avaient peur, et maintenant, ils devaient en payer les conséquences. Par leur faute, une guerre allait tuer beaucoup de Prodigium et d'humains.

C'était ridicule, mais j'ai quand même tenté une dernière fois de reprendre possession de mes pouvoirs. J'ignore ce que j'aurais fait avec ; quoi qu'il en soit, cela n'a pas marché. Ma magie était là, à ma portée, et je ne pouvais pas m'en servir. Il devait pourtant exister un moyen d'y avoir accès. Autrement, pourquoi avoir prévu le Rituel ? Le sortilège des liens n'était peut-être pas permanent.

En silence, j'ai baissé les yeux vers le tapis. Un éclat brillant a attiré mon attention. Ce n'étaient pas les fragments de verre que la lumière faisait scintiller. C'était une chaîne en or.

En m'accroupissant, j'ai réprimé un sanglot. J'étais en train de contempler une pierre de sang en miettes.

40

– Où est-elle ? ai-je demandé à Mme Casnoff. Ceci lui appartient, ai-je ajouté en présentant la chaîne. Qu'est-ce que vous lui avez fait ?

J'avais prononcé la dernière phrase en criant. S'ils avaient détruit la pierre de sang de Jenna en plein jour, elle avait dû mourir. Pire que cela, elle avait dû brûler vive en hurlant. J'ai songé à la prémonition que j'avais eue, ce pressentiment que Cal, Jenna et moi ne retournerions jamais ensemble à Hex Hall.

L'odeur de la fumée.

J'ai serré la chaîne jusqu'à ce que mes ongles s'enfoncent dans ma paume. Lara m'a toisée avec dédain.

– Il était temps de faire le ménage, a-t-elle répondu.

J'ai poussé un cri de rage et bondi. Je n'avais peut-être plus de pouvoirs, mais ce n'était pas ça qui allait m'empêcher de la tuer à mains nues. Si un fracas n'avait pas retenti à travers la maison à ce moment précis, j'ignore ce qu'il se serait passé. Toutes les têtes se sont tournées vers l'arcade.

Un nouveau fracas, puis un autre, et ensuite, un horrible craquement.

Sans un mot, Lara a disparu dans une brise m'indiquant qu'elle venait de se téléporter. Sans doute au sous-sol pour aller libérer Daisy. Mme Casnoff psalmodiait quelque chose dans une langue inconnue tandis que la tenue de grand-mère d'Elizabeth ondulait et se ridait jusqu'à devenir une fourrure grise. Son visage a pris la forme d'un museau de loup et ses lunettes sont tombées par terre, révélant deux prunelles jaunes.

Il me semblait qu'ils s'attendaient à voir quelqu'un franchir l'arc et qu'ils se préparaient à parlementer, tels des ennemis réglant leurs comptes de façon civilisée. C'est ça qui était vraiment bizarre. Du coup, quand un poignard en argent a volé à travers l'arc et s'est planté dans la poitrine de Kristopher, ils ont tous paru surpris. Le regard vide, ce dernier s'est effondré sur le dos sans le moindre son.

Ce qui a suivi semblait tout droit sorti d'un cauchemar.

Métamorphosée en loup-garou, Elizabeth a poussé un hurlement en s'élançant vers l'escalier. Mme Casnoff et Roderick la talonnaient. Je suis restée pétrifiée. Sans mes pouvoirs, il était inutile que je songe à intervenir dans une gigantesque bataille magique.

Un raffut de braillements et d'objets brisés me parvenait. Mon père et Archer étaient toujours enfermés dans une cellule et j'ignorais où se trouvaient Jenna et Cal. Je ne pouvais pas rester ici. Si les membres de L'Œil découvraient ma présence, quelque chose me disait qu'ils se ficheraient de savoir que je n'étais plus en mesure de jeter le moindre sortilège, ou que j'étais amoureuse d'un des leurs. Il me fallait donc sortir de Thorne au plus vite, et l'unique moyen d'y parvenir était de franchir cet arc qui menait au cœur de la bataille.

J'ai glissé la chaîne de Jenna dans ma poche. Si je voulais savoir ce qui lui était arrivé, si je voulais sauver mon père et Archer, si je voulais retrouver Cal, alors il fallait rester en vie.

– Elodie, ai-je dit à voix haute. Si tu es dans les parages, pourrais-tu de nouveau m'apporter ton assistance de revenante ? Ce serait super.

Je ne plaisantais qu'à moitié, mais elle est aussitôt apparue devant moi, affichant une expression légèrement agacée.

– Incroyable, ai-je murmuré. Alors ce qu'on raconte à propos du fait que c'est ma faute si tu es enchaînée à moi, c'est donc vrai ?

Les bras croisés, elle a opiné du chef d'un air mécontent.

– Très bien. Désolée. Néanmoins, si tu m'aides à quitter ce lieu, je ferai ce qu'il faut pour rompre ce lien.

Elodie m'a observée puis ses lèvres ont remué. Je n'étais pas sûre de comprendre, mais ça ressemblait à : « Tu as intérêt. » Elle a ensuite flotté jusqu'à l'un des tableaux accrochés au mur et ses doigts se sont déplacés autour du cadre, comme de la fumée. Celui-ci a glissé sur le côté, révélant un passage secret. D'un petit air suffisant, elle m'a adressé un signe de tête en direction de l'ouverture.

– Merci, ai-je dit, mais elle s'était déjà éclipsée.

J'ai hésité un instant devant l'entrée jusqu'à ce qu'un craquement assourdissant retentisse depuis le rez-de-chaussée. C'était comme si un étage entier s'était fendu en deux. Mon flux magique s'est agité en moi et j'ai compris que Lara avait délivré Daisy. J'ignorais ce qu'elle avait fait, mais les hurlements qui me parvenaient étaient inhumains. Il fallait sortir d'ici. J'ai disparu dans l'ouverture.

L'étroitesse du passage m'obligeait à marcher courbée, et après quelques mètres, celui-ci tournait et descendait. À présent, j'avançais dans l'obscurité. Par réflexe, j'ai levé la main pour exécuter un sort d'éclairage, avant de me rappeler que cela ne faisait plus partie de mes facultés.

Tout en continuant à progresser, je pouvais entendre les sons lointains de la bataille : des bruits de chute, des grondements, des crépitements et des cris. Le tunnel a rétréci et s'est mis à remonter, m'obligeant à ramper. Finalement, mon crâne a heurté une paroi. Une trappe. Quand je l'ai poussée, une pluie de graviers et de terre m'est tombée dessus. En apercevant les grandes haies du jardin, j'en ai déduit que je me trouvais derrière la demeure. Je suis sortie de l'ouverture en clignant des yeux. La lumière était si forte que je suis restée un instant désorientée, pensant que l'aube s'était déjà levée. Néanmoins, le temps n'avait pas pu s'écouler aussi vite et la lumière ne correspondait pas à celle, douce et dorée, du soleil, mais plutôt à celle d'un feu.

Je me suis retournée. La maison brûlait. Des flammes jaillissaient des fenêtres et léchaient l'immense bâtisse. « Un demi-hectare de toiture », nous avait dit Lara le jour de notre arrivée. Et celle-ci s'était presque entièrement embrasée. La chaleur me cuisait la peau et je suffoquais. La fumée. Celle de mon pressentiment.

Le portail de l'entrée s'est effondré. J'avais devant les yeux la maison où Alice avait été changée en démon. L'endroit où mon père avait habité toute sa vie. Le siège du Conseil. Il n'en resterait bientôt plus que des cendres. Et mon père et Archer se trouvaient encore à l'intérieur.

J'avais envie de m'agenouiller dans l'herbe et de pleurer quand on m'a saisie par le bras. J'ai poussé un cri, cherchant à frapper la personne qui me retenait. Pour la première fois, j'ai pris conscience de ma vulnérabilité. Mes coups étaient faibles et mes pouvoirs hurlaient en moi.

– Sophie, c'est moi ! criait une voix. C'est moi !

C'était Cal.

– Calme-toi, a-t-il murmuré en m'attirant contre lui. Calme-toi.

Je l'ai laissé m'étreindre. Je n'avais même plus la force de pleurer.

– Tu étais où ? ai-je demandé.

– Après mon témoignage, le Conseil m'a renvoyé à Hex Hall. Mais... je ne sais pas. J'ai senti qu'il y avait un problème ici, alors je suis revenu en empruntant l'Itinerarius. Que s'est-il passé ?

J'ai levé la tête. Le gigantesque brasier se reflétait dans prunelles noisette.

– C'est le Conseil, ai-je sangloté. Ils élèvent des démons. Ils ont élevé Nick et Daisy, et Nick vient de tuer plusieurs personnes. Ils ont condamné à mort Archer et à cause de cela, Thorne a été pris d'assaut par *L'Occhio di Dio*. Lara se sert de Daisy pour les repousser. Et mon père est enfermé au cachot. Avec Archer. Et j'ignore ce qu'ils ont fait à Jenna.

L'une des cheminées de l'édifice s'est écroulée. Cela peut paraître étrange, mais c'est en racontant tout ça à voix haute que je me suis vraiment rendu compte de l'ampleur de ce que j'avais perdu. Plus de pouvoirs magiques. Jenna absente et peut-être morte. Archer et mon père prisonniers à l'intérieur d'une bâtisse en flammes.

– Très bien, a dit Cal. Rends-toi à l'Itinerarius. Je me suis servi de la chaîne de Cross pour aller à Hex Hall, donc elle y est encore. Passe-la autour de ton cou et pars d'ici.

– Comment ? ai-je questionné. Je n'ai plus accès à mes pouvoirs.

Cal a secoué la tête.

– Tu n'en as pas besoin. L'Itinerarius possède sa propre magie.

– Et où dois-je aller ? Je ne sais pas où est ma mère.

Ma gorge s'est nouée. Mon père avait dit qu'il lui téléphonerait. Elle était peut-être déjà en route. Qu'allait-il arriver si elle débarquait ici ?

– Tu étais à Hex Hall, ai-je repris. Elle est là-bas ?

– Non, a répondu Cal, dardant les yeux sur Thorne tandis qu'un craquement retentissait. Va à l'Itinerarius et dis que tu veux aller chez Aislinn Brannick. Cela devrait te permettre d'atterrir chez elle ou juste à côté.

S'il m'avait ordonné d'escalader l'arrière du moulin pour me rendre au royaume de Narnia, cela ne m'aurait pas choquée davantage.

– Pourquoi là-bas ? ai-je crié au-dessus du grondement des flammes.

Cal m'a transpercée du regard.

– Parce que ta mère s'y trouve.

J'ai agrippé sa chemise.

– Est-ce qu'ils l'ont capturée ?

– Non. Je n'ai pas le temps de t'expliquer. Je t'en prie, fais-moi confiance. Aislinn ne te fera pas de mal et c'est le seul endroit où tu seras en sûreté. Je vais voir ce que je peux faire pour ton père. Et pour Cross.

Je l'ai retenu par le bras.

– Cal, c'est suicidaire !

Je voulais à tout prix qu'ils soient secourus, mais l'idée que Cal plonge dans cet enfer me terrifiait.

– C'est mon devoir, a-t-il insisté en repoussant ma main.

Il s'est détourné puis s'est arrêté, comme s'il hésitait. Un instant, j'ai cru qu'il avait changé d'avis et qu'il allait revenir à l'Itinerarius avec moi. Il m'a embrassée sur la bouche. Quand il a relevé la tête, je l'ai dévisagé, stupéfaite.

De son index, il a caressé mes lèvres, et des étincelles m'ont traversée.

– Au revoir, Sophie.

Il a couru vers Thorne et disparu dans le brasier. Un nom de plus à ajouter sur ma liste de défunts...

Il paraît que lorsqu'on subit une suite de traumatismes, le cerveau se bloque et passe en mode survie. C'est ce qui a dû m'arriver car j'ai soudain eu l'impression d'avoir absorbé une forte dose de novocaïne. D'un pas lent, j'ai pris la direction du moulin. « Va chez Aislinn Brannick, m'avait-il ordonné. Ta mère s'y trouve. » Très bien. J'irais donc là-bas.

En entrant dans le moulin, j'ai rapidement découvert la chaîne. Elle gisait près de l'épée d'Archer. C'est vrai, il l'avait laissée là durant cette nuit cauchemardesque. Je l'ai ramassée. Elle pesait lourd entre mes doigts engourdis. Je l'emporterai avec moi, au cas où je reverrais Archer un jour.

Et à ce moment-là, un étrange pressentiment m'a envahie, comme le jour où j'avais quitté Graymalkin. Sauf que cette fois, c'était une prémonition emplie de joie et d'espoir.

Je le reverrai. Je ne peux pas vous expliquer comment je le savais, mais je le savais.

Mon flux magique s'est agité en moi, inutile, mais toujours là, et l'engourdissement a cédé la place à une volonté d'acier. Si Archer pouvait survivre à une nuit comme celle-ci, alors mon père et Cal le pourraient peut-être aussi. Ainsi que Jenna, où qu'elle soit.

Et ensemble, nous parviendrions peut-être à arrêter cette guerre. J'ai serré l'épée plus fort et, de ma main libre, j'ai fait passer la chaîne autour de mon cou.

– Aislinn Brannick, ai-je marmonné. Où que vous soyez, j'espère que Cal ne s'est pas trompé sur votre compte.

Puis j'ai franchi la porte.

D'autres livres

wiz Albin Michel

Jodi Lynn ANDERSON, *Peau de pêche*
Jodi Lynn ANDERSON, *Secrets de pêches*
Jodi Lynn ANDERSON, *Un amour de pêche*
Jennifer Lynn BARNES, *Felicity James*
Jennifer Lynn BARNES, *Tattoo*
Candace BUSHNELL, *Le Journal de Carrie*
Candace BUSHNELL, *Summer and the City*
Meg CABOT, *Une (irrésistible) envie de sucré*
Meg CABOT, *Une (irrésistible) envie d'aimer*
Meg CABOT, *Une (irrésistible) envie de dire oui*
Fabrice COLIN, *La Malédiction d'Old Haven*
Fabrice COLIN, *Le Maître des dragons*
Fabrice COLIN, *Bal de Givre à New York*
Melissa DE LA CRUZ, *Les Vampires de Manhattan*
Melissa DE LA CRUZ, *Les Sang-Bleu*
Melissa DE LA CRUZ, *Les Sang-d'Argent*
Melissa DE LA CRUZ, *Le Baiser du Vampire*
Melissa DE LA CRUZ, *Le Secret de l'Ange*
Melissa DE LA CRUZ, *Bloody Valentine*
Neil GAIMAN, *Coraline*
Neil GAIMAN, *L'Étrange Vie de Nobody Owens*
Neil GAIMAN, *Odd et les géants de glace*
Melissa MARR, *Ne jamais tomber amoureuse*
Melissa MARR, *Ne jamais te croire*
Melissa MARR, *Ne jamais t'embrasser*
Laurie Faria STOLARZ, *Bleu cauchemar*
Laurie Faria STOLARZ, *Blanc fantôme*
Laurie Faria STOLARZ, *Gris secret*
Laurie Faria STOLARZ, *Rouge souvenir*
Laurie Faria STOLARZ, *Mortels petits secrets*
Chloë RAYBAN, *Les Futures Vies de Justine*

Chloë RAYBAN, *Dans la peau d'un garçon*
Chloë RAYBAN, *Justine sérieusement amoureuse*
Chloë RAYBAN, *L'Effet Justine*
Marie RUTKOSKI, *Les Chroniques de Kronos – Le Cabinet des Merveilles*
Marie RUTKOSKI, *Les Chroniques de Kronos – Le Globe céleste*
Gabrielle ZEVIN, *Une vie ailleurs*
Gabrielle ZEVIN, *Je ne sais plus pourquoi je t'aime*

www.wiz.fr
Logo Wiz : Cédric Gatillon

Composition Nord Compo
Impression CPI Bussière en août 2011
à Saint-Amand-Montrond (Cher)
Éditions Albin Michel
22, rue Huyghens, 75014 Paris

ISBN : 978-2-226-23044-7
ISSN : 1637-0236
N° d'édition : 18650/01. – N° d'impression : 112150/4.
Dépôt légal : septembre 2011.
Loi n° 49-956 du 16 juillet 1949 sur les publications destinées à la jeunesse.
Imprimé en France.